grafit

Chemnitzer Str. 31, D-44139 Dortmund
Internet: http://www.grafit.de
E-Mail: info@grafit.de

Umschlagfoto: G. Grams
Druck und Bindearbeiten: CPI books, Leck
ISBN 978-3-89425-335-6
1. 2. 3. 4. 5. / 2009 2008 2007

Gabriella Wollenhaupt

Grappa und die Nackenbeißer

Kriminalroman

grafit

Die Autorin

Gabriella Wollenhaupt, Jahrgang 1952, arbeitet als Fernsehredakteurin in Dortmund. Sie mag zauberhafte Situationen, unerhörte Begebenheiten und gefährliche Liebschaften.

Als Kriminalschriftstellerin debütierte sie im Frühjahr 1993 mit *Grappas Versuchung.* Es folgten: *Grappas Treibjagd, Grappa macht Theater, Grappa dreht durch, Grappa fängt Feuer, Grappa und der Wolf, Killt Grappa!, Grappa und die Fantastischen Fünf, Grappa-Baby, Zu bunt für Grappa, Grappa und das große Rennen, Flieg, Grappa, flieg!, Grappa und die acht Todsünden, Grappa im Netz, Grappa und der Tod in Venedig* und *Rote Karte für Grappa.* Mehr Informationen im Internet: www.gabriella-wollenhaupt.de

Die Personen

Lilo von Berghofen .... zaubert und zaudert

Emma Born .... behält Bodenhaftung

Anton Brinkhoff .... legt jeden Sumpf trocken

Maria Grappa .... sieht weiße Mäuse

Simon Harras .... bleibt gelassen

Herr Hasewinkel .... sichert andere ab

Peter Jansen .... muss sein Leben ändern

Wayne Pöppelbaum .... hat die Haare schön

Anneliese Schmitz .... lässt sich überraschen

Mike Schott .... hebt ab

Salomon Wachlin .... überschätzt das Spiel

Arno Wunsch .... unterschätzt die Lage

Sabine Wunsch .... lässt sich treiben

Die Raben

Über den schwarzen Winkel hasten
Am Mittag die Raben mit hartem Schrei.
Ihr Schatten streift an der Hirschkuh vorbei
Und manchmal sieht man sie mürrisch rasten.
O wie sie die braune Stille stören,
In der ein Acker sich verzückt,
Wie ein Weib, das schwere Ahnung berückt,
Und manchmal kann man sie keifen hören
Um ein Aas, das sie irgendwo wittern,
Und plötzlich richten nach Nord sie den Flug
Und schwinden wie ein Leichenzug
In Lüften, die von Wollust zittern.

Georg Trakl

Sonnenlicht und Sommermorgen

Seit er die schöne Fremde im Park des benachbarten Schlosses gesehen hatte, war Gero Graf Greiffenclau wie verzaubert. Jeden Morgen ritt er durch den Wald zu dem Hügel, von dem aus er den Park überblicken konnte, um mit klopfendem Herzen auf das Erscheinen der Schönen zu warten.

Graf Gero band sein Pferd fest und verbarg sich hinter einem dicken Baumstamm. Im selben Augenblick trat eine zierliche Gestalt durch die Terrassentür des Schlosses. Das Sonnenlicht ließ das blonde Haar wie gesponnene Seide schimmern. Das schlichte weiße Kleid betonte die Schönheit, das Mädchen sah aus wie eine Prinzessin. Graf Gero hob sein Fernglas an die Augen. Sein Herz pochte in einem unregelmäßigen Rhythmus. Die junge Frau lief die Treppe hinunter zum Park. Ihr Gang war leicht und sie schien zu schweben.

Graf Gero atmete tief durch und in seinem Herzen tanzte die Freude.

»Mir wird übel«, sagte ich und ließ das Buch sinken. »*In seinem Herzen tanzte die Freude* … Ich lach mich schlapp. Wer zum Teufel liest denn so einen Mist?«

»Die Frau hat Millionenauflagen«, meinte Peter Jansen. »Sie verdient eine Menge Geld mit dem Mist und sie hat sich vor ein paar Monaten am Rand von Bierstadt ein Haus gekauft.«

»Was kann ich dafür?«, maulte ich.

»Grappa«, sagte mein Chef, »auch wenn es dir nicht passt: Ich habe für die Wochenendausgabe einen Bericht eingeplant. Von dir. Über Lilo von Berghofen, die Königin des Groschenromans. Ganz nah dran und ganz warm geschrieben. Sozusagen von Frau zu Frau.«

»Schick die Kultur-Tussi hin«, schlug ich vor. »Die glaubt noch an Märchenprinzen auf dem Schimmel.«

»Du etwa nicht?« Peter Jansen griff sich das Buch, das aufgeschlagen auf meinem Schreibtisch lag. »Ich weiß gar nicht, was du hast«, grinste er. »Ist doch wunderbar geschrieben. Hör mal zu: *Rosalind trug ein verspieltes Sommerkleid aus weißer Seide mit großen blassblauen Blumen. Ihre Füße steckten in zierlichen weißen Schuhen. Ihr langes Haar war am Hinterkopf mit einem kornblumenblauen Samtband zusammengefasst und fiel in weichen Locken auf ihre Schultern. Sie war so reizend anzusehen, dass Graf Gero regungslos dasaß und den Blick nicht von ihr wenden konnte.* Das ist doch großes Kino!«

»Die Kerle fallen auch immer auf den gleichen Typ rein«, stellte ich fest. »Blond, blauäugig und elfenhaft.«

»Wieso? Ist doch schön. Warum trägst du im Sommer nicht mal so ein schönes Kleid, Grappa? Mit blassblauen Blumen drauf. Würde dir bestimmt prima stehen – genauso wie die Schleife im Haar.«

»Mach ich gern«, entgegnete ich. »Aber erst, wenn du als Gero mit einem Gaul um die Ecke biegst.«

War ich wirklich schon so tief gesunken, Artikel für die bunten Seiten des *Bierstädter Tageblattes* produzieren zu müssen? Mit einer warm formulierten Homestory über eine Frau, die Bücher schrieb, von denen ich mich stets ferngehalten hatte: Groschenromanen. Die meisten glaubten ja, dass Groschenromane so hießen, weil sie – billig zusammengeheftet – nur ein paar Groschen kosteten. Doch die Erklärung war eine andere: Sie waren für die geschrieben, bei denen die Groschen normalerweise langsamer fielen.

Er sah die Tränen, die wie weiße Perlen über ihr Gesicht liefen und im Mieder versickerten. Graf Gero zog mit dem Finger die Spur der Tränen nach. »Nicht weinen«, sagte er, »bitte nicht weinen.«

»Also?«, hakte mein Chef nach.

Ich sagte nichts und schmollte.

Jansens Wunsch war klar und ich hatte keine andere Geschichte in Arbeit. Also ran, dachte ich, kein Job ist zu schmutzig und du kriegst schließlich Geld dafür. Reiße ich Lilo von Berghofen die hässliche Maske der Profitgier vom Gesicht und öffne den Leserinnen unserer Zeitung die Augen für die Wirklichkeiten dieser Welt, in der Graf Gero genauso wenig herumgaloppiert wie Rosalind schmachtet. Zeige ich der Menschheit, dass Bierstadt keine Ähnlichkeit mit benebelten Hügeln im schottischen Hochmoor hat.

Grimmig gab ich den Namen der Autorin in die Suchmaschine ein und erntete etwa hunderttausend Verweise auf Dokumente. Erschrocken klickte ich zurück auf die Homepage unserer Zeitung und ging in die Redaktionsküche, um mir erst mal einen Kaffee zu holen.

Dort brannte gerade ein Kaffeerest an der Glaskanne fest. Ich entschloss mich, das Verlagshaus vor einem verheerenden Großbrand zu retten, und schuf mit einem Lappen Ordnung.

»Grappa, du bist ja eine richtige Super-Hausfrau!«

Simon Harras, der Kollege vom Sport, litt ebenfalls unter Kaffeesucht. Er hatte mich wohl schon eine ganze Weile beobachtet.

»Verrat bloß keinem, dass ich so gut putzen kann.«

»Ist doch die wahre Bestimmung der Frau: hegen und pflegen.«

Ich lächelte. »Genau, Süßer. Möchtest du auch eine Tasse Kaffee?«

»Gerne.« Harras war sichtlich überrascht, weil ich seinen Machosatz ungestraft ließ. Ich startete die Kaffeemaschine.

»Ist das alles manchmal nicht ein bisschen öde für dich?«, fragte ich.

»Was?«

»Na ja, immer nur über Sport zu schreiben.«

Die Maschine gab gurgelnde Geräusche von sich.

»Ich weiß doch, dass du viele Interessen hast«, fuhr ich fort. »Du liest den politischen Teil unserer Zeitung, gehst ab und zu ins Kino und mit einem Buch habe ich dich auch schon gesehen.«

»Was willst du von mir?«

»Nichts«, log ich. »Aber ich mach mir halt ab und zu Gedanken über meine Mitmenschen.«

»Tatsächlich?« Harras wirkte misstrauisch. »Aber du hast ja irgendwie recht, Grappa. Immer nur Sport – mein ganzes Leben will ich das nicht machen.«

Der Kaffee war durchgelaufen.

»Ich finde, dass es nie zu spät ist, die Kurve zu kriegen. Und ich könnte dir helfen.«

Der Kaffee floss über die Milch.

»Aha. Was soll ich für dich tun?«

Ich reichte Harras den Becher.

»Für mich gar nichts. Für unsere Leser. Schreib ein Porträt über Lilo von Berghofen, die Bestsellerautorin.«

»Kochbücher oder Liebesromane?«

»Liebesromane. Schöne Menschen, spannende Landschaften und große Gefühle.«

»Nee, danke«, gab mir der Kollege eine Abfuhr.

»Die Schriftstellerin steht auf hübsche Männer«, behauptete ich. »Du findest bestimmt schnell Kontakt zu ihr. Das kann eine Freundschaft fürs Leben werden.«

»Und wenn sie mir die Kleider vom Leib reißt?«

»Aufregende Vorstellung. Ohne deine Knallkopfpullis siehst du bestimmt ganz lecker aus.«

»Du will nur deine Arbeit auf mich abwälzen! Deshalb das Gesülze.«

»Ich komme mit Frauen nun mal nicht so gut klar«, erinnerte ich ihn.

»Das geht dir mit Männern auch so«, stellte Harras fest. »Und ich habe keine Lust, mich von einer alten Schachtel vernaschen zu lassen.«

»Die ist nur fünf Jahre älter als ich«, sagte ich empört.

»Du hast den Zucker vergessen«, jammerte er und hielt mir anklagend seinen Kaffeebecher hin.

»Entschuldige.« Ich nahm die Tasse und schaufelte drei Löffel weißes Pulver hinein. »Ich rühre sogar für dich um«, sagte ich, tat es und hielt ihm den Becher wieder hin.

»Du bist nicht sauer auf mich?«, fragte er.

»Aber woher?«, antwortete ich und ging zur Tür. »Schönen Tag noch, Süßer.«

Als ich auf dem Flur stand, hörte ich ihn laut fluchen, dann noch lauter husten. »Du verdammtes Miststück! Das war kein Zucker, sondern Salz!«

Um den Auftrag kam ich wohl nicht herum. In meinem Zimmer schaute ich erneut in die Informationen über die Autorin.

Von Berghofens Romane waren in viele Sprachen übersetzt worden. Der Plot war immer gleich: Junge Frau sucht und findet die große Liebe. Und die Autorin schien Rosen zu mögen, ihre Heldinnen hießen Rosalind, Rosabell, Annerose oder Rosanne.

Die Mädels sahen aus, wie ich nie ausgesehen hatte: zart, filigran, blond, waren von »überirdischer Schönheit« und sie hatten Charaktereigenschaften, die mir ziemlich fremd waren: schüchtern, devot, nahe am Wasser gebaut und völlig humorfrei.

Im Netz gab es zu jedem der fünfzig Bücher Leseproben und mich beschlich der leise Verdacht, dass Lilo von Berghofen lediglich Orte, Tageszeiten und Namen änderte, bevor sie einen neuen Titel auf den Markt brachte. Aus Graf Gero wurde der junge, dynamische Chefarzt Dr. Frederic Hansen und Rosalind aus dem Schloss erlebte im nächsten Schmöker als vom Schicksal gebeutelte Lernschwester Rosemary ihre Wiedergeburt.

Ich beschloss, mich dem Werk der Autorin nicht weiter zu widmen, immerhin hatte Jansen ja eine Homestory verlangt und niemand konnte mich zwingen, mir die Lektüre anzutun.

Über das Leben der Schriftstellerin fand ich nur karge Informationen. Zwei für eine Homestory wichtige Punkte erfuhr ich jedoch: Lilo von Berghofen hieß in Wirklichkeit Gerlinde Bomballa und hatte in Bierstadt auf dem Gymnasium Abitur gemacht. Ehemänner, Kinder und anderes bürgerliches Beiwerk suchte ich vergebens.

Ich googelte weiter und stieß auf ein paar Fotos der Autorin. Für eine Endfünfzigerin hatte sie sich gut gehalten. Sie hatte dickes, rotbraunes Haar und blassblaue Augen, die überhaupt nicht romantisch wirkten. Die Frau erschien mir sympathischer, als ihre Produkte erwarten ließen.

Lilo von Berghofens beziehungsweise Gerlinde Bomballas Nummer war nicht im Telefonbuch verzeichnet und auch die Auskunft konnte nicht helfen.

Ich fragte beim Verlag nach, der die Groschenromane herausgab. Doch Telefonnummern von Autoren wurden grundsätzlich nicht herausgegeben.

»Sie müssen das verstehen«, sagte die Telefonistin. »Sonst kann Frau von Berghofen sich vor ihren Fans nicht retten.

Aber ich verbinde Sie mal mit der zuständigen Lektorin, Frau Born.«

Kurz darauf versprach diese: »Ich werde Ihr Anliegen weiterleiten.«

»Wäre es nicht einfacher, mir Frau von Berghofens Telefonnummer zu geben?«, versuchte ich, die Sache abzukürzen. »Ich bin schließlich kein aufdringlicher Fan.«

»Einfacher schon«, räumte Frau Born ein. »Doch ich habe meine Vorschriften. Sie müssen sich also gedulden.«

Auch gut, dachte ich, dann kann Jansen die Homestory fürs kommende Wochenende vergessen.

Ich ging in Jansens Zimmer und berichtete ihm von meinem Misserfolg. Er schaute mich schräg an.

»Seit wann wartest du denn, bis dich jemand zurückruft?«, grinste er. »Bis vor Kurzem bist du den Leuten noch direkt auf die Bude gerückt – und zwar ungebeten.«

»Ich habe meine Sitten eben verfeinert«, erklärte ich. »Die wird mich hochkant rausschmeißen, wenn ich plötzlich vor der Tür stehe. Sie scheint ein bisschen komisch zu sein. Vielleicht ist sie auch krank oder mittendrin in einer klimakterischen Depression.«

»Dann hättet ihr ja sofort ein Gesprächsthema«, erwiderte mein Chef. »Nichts verbindet die Menschen mehr als gemeinsame Leiden.«

»Was hast du nur gegen mich?«, rief ich klagend aus. »Ich habe schon genug gelitten, indem ich diesen Schund gelesen habe. Ich werde die Geschichte ja irgendwann schreiben, nur nicht für diese Wochenendausgabe.«

»Du fährst heute Nachmittag zu Lilo von Berghofen, und damit basta.«

»Jetzt kehrst du auch noch den Chef raus«, beschwerte ich mich. »Ist das die Sache wert?«

»Ich kehre den Chef nicht raus«, antwortete Jansen. »Ich

bin der Chef.« Er nahm einen Zettel zur Hand, beschrieb ihn mit einer sechsstelligen Zahl und einem Straßennamen.

»Das ist ihre Telefonnummer«, erläuterte er, mir das Papier reichend. »Aber sie geht nicht dran. Du musst also hinfahren. Die Adresse steht da. Kann ich dir sonst noch helfen?«

»Woher hast du denn die Nummer?« Ich war erstaunt.

»So was nennt man Recherche«, erklärte Jansen. »Eine durchaus übliche journalistische Technik. Du solltest dich bei Gelegenheit mal näher damit befassen, Grappa!«

Jansen hatte mir den Kopf gewaschen und recht damit gehabt. Früher war mein Jagdinstinkt besser ausgeprägt gewesen. Wie ein geprügelter Hund verzog ich mich zurück in mein Zimmer. Ich setzte mich in den Bürostuhl, haderte noch eine Weile mit mir und der bösen Welt und zückte dann Jansens Zettel. Er hatte die Telefonnummer einfach so daraufgekritzelt, ohne irgendwo nachsehen zu müssen. Er schien sie auswendig zu kennen.

Merkwürdig, dachte ich. Dass mein Chef über ein besonders gutes Zahlengedächtnis verfügte, war mir in den Jahren unserer Zusammenarbeit nie aufgefallen. Ganz im Gegenteil! Jansen vergaß oft die eigene Handynummer und musste erst in sein Notizbuch sehen. Wenn das jemand mitbekam, redete er sich gewöhnlich mit dem Satz »Ich ruf mich ja selbst nie an« heraus.

Ich las die sechs Zahlen. Na ja, sie waren wirklich einfach zu behalten: 41 51 41. Das hätte sogar ich geschafft.

Ich tippte die Ziffernfolge in den Apparat und wartete. Niemand hob ab. Warum sollte sich dieser Tag auch einfach gestalten?, dachte ich und seufzte.

Jetzt krieg endlich den Arsch hoch, Grappa, schalt ich mich und stellte den Computer ab. Eine kleine Tour an den Rand von Bierstadt hat noch niemanden umgebracht.

Der Rabe im Wind

Lilo von Berghofen hatte sich an der Grenze der Stadt niedergelassen, dort, wo es ein bisschen hügelig und fast noch dörflich war. Ich hatte auf dem Stadtplan nachgesehen und festgestellt, dass ihr Haus am äußersten Ende der Bebauung errichtet worden war, angrenzend an landwirtschaftliche Nutzflächen und einen aufgegebenen Steinbruch, der wegen seiner Vogel- und Amphibienwelt unter Naturschutz stand. In der Nähe musste sich auch eine Burgruine befinden – zumindest entdeckte ich im Stadtplan das Symbol dafür: ein Türmchen mit Fahne dran.

Burgruine! Das passte zu einer Frau, die sich literarisch gern im Hochadel tummelte. In unserer Gegend waren Burgen eine Rarität. Die meisten ›Burgen‹, die es in Bierstadt gab, gehörten Versicherungskonzernen, Energieriesen und Banken.

Zum Glück war das Wetter frühlingshaft warm, sogar die Linden blühten schon. Sie säumten die Ausfallstraße nach Berghofen und ihr Geruch wehte mir in die Nase. Plötzlich überkam mich ein wunderliches Gefühl von Freiheit und ich hätte immer weiterfahren mögen in den Süden – der Wärme, dem Licht und dem Mittelmeer entgegen.

Grappa, du bist zur Schreibtischtäterin mutiert, dachte ich, kaum schnupperst du frische Luft, kriegst du schon Urlaubsträume.

Nun musste ich links abbiegen. Die Straße wurde immer schmaler und steiler, links hatte ich einen freien Blick auf die Silhouette der Stadt: Der Hoesch-Gasometer schimmerte grünlich in der Sonne, der Florianturm streckte sich dem Himmel entgegen und hier und da spitzte sich ein Kirchturm in die Luft.

Die Bauweise der Häuser hatte sich geändert. Alte Bruchsteinhäuser, denen die Jahre der Emissionen durch die Stahlindustrie heftig zugesetzt hatten, lagen in den Hügeln verstreut – die Steine schwarzgrau gedunkelt.

Die Straße zum Haus der Schriftstellerin war eng und prompt kam mir ein Trecker entgegen. Obwohl er nach den tradierten Regeln der Straßenverkehrsordnung hätte ausweichen müssen, bewegte sich das Ungetüm direkt auf mich zu. Die Geste des Bauern auf dem Bock war unmissverständlich: Ich befand mich in einer Gegend, in der Männer grundsätzlich Vorfahrt hatten. Ich beugte mich der Diktatur des bäuerlichen Machismo und setzte mein Auto in eine Einfahrt, damit der Riese vorbeikonnte. Der Typ würdigte mich keines Blickes und konnte deshalb auch meinen ausgestreckten Mittelfinger nicht sehen.

Ich erreichte Lilo von Berghofens Adresse. Überrascht musterte ich das Gebäude. Ein solches Haus hatte ich noch nie gesehen: Es hatte die Form eines Tunnels, dessen Öffnungen verglast worden waren. Dunkle Holzbalken strukturierten die Glasfronten und gaben ihnen Stabilität. Das Dach war kein Dach, sondern eine grüne Landschaft aus dickem Gras.

Im Vorgarten blühten dunkelblaue Schwertlilien, lila Rhododendren und pinkfarbene Strauchrosen. Rechts und links vom Haus befanden sich riesige Steinquader, sodass es aussah, als würde das Hügelhaus zwischen den Blöcken herauswachsen. Das Gebäude schien wie eine Mischung aus Hexenhaus und Fuchsbau.

Ich parkte leicht verkehrsbehindernd und stieg aus. Hinter der Glasfront im Erdgeschoss versperrten weiße Gardinen die Sicht, oben war eine offene Galerie zu erkennen.

Ein grob gepflasterter Weg führte zur Tür. Auf einem Messingschild las ich die Initialen *L. v. B.*, den Klingelknopf entdeckte ich direkt darunter. Ich drückte lange und hörte die Glocke durch das Haus schallen.

Keine Reaktion. Lilo von Berghofen war entweder nicht da oder sie legte auf Besucher keinen Wert.

In die Tür waren in tabellarischer Ordnung Zahlen geritzt worden:

16	3	2	13
5	10	11	8
9	6	7	12
4	15	14	1

Was das wohl zu bedeuten hatte? Egal.

Sollte ich eine Nachricht im Briefkasten hinterlassen? Meine Visitenkarte unter der Tür durchschieben? Oder später noch mal wiederkommen?

Ich holte mein Handy heraus, wählte von Berghofens Nummer und vernahm gleich darauf Telefongebimmel.

Neben dem Hügelhaus lag ein Feld mit Raps, der kurz vor der Blüte stand. Ein Maschendrahtzaun markierte die Grenze zwischen Feld und dem Garten der Schriftstellerin.

Ich stiefelte am Zaun entlang. So erhielt ich einen Blick auf die Rückfront des Hauses. Es musste viel Raum bieten, denn im Kellergeschoss waren weitere Zimmer, ebenerdig zum Garten. Das Schönste auf dem Anwesen aber war ein riesiger, weiß blühender Kirschbaum, dessen Krone hoch über das Grasdach ragte. Hunderttausende von Blütenblättern bedeckten die Terrasse und einen Holzbalkon, von dem aus eine Treppe in den Garten führte.

Der Garten hatte alles, was ein Bauerngarten haben musste: Äpfel, Birnen, Pflaumen, Rosen, Lavendel und Himbeeren.

Unter meinem Fuß zerbarst mit einen lauten Krachen ein Zweig. Aufgeschreckt erhob sich ein Schwarm schwarzer

Vögel vom Feld und kreiste um das Haus. Ich verfolgte ihren Flug. Auf einmal gab es einen Knall und ich sah, wie aus der Höhe des Grasdaches ein dunkler Fleck herabfiel. Ein Vogel war gegen die Scheibe geprallt. Armes Tier.

Ich erreichte das Ende des Grundstücks. Neben einem Teich stand eine blau gestrichene Laube. In deren Nähe – durch quadratische Steine abgetrennt – erkannte ich einen Kräutergarten, in dem es das Übliche gab, das die bessere Hausfrau zum Kochen verwandte: Salbei, Minze, Rosmarin und Thymian. Von dem restlichen Grünzeug kannte ich die Namen nicht. Plötzlich hatte ich das Gefühl, beobachtet zu werden, konnte aber weder im Haus noch sonst wo jemanden entdecken.

Ich stakste zurück, ruinierte meine Pumps und fluchte herzhaft. In Höhe des alten Kirschbaums sah ich ihn auf dem Zaun sitzen. Der schwarze Vogel hielt sich geduckt und glotzte mich mit schwarzen Augen an. Sein Gefieder glänzte, er schlug unkoordiniert mit den Flügeln und schüttelte den Kopf, als wollte er sich von etwas Lästigem befreien.

Ich begriff: Das war der Rabe, der gegen das Glas geprallt war. Zum Glück lebte er noch. Aus dem Nasenloch über dem gebogenen Schnabel rann frisches Blut.

Beruhigend sprach ich auf das Tier ein und bewegte mich dabei vorsichtig rückwärts. Ich wollte es nicht wieder in Panik verfallen lassen; nur mühsam gelang es dem Vogel, nicht vom Zaun zu fallen.

Er stirbt doch noch, dachte ich und mein Magen krampfte sich zusammen. Ich konnte keine Tiere sterben sehen und brachte in der Redaktion jede Spinne oder Wespe eigenhändig nach draußen, was dem Bestreben, mich zur komischen Alten abzustempeln, ausgesprochen förderlich war.

Wind kam über das Feld. Der Rabe schüttelte sich, wiegte den Kopf hin und her, atmete in den Luftstrom, und als eine kräftige Windböe aufbrauste, ließ er sich in sie hineinfallen und von ihr wegtragen.

Er taumelte erst tief über den Rapspflanzen, schraubte sich dann aber höher und schaffte es, im Wipfel eines Baumes zu landen. Vielfaches Rabengeschrei – seine Leute begrüßten ihn. Das ist ein Happy End, wie es nur die reale Welt beschert, dachte ich, und nicht so ein süßlicher Kitsch à la von Berghofen.

Ich näherte mich dem Zaun, auf dem der Vogel gesessen hatte. Im Draht hatte sich eine schmale schwarze Feder verfangen. Vorsichtig zog ich sie heraus. Das Schwarz glänzte in der Sonne mit einem blauen Schimmer. Der Kiel war weiß und seine Spitze blutig.

Ich umwickelte den unteren Teil mit einem Stück Papiertaschentuch und steckte die Feder ein.

Natürlich tat sich im Erdhaus noch immer nichts, was mir aber nicht ungelegen kam. Jansen würde zwar nicht erfreut sein, aber: keine Lilo, keine Story.

Zurück bei meinem Auto bemerkte ich eine Schramme an der Tür. Der Verursacher hatte sich aus dem Staub gemacht. Den Tag kannste vergessen, dachte ich, Pleiten auf der ganzen Linie. Wenigstens ist der Rabe nicht gestorben.

Die Mittagszeit war vorbei und mein Magen knurrte. In Berghofen gab es nur ein Frühstücksbistro und eine nicht besonders vertrauenerweckend wirkende Pizzeria – von den Dorfkneipen mit sogenannten Stammgerichten abgesehen. Meistens handelte es sich dabei um Kreationen mit westfälischem Einschlag, Roulade oder Schlackwurst, Bratkartoffeln und Kohlwurst – nicht mein Ding.

Bevor ich den Motor startete, rief ich Jansen an und berichtete von meiner glücklosen Recherche.

»Dann warte eine Stunde und versuch's noch mal«, riet er. »Irgendwann wird sie schon nach Hause kommen.«

»Ich habe Hunger.«

»Dann geh was essen.«

»Hier?«

»Warum nicht? In Berghofen gibt's genug Kneipen, die Mittagstisch anbieten.«

»Woher weißt du das?«, fragte ich meinen Chef.

»In jedem Vorort gibt es die. Heute Abend möchte ich eine Erfolgsmeldung, Grappa.«

»Vielleicht ist die Frau ja auf Lesereise«, gab ich zu bedenken. »Oder sie lässt sich im schottischen Hochmoor von einer männlichen Muse küssen.«

»Klar. Sie könnte auch von Außerirdischen entführt oder von Mädchenhändlern verschleppt worden sein.« Jansen klang genervt.

»Aus dem Alter ist sie wohl raus«, entgegnete ich. »Vielleicht hat sie mich auch vor dem Haus gesehen und findet mich nicht sympathisch.«

»Nicht doch, Grappa: Dich zu sehen und richtig gern zu haben, hängt doch zusammen«, frotzelte Jansen.

»Ich bin sogar ums Haus geschlichen«, berichtete ich. »Aber außer einem Schwarm Raben habe ich nichts Lebendiges entdeckt. Vielleicht ist sie ja tot – erstickt an ihren süßlichen Liebesklischees. Wäre doch ein schöner Tod für eine Nackenbeißerin.«

»Nackenbeißerin?«

»Ist ein Fachausdruck. Schundromane heißen in der Literaturwissenschaft auch Nackenbeißer. Und weißt du auch warum?«

»Keinen Schimmer.«

»Weil auf dem Cover meistens junge Frauen abgebildet sind, über die sich ein Kerl beugt – und zwar so, als würde er seine Zähne gleich in ihren Nacken schlagen wollen.«

»Du meinst Vampirromane!«

»Keineswegs. Vampire beißen in den Hals und nicht in den Nacken.«

Jansen lachte. Zufällig sah ich in dem Moment zum Erdhügelhaus hin und bemerkte, dass sich die helle Gardine bewegte.

»Augenblick, da ist was«, rief ich aus. »Es scheint doch jemand da zu sein, da bewegt sich was.«

»Oben auf der Galerie?«

»Nein, unten.«

»Wo unten?«

»Unten eben.«

»Deine Angaben sind ja wieder mal sehr präzise, Grappa. Was siehst du denn nun?«

»Die Gardine wackelt.«

»Dann versuch's noch mal«, sagte Jansen. »Und zwar pronto.«

Ich drückte das Gespräch weg, stieg wieder aus und ging zum Haus. Doch auf mein heftiges Klingeln reagierte erneut niemand. Ich klopfte sogar, rief meinen Namen und den der Zeitung – es blieb totenstill. Frustriert kehrte ich zum Auto zurück.

Auf dem Weg ins Dorf erinnerte ich mich an Jansens Satz mit der ›Galerie‹. Ja, in dem Haus gab es eine offene Galerie – ich hatte sie von außen gesehen. Woher aber wusste Peter Jansen das? Kannte er das Haus?

Töttchen brutal

Mysterien, Geheimnisse und Verborgenes hatten mich schon immer fasziniert. Mein Interesse an Lilo von Berghofen stieg. Jansen wusste mehr über die Schriftstellerin, als er mir gegenüber zugeben wollte. Zuerst hatte er ihre Telefonnummer im Kopf, dann wusste er, dass ihr Haus eine Galerie besaß.

Die Kneipe hieß *Zur Steigerklause.* Vor der Tür pries eine Schiefertafel westfälische Spezialitäten an.

Ich zog die Tür auf und musste mich durch einen Filzvorhang kämpfen. Ein Sänger sülzte *Jenseits von Eden.* Der Hit erinnerte mich an meine Volksschulzeit.

Vor dem Tresen saßen und standen einige Männer, hinter der Theke agierte der Wirt. Einer der Tresensitzer war der Bauer, der mir mit seinem Trecker so galant die Vorfahrt genommen hatte. Alle glotzten mich an.

»Tach, die Herren«, sagte ich.

»Tach auch. Und?«, knurrte der Wirt.

»Ich las, dass in diesem Etablissement westfälische Köstlichkeiten gegen einen kleinen Obolus abzugeben sind«, flötete ich.

»Wat is?«

»Essen, guter Mann! Was können Sie mir empfehlen?«

»Töttchen«, kam es aus des Wirtes Mund.

»Töttchen? Kenn ich nicht.«

»Ich hab aber nur noch Töttchen«, erklärte er und grinste.

»Gut, dann eben Töttchen.«

»Setzen Sie sich, junge Frau.« Der Wirt deutete auf einen blank gescheuerten Holztisch. »Pilsken dazu?«

»Nein, Wasser, bitte.« Ich ließ mich auf den Stuhl fallen, er war ungepolstert und kalt.

Der Trecker-Rowdy blies eine Zigarettenwolke in meine Richtung. Ich wedelte sie mit übertriebener Gestik weg.

Im Mineralwasser schwamm eine müde Zitronenscheibe. »Töttchen kommt gleich«, brummte der Wirt, als er es mir brachte.

»Was ist denn nun im Töttchen so drin?«

»Was drin is? Keine Ahnung. Is abba lecka.«

An der Wand gegenüber hingen die Köpfe von Rehen und Hirschen. Sie waren auf Bretter genagelt. Rechts von mir hatte der Tierpräparator einen Raben auf einen Ast gesetzt. Sein Gefieder war stumpf und staubig.

Ich erinnerte mich an den Raben auf dem Zaun und kramte die Feder aus meiner Handtasche. Das Blut am Kiel war schwarz nachgedunkelt und eingetrocknet, der blauschwarze Glanz noch erhalten.

Der Wirt trabte erneut an, in der Hand eine Terrine und einen Teller. Ich schob die Blumendekoration beiseite, um Platz für das westfälische Gebinde zu schaffen.

»Guten Appetit«, murmelte der Wirt.

»Danke«, antwortete ich. »Kennen Sie sich hier aus in der Gegend?«

Er hatte mir schon den Rücken zugedreht, wandte sich aber noch einmal um. »Klar. Was wollen Se denn wissen?«

»Das Haus oben auf dem Berg«, sagte ich. »Mit dem Grasdach. Steht das schon lange da?«

»Der *Rabenhügel?*«

»Wenn das Haus so heißt, dann der *Rabenhügel.*«

»Seit zehn Jahren isses da. Vorher war dort was anderes.«

»Was denn?«

»Auch ein Haus, kleine Hucke aus Stein.«

»Wieso heißt das Haus *Rabenhügel?*«

Er überlegte. »Das hieß schon immer so.«

»Und warum?«

»Weil in dem Haus davor, also nicht in dem da jetzt, eine Alte wohnte. Die hatte ’nen Raben.« Der Wirt deutete auf den Teller vor mir. »Essen Se mal, das wird nich wärmer.«

Das Töttchen war ein mittelbraunes Gemisch aus zerstampftem Gemüse und irgendwelchem Fleisch. Todesmutig häufte ich eine Kelle von der Masse auf den Teller und starrte sie an.

Der Wirt stellte eine Plastikflasche Senf neben die Blumendekoration und verschwand erneut. Oben an der Flasche war der Senf eingetrocknet und von einem appetitlichen Dunkelgelb.

Das Töttchen dampfte und der Geruch erschien mir gar nicht mal so übel. Ich nahm einen Löffel davon und schob ihn in den Mund. Ich schmeckte Fleisch, Lorbeerblatt, Zwiebeln und sogar einen Hauch von Nelken. Nicht schlecht. Meine Anspannung löste sich und ich haute rein.

»Und? Wie isses?«, rief der Wirt zu mir herüber.

»Lecka!«, strahlte ich. »Gut gewürzt. Was ist denn da nun drin?«

»Kalbskopf, Lunge und Herz, gekocht und klein geschnibbelt«, antwortete er. »Mehlschwitze mit dem Saft ablöschen, dann noch 'n paar Gewürze und fertig isses Töttchen.«

»Alles klar«, nickte ich und schob den Teller von mir.

Ich bezahlte und schaute auf die Uhr.

Fast eine Stunde war seit meinem letzten Besuch auf dem Rabenhügel vergangen. Zeit, noch mal bei Lilo von Berghofen vorbeizuschauen.

Beim Hügelhaus hatte sich nichts verändert, ich telefonierte, klopfte an die Tür und beobachtete wieder die Gardinen. Täuschte ich mich oder hatte sich der Faltenwurf inzwischen noch einmal verändert?

Frustriert stapfte ich am Zaun entlang, vielleicht entdeckte ich irgendwo eine Tür, durch die ich aufs Gelände kam. Mein Vorhaben hieß Hausfriedensbruch, aber der Zweck heiligt die Mittel.

Tatsächlich stieß ich auf eine Stelle im Zaun, an dem die Maschen beschädigt waren. Es war einfach, das Loch zu vergrößern, und ich drückte mich durch.

Prompt landete ich in den Himbeeren. Die Stacheln hielten den Stoff meiner Hose fest, doch ich konnte mich mit einem kräftigen Ruck befreien.

Beherzt stiefelte ich die Treppe zum Holzbalkon hinauf und erschrak. Im Schatten eines Lorbeerbaumes stand ein über zwei Meter langer Holzkerl, grob geschnitzt. Der Penis war übertrieben groß und auf dem Kopf saß ein Vogel mit mächtigem Schnabel, um die Unterschenkel der Skulptur ringelten sich Schlangen. Der Wächter des Hauses, dachte ich.

Vorsichtig näherte ich mich dem Fenster und blickte in die Küche: ein Holztisch, darauf eine Obstschale, Einbauschränke, Küchengeräte und ein Weinregal. Die Tür, die in den Flur führte, war geöffnet und ich konnte von hier aus den Hauseingang sehen.

Eine Bewegung im Flur ließ mich zurückschrecken.

Da war jemand! Ich versuchte, mich zu verstecken, doch dann siegte meine Neugier und ich spähte umso angestrengter in das Innere. Jemand öffnete die Haustür und verschwand nach draußen.

Die Gestalt war massig, bewegte sich flink, zog aber das Bein nach.

Ein kleines Stückchen Wahrheit

Ich quetschte mich zurück durch das Loch im Zaun und lief wieder zur Vorderfront des Hauses. Doch es war wie verhext: Die Straße war leer. Keine Menschenseele, kein Motorengeräusch, sondern nur Stille.

Ich schaute zurück zum Haus.

»Krah!«

Über mir hockte ein Rabe auf einem Ast und schaute mich an.

»Na, du Rabe. Immer noch leicht bedeppert?«

Der Vogel rührte sich nicht, aber ich bemerkte Spott in seinen schwarzen, glänzenden Augen.

»Hast du jemanden weglaufen sehen?«, fragte ich.

»Krah ...«, machte er.

»Danke, du Huhn«, murmelte ich und griff zum Handy.

»Ich weiß nicht mehr weiter«, sagte ich zu Peter Jansen. »Hier gehen merkwürdige Dinge vor.«

Ich gab ihm eine Kurzversion der jüngsten Ereignisse. »Und auf dem Baum sitzt ein Rabe und bewacht das Haus. Aber auch er will niemanden gesehen haben«, schloss ich.

»Du redest jetzt schon mit einem Vogel?«

»Ich hab's versucht, aber er antwortet mir nicht.«

»Bleib da, Grappa«, befahl Jansen. »Ich komme vorbei.«

»Ruf lieber gleich die Bullen«, riet ich. »Irgendwas ist hier oberfaul.«

Ich verzog mich in mein Auto und behielt den *Rabenhügel* im Auge.

Nach zwanzig Minuten parkte Jansen seinen Wagen hinter meinem. »Lass es uns noch mal versuchen«, meinte er und wir gingen wieder zum Haus.

»Wo ist er denn?«

»Wer?«

»Dein Vogel!«

»Jetzt ist er weg.« Ich deutete zu einem Walnussbaum. »Genau da oben saß er.«

Doch Jansen hatte längst die Tür erreicht, klingelte, klopfte, rannte auf und ab. »Da stimmt doch was nicht!«, rief er. »Und es ging wirklich ein Mann aus dem Haus?«

»Von einem Mann hab ich nichts gesagt. Ein großer hinkender Mensch war's«, sagte ich. »Und jetzt würde ich gern mal wissen, warum du hier so einen Veitstanz aufführst.«

Mein Chef antwortete nicht. Er nahm die Faust und polterte damit gegen die Tür. »Gerlinde! Lilo! Nun mach auf! Hier ist Peter!«

Meine Ohren hörten, aber mein Gehirn konnte die Worte nicht sofort einordnen. Gerlinde, Lilo, Peter. Das klang sehr vertraut.

Ich rechnete nach. Jansen und die Schriftstellerin waren etwa gleich alt und die Frau hatte in Bierstadt gelebt, hier Abitur gemacht und war jetzt wieder zurückgekehrt.

»Ich rufe die Polizei«, sagte er verzweifelt.

»Meine Rede«, meinte ich. »Und bis die Bullen aufmarschiert sind, erzählst du mir die ganze Wahrheit.«

Nachdem Jansen telefoniert hatte, ließ er sich neben mich auf den Beifahrersitz fallen. Sein Atem ging schwer.

»Rede endlich«, forderte ich ihn auf. »Ihr kennt euch von früher, richtig?«

Mein Chef nickte. »Ich hatte sie aber aus den Augen verloren. Wie das so ist im Leben.«

Ich wartete.

»In der Schule war sie eine Klasse unter mir. Gerlinde. Sie wollte aber Lilo genannt werden. Schon damals hatte sie ein Faible für Fantasienamen.«

»Warst du verknallt in sie?«

Er lächelte. »Das waren wir alle irgendwie. Sie hatte was Besonderes an sich. Cool – würde man heute sagen. Kapriziös – so hieß das früher. Jedenfalls war sie anders als die anderen Mädchen.«

»Wie ist sie zum Schreiben gekommen?«

»Lilo glänzte immer mit Geschichten. Konnte von jetzt auf gleich die tollsten Storys erfinden. Schon damals war ihr Berufsziel Schriftstellerin.«

»Das hat sie geschafft«, sagte ich. »Wenn sie auch nur Nackenbeißer produziert.«

»Nach dem Abitur verschwand sie an irgendeine Uni. Unsere Wege trennten sich.«

»Und warum soll ich die Homestory über sie machen?«, fragte ich. »Das wäre doch eine gute Gelegenheit für dich gewesen, eure Freundschaft aufzufrischen.«

»Ich wollte erst mal abchecken, wie sie so drauf ist. Menschen verändern sich ja im Laufe eines Lebens«, gestand Jansen.

Ein Wagen näherte sich. Es war ein Zivilfahrzeug der Kripo. Zwei Männer stiegen aus.

»Brinkhoff ist selbst gekommen«, stellte ich erleichtert fest. »Also nimmt er die Sache ernst.«

»Sag ihm nicht, dass ich sie kenne«, bat Jansen.

»Und warum nicht?«

»Darum. Tust du mir den Gefallen oder nicht?«

Hauptkommissar Anton Brinkhoff leitete seit vielen Jahren die Abteilung für Kapitalverbrechen im Bierstädter Polizeipräsidium. Kapitalverbrechen bedeuteten fast immer Mord und damit eine Geschichte für mich. Wir waren häufig und manchmal heftig aneinandergeraten, hatten uns aber immer wieder zusammengerauft.

»Frau Grappa, Herr Jansen, guten Tag«, begrüßte uns Brinkhoff kurz. »Um was geht es genau?«

Mein Chef kam mir zuvor und schilderte, was passiert war.

»Sehe ich das richtig, dass Sie einfach in den Garten dieses Hauses eingedrungen sind, ohne dazu von der Besitzerin eingeladen worden zu sein?«, fragte Brinkhoff mich anschließend.

»Die Gardine bewegte sich und trotzdem machte niemand auf. Das musste doch was Schlimmes bedeuten«, verteidigte ich mich.

»Nicht, dass Sie jetzt immer die Polizei holen, wenn sich jemand weigert, Sie in sein Haus zu lassen«, stöhnte Brinkhoff. »Dann wollen wir mal sehen. Kommen Sie?«

Jansen und ich folgten Brinkhoff und seinem Kollegen zur Haustür. Auch Brinkhoff versuchte es mit Klingeln und Rufen und blieb glücklos wie wir.

»Dann mach mal, Heinz«, forderte der Hauptkommissar seinen Kollegen auf.

Der kramte die passenden Werkzeuge aus einem Koffer und machte sich am Türschloss zu schaffen. Nach fünf Minuten war es so weit: Die Tür sprang auf, der *Rabenhügel* war geknackt.

So was muss ich mir auch mal beibringen lassen, dachte ich fasziniert.

»Sie beide bleiben hier«, ordnete Brinkhoff an.

»Ich möchte aber mit«, widersprach ich.

»Das Leben ist kein Wunschkonzert, Frau Grappa.«

Die Männer verschwanden hinter der Tür.

»Ich hab kein gutes Gefühl«, flüsterte Jansen.

»Ich auch nicht«, bekannte ich. »Weißt du eigentlich, was diese Zahlen hier bedeuten?«

Ich wies auf das Quadrat an der Tür.

»Keine Ahnung«, meinte Jansen abwesend.

Um irgendwas zu tun, kopierte ich das Zahlengebilde in meinen Notizblock.

Schritte näherten sich, die beiden Polizisten kehrten zurück.

»Wir haben eine tote Frau gefunden«, teilte Brinkhoff mit. »Es scheint sich um die Hausbesitzerin zu handeln.«

Krimi oder Kochbuch

Eine halbe Stunde später war das Gebiet weiträumig abgesperrt, der Notarzt im Haus verschwunden und die Kriminalbeamten in den weißen Anzügen und den Schuhüberzügen waren ausgeschwärmt. Die Bluthunde kamen noch vor dem Leichenwagen, der den Körper von Gerlinde Bomballa in die Gerichtsmedizin bringen sollte.

Manchmal waren die Bluthunde sogar schneller als die Polizei, denn sie hörten rund um die Uhr den Polizeifunk ab, um keine der alltäglichen Katastrophen zu verpassen. Sie lebten vom Blut der anderen, ob es nun bei einer Schießerei, bei einem Massenunfall auf der Autobahn oder bei einer Messerstecherei im trauten Familienkreis vergossen wurde. Die Bluthunde nannten sich selbst *Videoreporter.*

Ich hatte den Bluthund des *Bierstädter Tageblattes,* Wayne Pöppelbaum, informiert und er turnte auf dem Feld herum, bewaffnet mit einer leistungsfähigen Digitalkamera. Sein merkwürdiges Outfit mit kahl geschorenem Schädel, Pferdeschwanz und langem, schwarzem Mantel passte zu einem Ort wie diesem, der *Rabenhügel* hieß und an dem hinkende Gestalten die Flucht ergriffen. Ich ging zu Brinkhoff.

»Wie ist sie getötet worden?«, fragte ich.

»Dazu kann ich nichts sagen«, zeigte sich der Hauptkommissar reserviert.

»Sie können mir doch wenigstens verraten, ob sie einen Strick um den Hals oder ein Messer in der Brust hat«, sagte ich. »Ob der Täter sie zerstückelt, mit den Händen erwürgt oder erschlagen hat.«

»Sie gehen mir auf die Nerven, Frau Grappa«, sagte Brinkhoff ärgerlich. »Der Staatsanwalt macht mich einen

Kopf kürzer, wenn ich Ihnen etwas erzähle – das wissen Sie doch.«

»Versuch macht kluch«, scherzte ich.

»Es sind keine äußeren Verletzungen zu erkennen«, gab er nun doch preis. »Vielleicht handelt es sich um einen Selbstmord oder einen natürlichen Tod. In diesem Fall müssen wir wirklich die Obduktion abwarten.«

Pöppelbaum hatte seinen Job auf dem Feld erledigt und gesellte sich zu uns.

»Hallo, Wayne«, sagte ich. »Alles im Kasten?«

»Das, was ging«, antwortete der Bluthund und blickte den Hauptkommissar an. »Ist ja nicht viel, was man hier so darf.«

Brinkhoff fühlte sich nicht angesprochen. »Was für Bücher hat die Frau eigentlich geschrieben?«, fragte er stattdessen.

»Die kennen Sie bestimmt nicht«, antwortete ich. »Sie tragen Titel wie *Sturm der Leidenschaft* oder *Die Herrin im Moor.*«

»Also Frauenromane«, schlussfolgerte der Kommissar.

»Nicht alle Frauen lesen so einen Kitsch«, widersprach ich.

»Grappa liest nur Krimis«, sagte Jansen. »Und Kochbücher.«

Ein Spurensicherer näherte sich uns. »Es gibt einen Abschiedsbrief«, plauderte er aus.

Jansen, Pöppelbaum und ich sahen uns vielsagend an.

»Danke, Kollege. Sie haben der örtlichen Presse gerade sehr geholfen«, gab Brinkhoff ihm einen drüber.

»Was dagegen, wenn wir in die Redaktion fahren?«, fragte Jansen.

Der Hauptkommissar ließ uns ziehen.

Ich bat Bluthund Pöppelbaum, so lange zu warten, bis der Sarg mit der Leiche aus dem Haus geschafft wurde. Sargfotos waren schön final und eigneten sich für blumige Unterzeilen.

Jansen und ich stiegen in unsere Autos und verließen Berghofen Richtung City.

Lilo ist müde

Die jahrelange Hinwendung zur mediterranen Küche hatte mich für die gehobene westfälische Küche untauglich werden lassen. Das Töttchen lag mir wie ein Stein im Magen.

»So schnell kann eine seichte Homestory zur spannenden Geschichte werden«, bemerkte ich, als uns der Aufzug im Verlagshaus nach oben beförderte.

»Freut dich das etwa?«, fragte mein Chef irritiert.

»Aber nein«, beeilte ich mich zu versichern. »Doch Spannungsvolles liegt mir mehr als sonnige Porträts. Wie war sie denn so, deine Lilo?«

»Komm erst mal mit in mein Büro, Grappa«, bat Jansen. »Ich habe dir noch nicht alles erzählt.«

Ich folgte ihm. Auf dem Flur begegnete uns Sekretärin Stella.

»Bitte zwei starke Kaffee für Frau Grappa und mich«, sagte Jansen. »Und zwar zügig.«

Stella, für die eine Aufforderung dieser Art normalerweise einer Verletzung ihrer Menschenwürde gleichkam, zirpte: »Sofort, Chef.«

Ich grinste. Jansen ließ nicht oft den Boss raushängen, aber wenn, dann wussten ein jeder sofort, dass er zu spuren hatte. Manchmal sogar ich.

Er schloss die Tür hinter uns und ließ sich schwer in seinen Stuhl fallen.

»Was ist denn bloß los mit dir?«, fragte ich. »Du siehst völlig fertig aus.«

»Sie hat sich nicht umgebracht.«

»Woher willst du das wissen?«

Stella öffnete die Tür und brachte zwei Becher Kaffee herein. Sie musterte uns neugierig. »Kann ich sonst noch etwas für Sie tun, Chef?«

»Ja, die Tür schließen. Aber von außen.«

Stella schnappte nach Luft.

»Danke für den Kaffee«, sagte ich sanft.

»Bitte!« Sie dampfte ab.

»Sie ist ermordet worden«, nahm Jansen den Faden wieder auf.

»Lass uns doch mal abwarten, was die Obduktion ergibt. Die werden das schon rauskriegen.«

Jansen zog die Schublade seines Schreibtisches auf, holte ein Papier heraus und reichte es mir.

Auf dem Briefpapier prangte der Name *Gerlinde Bomballa* in goldenen Buchstaben. Der Text darunter war mit der Hand und blassblauer Tinte geschrieben. Die Tote hatte eine schnörkellose, gut lesbare Schrift gehabt.

Lieber Pit,
Du bist bestimmt überrascht, nach so langer Zeit von mir zu hören. Immerhin sind über vierzig Jahre vergangen, seit wir uns das letzte Mal gesehen haben. Auch, wenn Du damals gesagt hast, dass Du mich nie wiedersehen willst, hoffe ich, dass die Wunden, die ich Dir schlug, inzwischen verheilt sind. Mein Leben war aufregend und anstrengend und ich habe mich entschlossen, nach Bierstadt zurückzukehren, um mich auszuruhen.
Ja, mein Lieber, auch ich bin älter geworden. Lilo ist müde.
Warum ich Dir das schreibe? Ich sehe Deinen skeptischen Blick vor mir, schon damals hast Du immer mehr gefragt als die anderen.

Ich sage es Dir so, wie es ist: Ich habe Angst und ich brauche deinen Rat. Nein, keine Tricks und kein doppelter Boden. Ich bin einer ungeheuerlichen Sache auf die Spur gekommen. Sag jetzt nicht, dass ich zur Polizei gehen soll, das tue ich auf keinen Fall. Die halten mich für wahnsinnig. Ich muss mit Dir reden.
Bitte! Tu mir den Gefallen – um der alten Zeiten willen, oder: trotz der alten Zeiten. Ich hatte keinen Mut, Dich anzurufen, deshalb schreibe ich diesen Brief.
Hilf mir, Pit! Ein letztes Mal.
Deine Lilo

Ich ließ den Brief sinken.

»Was hat sie denn Furchtbares entdeckt?«, fragte ich.

»Ich weiß es nicht, Grappa.« Jansen haute mit der Faust auf einen Zeitungsstapel.

»Du hast nicht mit ihr geredet?«

»Eben nicht.«

Ich schaute auf das Datum des Briefes. »Sie hat den Brief vor sechs Monaten geschrieben.«

»Ich weiß. Ich hab mich aber nicht gerührt.«

»Du hast sie hängen lassen?«, wunderte ich mich. »Das ist doch gar nicht deine Art. Peter – der immer Hilfreiche und Gute.«

»Tja. Diesmal nicht. Ich war immer wieder mal kurz davor, sie anzurufen oder ihr zu schreiben – hab's dann aber doch nicht gemacht.«

»Habt ihr eine Leiche in einem gemeinsamen Keller? Sie macht in dem Brief solche Andeutungen.«

»Ich war mal verliebt in sie und sie hat mich abblitzen lassen.«

»Kommt in den besten Familien vor«, sagte ich. »Und wie ging die Sache aus?«

»Gar nicht«, behauptete mein Chef. »Sie verführte mich und servierte mich dann ab. Aber das ist tausend Jahre her.«

»Sie hat sich also ganz anders verhalten, als die Protagonisten in ihren Trivialromanen. Die scheppern ja volle Pulle ins Happy End. Wie alt wart ihr damals?«

»Ich war achtzehn und sie sechzehn.«

»Euer erstes Mal«, tippte ich.

»Meins schon«, antwortete er. »Ihres bestimmt nicht.«

Ich unterdrückte einen Rülpser. Das Töttchen meldete sich.

»Grappa, was soll ich tun?«

»Erzähl den Bullen alles«, empfahl ich ihm. »Dir bleibt sowieso nichts anderes übrig, sonst kommst du in Teufels Küche.«

»Ja, du hast recht.« Es klang resigniert.

»Bleibst du an der Sache dran?«, fragte er.

»Ich soll beweisen, dass es Mord war?«

»Du sollst erst mal rauskriegen, vor was sie Angst hatte.«

»Es wäre einfacher gewesen, sie zu fragen, als sie noch lebte.«

»Natürlich. Hinterher ist jeder schlauer.«

»Ihr Männer seid ganz schön feige«, resümierte ich. »Immer sollen wir Frauen für euch die Kartoffeln aus dem Feuer holen.«

»Keine Verallgemeinerungen, du Kampfemanze«, brummte er. »Ich will, dass du an der Sache dranbleibst. Tu's mir zuliebe.«

Ich machte mich an die Arbeit und verfasste einen Artikel über den Tod der Autorin für die morgige Ausgabe. Die Pressestelle der Polizei bestätigte die Identität der im Haus gefundenen Leiche inzwischen offiziell.

Tod im Rabenhügel – titelte ich.

Lilo von Berghofen wurde gestern tot in ihrem Haus *Rabenhügel* im Stadtteil Berghofen gefunden. Die 59-jährige Autorin, Verfasserin vieler Bestsellerromane, hat einen Abschiedsbrief hinterlassen. Lilo von Berghofen, die eigentlich Gerlinde Bomballa hieß, war vor etwa einem Jahr in ihre Heimatstadt zurückgekehrt. Die genauen Umstände des Todes sind noch nicht bekannt, eine Obduktion ist angeordnet worden.

Pöppelbaums Fotos platzierte ich über und unter dem Text. Das erste zeigte den *Rabenhügel* von der Straßenseite aus, das andere den Sarg, wie er in den Leichenwagen geschoben wurde.

Ich lud ein Porträtfoto der Schriftstellerin von deren Homepage herunter, setzte es mitten in den Text und formulierte die Bildunterzeile: *Schrieb Millionenbestseller mit viel Herz: Lilo von Berghofen.*

Hugin und Munin

Zu Hause empfingen mich eine leere Wohnung, ein Kühlschrank mit einer Flasche Wein und einer Packung Magerquark darin und eine Ladung ungespültes Geschirr. Ich nahm den Wein, schloss die Küchentür und schaltete den Fernseher ein. Werbeblock: Edle Ritter retteten für eine blonde Maid eine mit Schokoladenzeugs gefüllte Waffel.

Das Töttchen hatte inzwischen den Widerstand gegen meine Verdauungssäfte aufgegeben. Noch ein paar Gläschen Wein draufgekippt und ich war wieder die Alte.

Im Hintergrund stellte die Moderatorin eines Privatsenders die Zuschauerfrage: *In welchem Land wurde der Tango erfunden? A) Dänemark oder B) Argentinien.*

Nein, diese Frage war viel zu schwer für mich, ich schaltete die Kiste aus.

Mit dem zweiten Glas Wein in der Hand setzte ich mich aufs Sofa und legte die Beine hoch. Meine Handtasche lag neben mir und ich kramte mein Notizbuch heraus. Die Zahlen auf Lilo von Berghofens Haustür waren mir in den Sinn gekommen.

16	3	2	13
5	10	11	8
9	6	7	12
4	15	14	1

Das große Quadrat bestand aus sechzehn kleinen Quadraten und in jedem Feld war eine Zahl zu lesen. Auf den ersten Blick erkannte ich keine Logik, mir fiel nur auf, dass jede Zahl nur einmal erschien und dass die höchste Zahl die Ziffer sechzehn war.

Ich begann, die Zahlen in den waagerechten Reihen zu addieren – es kam immer die Vierunddreißig heraus. Ich addierte die Ziffern in der Senkrechten – auch hier ergaben die Summen immer vierunddreißig. Leider assoziierte ich mit diesen Zahlen nichts.

Ich googelte die Zahl Vierunddreißig und geriet in die Bibel, und zwar ins 34. Kapitel der Prophezeiungen Jesaja:

> Denn mein Schwert ist trunken im Himmel, und siehe, es wird herniederfahren auf Edom und über das Volk, an dem ich den Bann vollstrecke zum Gericht. Des Herrn Schwert ist voll Blut und trieft von Fett, vom Blut der Lämmer und Böcke, vom Nierenfett der Widder.

Nein, das ergab keinen Sinn. Lämmer und Böcke waren mir in Berghofen nicht über den Weg gelaufen, nur ein Rabe. *Rabenhügel.* Ich hätte das Haus gern mal von innen gesehen.

Rabe. Das Vieh hatte mit Sicherheit eine mythologische Bedeutung. Ich googelte erneut.

Der lateinische Name lautete: *Corvus corax,* der Vogel war über fast ganz Europa, Nordafrika und Kleinasien verbreitetet.

Ich las:

Er ist wegen seines schwarzen Gefieders und des düsteren ›Gesangs‹ ein Tier der Unterwelt und des Todes. Im Aberglauben hielt sich der Bezug des Raben zu Tod und Wiederauferstehung, die Christianisierung rückte das Bild des Raben aber in Richtung Hölle. So zählt der Rabe zur regelmäßigen Gefolgschaft des Teufels. Hexen sollen sich gern in die Gestalt des schwarzen Vogels verwandeln oder es sind Seelen Verstorbener, die ein verwerfliches Leben geführt haben.

Ein Rabe auf dem Dach des Hauses deutet auf baldige Erkrankung eines seiner Bewohner. Sicherheitshalber soll man dreimal ausspucken, um das angekündigte Unglück abzuwehren. Lässt ein Rabe sein Krächzen auf dem Kirchhof erschallen, ist der zuletzt Beerdigte lebendig begraben.

Corvus corax spielte in den Mythologien vieler Völker eine große Rolle. In der *Edda,* dem isländischen Helden- und Götterepos, wurde der Gott Odin von zwei Raben begleitet, deren Namen *Hugin* und *Munin* waren.

Die Nornen schwiegen und wandten sich ab,
Entglitten in Nebelwogen.
Da saust es um Odin und schwirrte herab,
Zwei Vögel kamen geflogen.
Zwei Vögel im schwarzen Gewand der Nacht,
Sie schwebten um Haupt und Glieder.
Er lähmte nicht ihres Fluges Macht,

Sie setzten sich flatternd nieder;
Berührten die Schultern und hafteten bald,
Sie flüsterten Zauberklänge.

Heldin auf dem Weg zum Ziel

Ich träumte wirres Zeug und fühlte mich wie zerschlagen, als ich aufwachte. Nach dem Duschen rief ich Jansen an. Er war noch zu Hause.

»Spricht was dagegen, dass ich Berghofen noch mal abgrase?«, fragte ich. »Lilo war doch eine Art Berühmtheit und die werden von den Leuten besonders gut beobachtet.«

»Mach, was du für richtig hältst, Grappa«, sagte mein Chef. »Und lass dein Handy an.«

»Wann willst du Brinkhoff Lilos Brief geben?«

»Wenn es doch ein Selbstmord war, spielt der Brief keine Rolle«, meinte er. »Meine Lüge ist mir peinlich.«

»Okay, das klären wir später. Lass uns die offiziellen Ermittlungen abwarten. Irgendwann müssen die ja mal mit ein paar Fakten rüberkommen.«

Ich zog Sachen an, die meine Erscheinung weniger auffallen ließen: flache, derbe Schuhe und eine enge, schwarze Kappe. Mein roter Haarschopf würde sonst meilenweit zu sehen sein, wenn ich im Gelände umherstreifte. Weder Odins Raben noch hinkende Männer oder Wache stehende Polizisten sollten mich bemerken.

Doch vor dem Aufbruch in den Süden würde ich noch in meiner Lieblingsbäckerei frühstücken und mir ein Lunchpaket zusammenstellen lassen, um nicht wieder auf die Töttchenschmiede angewiesen zu sein.

Bäckersfrau Anneliese Schmitz drapierte gerade ein paar Brotlaibe im Fenster und winkte mir zu.

Ich betrat den Verkaufsraum, das *Bierstädter Tageblatt* lag auf der Theke – mit dem Lokalteil zuoberst.

»Die Frau Grappa«, strahlte die Bäckersfrau und strich den weißen Kittel glatt.

»Muss«, sagte ich, obwohl sie die Einstiegsfrage »Wie isses?« noch gar nicht gestellt hatte. Ihr fiel meine Ritualverletzung nicht auf.

»Lilo ist tot«, sagte Frau Schmitz. »Abba das wissen Sie ja. Hat sie's selbst gemacht?«

»Das steht noch nicht fest.«

»Ich lese die Bücher von der«, erklärte die Bäckerin. »Sie schreiben ja auch schon gut, Frau Grappa, aber die Berghofen war 'ne ganz wunderbare Schreiberin.«

»Danke für das Kompliment«, grinste ich. »Sie kennen die Bücher also?«

»Abba sicha!«, strahlte sie. »Hab grad eins angefangen. *Die schwarze Königin.*«

»Und? Isses spannend?«

»Und wie.«

»Krieg ich ein Brötchen?«

»Klar. Schinken und Gurke?«

»Sicher.«

»Dann gehen Se mal nach nebenan.«

Nebenan befand sich das Bistro der Bäckerei. Es war mit einfachen Tischen und Stühlen möbliert und wurde von den Singles in der Umgebung gut angenommen. Frau Schmitzens Kaffee war immer frisch und die Brötchen knackig. Und seitdem sie Rührei auf der Karte hatte, war ihr Kundenstamm noch größer geworden. Allerdings kamen die meisten Leute schon gegen sieben Uhr und das war überhaupt nicht meine Zeit. Frau Schmitz bedauerte das, denn sie hatte ihre Bemühungen nie aufgegeben, mich mit irgendeinem ihrer männlichen Kunden zu verkuppeln.

Ich hörte die Bäckerin herumkramen, die Kaffeemaschine machte Lärm und dann brachte sie mir auch schon mein Frühstück.

»Und? Wie geht die Geschichte in dem Buch?«

Sie überlegte. »Da ist ein junges Mädchen, das lebt auf dem Gut von Leuten, die abba nicht ihre richtigen Eltern sind.«

»Ah, ja«, sagte ich. »Das Mädchen heißt Rosalind und ist blond?«

»Nee, das ist nicht das Buch«, widersprach sie. »Sie heißt Veronika. Aber blond is sie.«

»Und weiter?«, kaute ich.

»Die Kleine hat's nicht einfach. Ihre Stiefmutter hasst sie und der Stiefvater will was von ihr. Also muss sie flüchten.«

»Und dann trifft sie einen Kerl auf einem Pferd?«

»Nee, nee. Er sitzt in einer Kutsche und rettet sie vor Räubern, die ihr auch was antun wollen.«

»Und der Mann hat schwarze Haare und ist ein Graf.«

»Genau!«, sagte sie überrascht. »Sie kennen das Buch doch, Frau Grappa!«

»Ich hab's mir irgendwie so gedacht«, gestand ich. »Und? Kriegen sich die beiden zum Schluss?«

»Keine Ahnung. So weit bin ich noch nicht.«

»Ich sag Ihnen was: Veronika und der Graf kriegen sich und die bösen Stiefeltern werden vom Schicksal bestraft.«

»Ehrlich?«

»Warten Sie's nur ab, Frau Schmitz, ich habe hellseherische Fähigkeiten.«

»Sie sind vielleicht eine, Frau Grappa«, lachte sie. »Die kriegen sich doch imma in diesen Büchern. Also nix mit Hellsehen.«

»Und warum lesen Sie solche Bücher, wenn Sie schon vorher wissen, wie es ausgeht?«

»Ich freu mich doch, dass ich es schon weiß«, antwortete die Bäckersfrau. »Und imma wieda die Sachen, die dazwischen kommen. Das ist oft aufregend ... und man ist mittenmang dabei, verstehen Sie das nicht?«

»Doch. Die Reise der Heldin an ihr Ziel«, sagte ich. »Alle Bücher sind nach der gleichen Machart geschrieben. Irgendeiner will irgendwo hin und andere legen ihm Steine in den Weg. Die Berghofen hat damit Millionen gemacht.«

»War wohl trotzdem arm dran«, meinte die Bäckerin. »Warum bringt sich so eine um? Geld macht eben nicht glücklich.«

»Irgendwelche Sorgen hat jeder Mensch«, antwortete ich. »Aber ich glaub nicht an Selbstmord.«

»Das hätt' ich auch nicht von Ihnen erwartet, Frau Grappa«, strahlte mich Frau Schmitz an. »Sie prokeln doch immer so lange, bis was rauskommt.«

»So isses. Und deshalb fahr ich jetzt noch mal nach Berghofen. Packen Sie mir zwei belegte Brötchen ein, bitte.«

Eisenhut und Küchentisch

Das rot-weiße Sperrband war noch da und die Tür trug das Polizeisiegel. Unwillkürlich schaute ich zu den Bäumen und auf das Grasdach: Der Rabe schien unterwegs zu sein.

Ich ging zu dem Haus, das dem *Rabenhügel* direkt gegenüberstand. Fünfzigerjahrebau mit bravem Vorgarten und Fenstern mit zugezogenen Gardinen, hinter denen man stehen konnte, ohne selbst gesehen zu werden.

Ich drückte auf die unterste Schelle, dann auf die zweite und die oberste – und wartete. Nichts.

Ich hatte mich schon vom Haus entfernt, als sich doch noch jemand rührte. Ein älterer Mann guckte aus einer Garage heraus, die an das Haus herangebaut war.

»Hallo!«, rief ich. »Darf ich Sie mal was fragen?«

Der Mann hatte an seinem Auto gewerkelt, die Hände waren ölverschmiert und das Unterhemd zeigte Flecken. Ich schätzte sein Alter auf siebzig Jahre.

»Ich bin vom *Bierstädter Tageblatt*«, erklärte ich. »Ihre Nachbarin ist gestern tot aufgefunden worden und ich schreibe eine Geschichte darüber. Kannten Sie Frau von Berghofen näher?«

»Die kleine Bomballa. Ja, die kenn ich schon lange. Seit sie noch 'n Kind war.«

»Haben Sie gestern was beobachtet? Kam irgendwer aus dem Haus gelaufen?«

»Gestern nicht«, antwortete der Mann. »Aber sonst war immer viel los bei der. Rein und raus ging's da – besonders am Wochenende.«

»Sie war eine berühmte Schriftstellerin«, meinte ich. »Das wussten Sie doch, oder?«

»Ich les keine Bücher nich. Aber gehört hab ich davon, ja. Ist sie umgebracht worden?«

»Wie war sie denn so?«

»Die Bomballa war 'ne Hexe«, sagte der Alte allen Ernstes. »Die hat mit Kräutern rumgemacht, der ganze Garten ist voll mit dem Zeuch, und mit Toten gesprochen hat sie auch. Das musste ja so enden mit der.«

Eine Frau steckte den Kopf aus dem Fenster und musterte mich eingehend. »Hugo, kommst du ma?«

»Hatte sie einen Mann oder einen Freund?«, fragte ich.

»Verheiratet war die nicht.«

»Männerbesuche?«

»Ich sach doch, da ging's immer rein und raus.« Er warf einen Blick zu seiner Frau, die noch im Fenster hing. »Jetzt muss ich ins Haus. Tach auch.«

Die Berghofen war also eine Hexe. Typisch für Dorfmenschen, dachte ich, jede Frau, die nicht verheiratet ist und sich noch dazu künstlerisch oder geistig betätigt, wird gleich der Hexerei verdächtigt. Vor dreihundert Jahren wäre Lilo von Berghofen wahrscheinlich auf dem Marktplatz verbrannt worden.

Mich zog es wieder zur Rückseite des Hauses, vom Balkon konnte ich ins Innere blicken.

Ich drückte mich am Maschendraht entlang, die Öffnung war noch da, und gelangte in den Garten.

Die Spurensicherer der Polizei hatten gründliche Arbeit geleistet, wenig Rücksicht auf die Pflanzen genommen, Pfingstrosen und Schwertlilien lagen zertreten auf dem Natursteinweg.

Sonst war der Garten gut in Schuss. Viele Pflanzen waren mir fremd, doch einige kannte ich: *Digitalis,* auf Deutsch Fingerhut, *Aconitum napellus,* der Eisenhut, Küchenschelle, Rittersporn und Maiglöckchen. Soweit ich wusste, war das alles hochgiftiges Zeugs, das es allerdings in vielen Gärten gab. Kaum einer hatte eine Ahnung, was er dort angepflanzt hatte.

Beherzt nahm ich die Stufen zur Terrasse hoch, ging zum Fenster und schaute in die Küche.

Meine Augen brauchten eine Weile, um etwas erkennen zu können. Doch was ich dann sah, versetzte mir einen Schreck. Auf dem Küchentisch saß ein Mädchen und blickte auf den Boden. O nein, dachte ich, die haben ein Kind eingeschlossen!

Ich klopfte an die Scheibe. Die Kleine sah auf. Sie hatte blaue Augen und schwarze Haare, war altertümlich gekleidet und sehr blass.

»Was machst du denn hier?«, schrie ich.

Das Kind reagierte nicht.

»Nun sag doch was!«, rief ich. »Was machst du da drin?«

Die Kleine lächelte und begann, mit den Beinen zu schaukeln. Sie trug weiße Kniestrümpfe und Spangenschuhe.

»Mach die Tür auf!« Ich deutete auf den Riegel. »Du kannst nicht allein in diesem Haus bleiben.«

Keine Reaktion. Das Kind schien mich nicht zu verstehen.

Ich zog mein Handy aus der Tasche und wählte Brinkhoffs Nummer.

»Ich bin am *Rabenhügel*«, berichtete ich. »Hier sitzt ein kleines Mädchen in der Küche und schaukelt mit den Beinen.«

»Wie kommt denn ein Kind in das Haus?« Brinkhoff war perplex.

»Das weiß ich doch nicht. Wahrscheinlich haben Ihre Leute das Haus nicht richtig durchsucht.«

»Und warum treiben Sie sich da schon wieder rum?«

»Ich habe einen Job, Herr Brinkhoff. Wann kommen Sie denn nun endlich? Das Kind sitzt immer noch auf dem Tisch.«

»Sind Sie sicher, dass Sie richtig hingeschaut haben? Ist alles in Ordnung mit Ihnen?«

»Natürlich. Ich leide doch nicht an Halluzinationen.«

»Bei Ihnen würde mich so was nicht wundern«, meinte Brinkhoff trocken. »Aber meinetwegen. Ich mach mich auf den Weg. Bleiben Sie bitte da und reden mit dem Kind.« Er legte auf.

Das Mädchen lächelte. Ich kramte meine kleine Digitalkamera aus der Handtasche. Brinkhoff würde einsehen, dass ich nicht an Wahnvorstellungen litt, wenn ich ihm ein Foto präsentieren konnte. Und den Lesern des *Tageblattes* konnte ich eine Exklusivgeschichte bieten.

Ich richtete die Kamera auf das Kind und drückte ab. Das Mädchen rutschte vom Tisch und verschwand in den Tiefen des Hauses.

Die Melencolia

Ich folgte Brinkhoff zur Haustür. Er erbrach das Polizeisiegel und öffnete.

Vor uns erhob sich eine große schwarze Holzfigur, die über und über mit Nägeln und Eisenklingen verziert war. Der Kerl war ein Mann, denn sein Penis war halb aufgerichtet, in der linken Hand trug er einen Speer und als Brustschild die Stirnplatte eines Tieres.

»Der sieht ja zum Fürchten aus«, meinte ich.

»Ein afrikanischer Nagelfetisch«, erklärte Brinkhoff. »Ein Schutzgeist, der die Krankheiten von den Menschen nimmt.«

»Was Sie alles wissen«, wunderte ich mich.

»Recherche, Frau Grappa«, entgegnete er. »Diese Technik wenden Sie ja auch hin und wieder an.«

»Ja, aber meistens komme ich ohne sie aus«, entgegnete ich.

Brinkhoff grinste: »So, und nun zeigen Sie mir mal, wo das Kind ist.«

»Es war in der Küche«, sagte ich und deutete nach vorn. »Auf diesem Holztisch hat es gesessen.«

»Da sitzt aber kein Kind.«

»Das sehe ich auch. Das Mädchen muss in einen anderen Raum gegangen sein.«

»Gut, dann wollen wir mal das Haus durchsuchen.«

Brinkhoff schaute in alle Ecken, in denen sich ein kleiner Mensch verbergen konnte – doch nirgendwo hatte sich ein kleines Mädchen versteckt.

Die skeptischen Blicke, mit denen mich der Hauptkommissar zwischendurch bedachte, störten mich nicht. Ich wusste schließlich, was ich gesehen – und fotografiert – hatte.

Der *Rabenhügel* war ein faszinierendes Haus. Die Verfasserin von kitschigen Liebesromanen lebte ganz anders, als ich es vermutet hatte. Keine Barockmöbel mit Intarsien, kuscheligen Sofas und Sessel mit Blümchenmuster oder prätentiöse Samtgardinen, sondern klare, sachliche Möbel, abstrakte Gemälde, Masken und Skulpturen und Stelen aus Übersee. Persönliche Dinge wie Fotos oder Urkunden suchte ich vergebens.

»Keine Spur von einem Kind«, stellte der Hauptkommissar fest.

»Es war aber hier«, sagte ich. »Ich schwöre es. Warum sollte ich lügen?«

»Um einen Blick in dieses Haus werfen zu können«, antwortete er.

»Das ist eine ungerechte Unterstellung«, verteidigte ich mich. »Ich habe ein Foto von dem Mädchen gemacht. Vom Balkon aus.«

»Dann zeigen Sie mal«, forderte mich der Kommissar auf.

Ich versuchte, die Kamera zu aktivieren, doch sie gab keinen Mucks von sich.

»Die Akkus sind wohl leer«, entschuldigte ich mich. »Aber das Foto ist da drin. Glauben Sie mir.«

»Dann lassen Sie uns jetzt zum Präsidium fahren und uns das Foto ansehen.«

»Gerne«, sagte ich.

Bei Hinausgehen fiel mein Blick auf eine gerahmte Grafik, die an der Wand im Flur hing. Das Bild zeigte eine sitzende Frau mit Flügeln und einem Lorbeerkranz. Sie hatte den Kopf in den Händen verborgen und schien nicht die beste Laune zu haben. Über ihrem linken Flügel hing eine Zahlentafel. Die Zahlen kamen mir sehr bekannt vor, sie waren identisch mit denen in dem Quadrat an der Haustür.

Ich trat näher und merkte mir den Titel der Grafik: *Albrecht Dürer – Melencolia I.*

»Kommen Sie, Frau Grappa«, herrschte mich Brinkhoff an. »Auf zur Stunde der Wahrheit.«

Erotisch und pervers

Die Bierstädter Kripo war inzwischen technologisch auf dem neuesten Stand. Die Computer verfügten ein Bildbearbeitungsprogramm und USB-Steckplätze. Ich schloss meine Digitalkamera an und wartete, bis die Fotos, die auf dem Chip waren, geladen worden waren.

Das letzte musste das Kind vom *Rabenhügel* sein. Mit bebendem Herzen beobachtete ich den Ladevorgang und da war es auch schon: Ich hatte den Holztisch in der Küche fotografiert.

»Schöner Tisch«, stellte der Hauptkommissar fest.

»Ich verstehe das nicht«, sagte ich fassungslos. »Das Mädchen saß auf dem Tisch. Bitte glauben Sie mir!«

Ziemlich verstört verließ ich das Präsidium, hatte Mühe, mich auf den Verkehr zu konzentrieren, und parkte endlich vor dem Verlagshaus. Etwas Merkwürdiges war geschehen, aber was? Der Nachbar hatte Lilo von Berghofen als Hexe bezeichnet. War das Kind ein Geschöpf, das sie herbeigezaubert hatte?

Nein, dachte ich, so ein Quatsch, es gibt keine Hexerei und keine Magie – alles auf der Welt hat seine natürlichen Ursachen, auch wenn die Menschen sie nicht sofort erklären können.

Mir fiel ein Beispiel dafür ein: Die Wikinger sahen in den Polarlichtern Walküren, die nach jeder großen Schlacht über den Himmel ritten und die Helden auswählten, die an Odins Tafel speisen durften. In Wirklichkeit aber prallten elektrisch aufgeladene Teilchen des Sonnenwindes aufeinander, woraus diese leuchtenden Erscheinungen hervorgingen. Die Erkenntnis über die wahren Zusammenhänge kam allerdings erst viele Jahrhunderte nach den Wikingern.

Ich fuhr mit dem Aufzug nach oben und betrat das Großraumbüro. Es war nicht viel los, die Kollegen waren unterwegs, um die morgige Ausgabe des Blattes mit wichtigen und weniger wichtigen Informationen füllen zu können.

Stella und Sara, zwei der drei Redaktionssekretärinnen, machten ihre vierte Kaffeepause an dem Tag, Simon Harras saß in ihrer Mitte und ließ sich von den beiden mit Kuchen und Geplapper verwöhnen.

Männer, dachte ich, am wohlsten fühlen sie sich als Hähnchen im Korb. Ich wollte die traute Dreisamkeit nicht stören, meine Ohren konnten Harras' lautem Organ aber nicht entkommen.

»Was ist der Unterschied zwischen erotisch und pervers?«, fragte er die beiden Damen.

Stella und Sara schüttelten die Köpfe.

»Erotik ist, wenn ein Mann eine Frau mit einer Feder streichelt«, erläuterte Harras und nahm einen Schluck aus dem Kaffeebecher, um die Pause zu zelebrieren. »Und pervers ist«, fuhr er fort, »wenn an der Feder noch das tote Huhn hängt.«

Gelächter. Ich wusste, dass ich wieder auf der Erde und im Diesseits angekommen war.

Ein romantisches Millionenpaket

Am späten Nachmittag wurde das Ergebnis der Obduktion bekannt gegeben. Lilo von Berghofen war durch Gift gestorben. Welches Gift es gewesen war, musste erst noch analysiert werden – aber die Behörden gingen jetzt von einem Kapitalverbrechen aus.

Auch den angeblichen Abschiedsbrief hatte die Kriminaltechnik inzwischen untersucht. Die Tinte auf dem Papier war mehrere Jahre alt und die Staatsanwaltschaft glaubte, dass es sich um eine zufällige Notiz handelte. Die Nachricht hatte sowieso nur aus einem Satz bestanden: *Ich kann nicht mehr.*

Ich lief mit dem Fax in der Hand in Peter Jansens Büro.

»Hier, der Obduktionsbefund.« Ich legte ihm das Papier auf den Tisch. »Es handelt sich um einen Giftmord. Der Abschiedsbrief war nicht echt.«

»Verdammt! Ich hatte gehofft, dass mir das erspart bleibt.«

»Was heißt das? Hast du der Polizei Lilos Hilferuf in dem Brief an dich etwa immer noch nicht gezeigt?«, rief ich.

»Noch nicht.«

»Das solltest du aber jetzt unbedingt tun«, meinte ich. »Außerdem war da noch was.«

Ich erzählte, was mir am Vormittag widerfahren war, und endete: »Die Nachbarn halten Lilo für eine Hexe. Vielleicht haben sie recht. Sie hat das Kind auf den Tisch gezaubert.«

»Schon als Teeanger hatte Lilo etwas Übersinnliches an sich, experimentierte gern mit magischen Sachen, legte Karten und brachte Gläser zum Rutschen. In der Schule spielte sie sich damit locker in die Liga der interessantesten Schüler. Natürlich gibt es für diese Phänomene eine physikalische Erklärung.«

»Auch für kleine Mädchen, die auf Küchentischen sitzen und sich dann in Luft auflösen?«

»Ach, Grappa«, seufzte Jansen. »Ich habe es mir abgewöhnt, für alles auf dieser Welt logische Erklärungen zu suchen. Wie sah die Kleine denn eigentlich aus?«

Ich beschrieb das Kind.

»Genau so hat Lilo früher ausgesehen«, murmelte Jansen. »Schwarzes Haar, blaue Augen und eine blasse Haut. Vielleicht war sie es und wollte dir etwas mitteilen …«

»Das glaubst du nicht wirklich, oder?«

Peter Jansen zuckte mit den Schultern. »Es würde zu ihr passen. Und jetzt werde ich Brinkhoff den Brief geben. Schreibst du vierzig Zeilen für die Eins?«

»Mit dem Mädchen auf dem Küchentisch oder ohne?«

»Lass es lieber weg, Grappa. Bleib bei den Fakten«, riet er. »Sonst halten dich unsere Leser noch für eine Märchentante.«

Ich fuhr den Computer hoch.

Autorin starb durch unbekanntes Gift. Diese Überschrift hielt sich nun wirklich an die Fakten. Ich tippte weiter:

> Lilo von Berghofen (59), die bekannte Bierstädter Liebesromanautorin, starb durch Gift. Um welches Gift es sich handelt, müssen weitere Analysen ergeben. Einen Selbstmord schließt die Polizei aus. Der Abschiedsbrief mit dem Satz *Ich kann nicht mehr* bezeichnen die Ermittler inzwischen als »zufällige Notiz«. Eine Untersuchung der Tinte ergab, dass die Worte vor langer Zeit geschrieben worden sind.
> Von einem ihrer direkten Nachbarn im Stadtteil Berghofen wurde die Schriftstellerin als Hexe bezeichnet. Ihre Art zu wohnen und zu leben erregte wohl das Misstrauen der dörflichen Bevölkerung.

Ich beschrieb den *Rabenhügel,* die Giftpflanzen im Garten, machte noch einen kleinen Ausflug in die Nackenbeißerszene und erwähnte die Millionenauflagen. Das Ganze garniert mit einem Foto aus Lilos besseren Tagen und fertig.

Wer erbte eigentlich das Vermögen der Autorin? Von Verwandtschaft war nirgendwo die Rede. Ich erinnerte mich an die Lektorin und rief sie an.

»Wissen Sie noch, wer ich bin? Ich wollte eine Homestory über Frau von Berghofen schreiben.«

»Das Ganze ist eine Katastrophe für unser Haus«, sagte Emma Born. »Die Auflage ist kontinuierlich gestiegen und wir hatten noch große Pläne mit ihr. Acht ihrer historischen Liebesromane sollten in den nächsten Jahren verfilmt werden. Sie wäre eine zweite Rosamunde Pilcher geworden, noch romantischer und noch beliebter. Die Vertragsverhandlungen sind gerade abgeschlossen.«

»Ein Millionenprojekt also?«

»Das kann man so sagen.« Emma Borns Stimme klang sehr betroffen. »Bei der zu erwartenden Zuschauerquote und weil es sich um ein sogenanntes Buy-out handelt, ist dieses Paket tatsächlich ein paar Millionen Euro wert.«

»Was heißt Buy-out?«

»Bei dieser Vertragsform tritt der Urheber sämtliche Verwertungsrechte ab. Ein Buy-out hat den Vorteil, dass die Autoren schneller zu mehr Geld kommen und nicht auf Wiederholungen warten müssen. Andererseits kann der Film aber auch immer wieder gesendet werden, ohne dass ein weiteres Honorar an die Autoren gezahlt werden muss.«

»Was für ein Mensch war Frau von Berghofen?«, fragte ich.

»Eine sehr professionelle Schreiberin«, urteilte Emma Born. »Wir hatten keine Probleme miteinander. Aber befreundet waren wir nicht – falls Ihre Frage darauf abzielt.«

»Und wer bekommt jetzt das viele Geld?«

»Das entzieht sich meiner Kenntnis«, antwortete Emma Born kühl. »Irgendjemand wird seine Ansprüche schon geltend machen. Derjenige kann sich glücklich schätzen, denn der Vertrag über die Verfilmungen ist sogar schon unterschrieben.«

Auf dem Verlagsparkplatz traf ich Simon Harras. »Lust auf 'n Absacker?«, fragte er.

»Warum nicht?«, willigte ich ein. Zu Hause wartete niemand auf mich und für ihn galt vermutlich das Gleiche.

Als hätte er meine Gedanken erraten, meinte er: »Wollen wir nicht zusammenziehen, Grappa? Ohne Erotik? Eine Wohngemeinschaft für Singles, die es bleiben wollen?«

Ich musterte ihn. Groß, grobschlächtig – aber ein guter Kerl. Der tägliche Anblick seiner Pullover würde mich allerdings in den Wahnsinn treiben.

»Lass mal, Süßer«, sagte ich. »Ohne Erotik geht nicht. Wenn ich mit einem Mann zusammenziehen sollte, will ich jeden Abend schmutzigen Sex.«

»Grappa! So eine Libido hast du noch? In deinem Alter?« Er kicherte. »Da bleibt bei den meisten Mädels die Küche schon kalt.«

»Wenigstens hast du Libido nicht mit Libero verwechselt«, grinste ich.

»Kennst du eigentlich den Unterschied zwischen erotisch und pervers?«

Ich verdrehte die Augen nach oben. »Ich mag tote Hühner nur auf dem Grill.«

»Du kennst den schon?«, fragte er enttäuscht.

»Klar. Was ist denn nun mit dem Absacker?«, erinnerte ich ihn.

»Wo willst du hin?«

»Die Wahl des Etablissements überlasse ich dir«, antwortete ich.

Er schleppte mich in einen Schuppen, der *Sportlertreff* hieß. Dem Namen entsprechend, pflegten sich hier die Bierstädter Sportler herumzutreiben – Fußballer genauso wie die Jungs vom Ruderachter.

Die Bude war übervoll und verräuchert. Länger als eine Stunde würde ich meine Lungen dem herumwabernden Gift nicht aussetzen können. Zumindest nicht ohne einige Gläser Wein.

»Weißt du, was ich klasse finde?«, fragte ich meinen Kollegen.

»Nein, sag mal.«

»Dass demnächst in solchen Spelunken nicht mehr gequalmt werden darf.«

»Dann wird der Schuppen hier aber leer sein«, meinte Harras. »Was macht eigentlich deine tote Schriftstellerin?«

»Sie ist immer noch tot«, antwortete ich. »Und ich komme nicht voran. Da gibt es einen hinkenden Mann und ein kleines Mädchen. Beide sind verschwunden. Und Jansen macht mir auch Sorgen.«

»Warum das denn?«, wurde Harras neugierig.

Mist, dachte ich. Warum konnte ich meine Klappe nicht halten?

»Er ist vielleicht nur ein bisschen überarbeitet«, wich ich aus. »Unser Chef wirkt etwas angeschlagen.«

»Es gibt Gerüchte in der Redaktion«, sagte Harras.

»Und welche?«

»Dass er die Tote gekannt hat. Die Sekretärinnen haben ein paarmal Anrufe der Schriftstellerin entgegengenommen und sie mit Jansen verbunden.«

»Na und?«

»Ich sag's ja nur, Grappa«, meinte Harras. »Du weißt doch, dass es keine Geheimnisse in unserer Quatschbude gibt. Willst du dir noch weiteren Alkohol zuführen?«

Jansen vor dem Nervenzusammenbruch

Nur zwei Tabletten im Morgengrauen verhinderten, dass mich ein fetter Kater am Wickel hatte. Ich schminkte mich etwas gründlicher als üblich, frühstückte und schleppte mich in die Redaktion. Jansen war schon da.

»Wie war's bei Brinkhoff?«, fragte ich. »Was hat er zu dem Brief gesagt?«

»Er war nicht gerade erfreut, dass er ihn so spät zu Gesicht bekommen hat«, antwortete Jansen. »Und er hält Lilo für ziemlich durchgeknallt. Immerhin hab ich rausgekriegt, dass sie sehr vermögend war. Und es gibt ein Testament.«

»Dass sie Geld hatte, wusste ich.« Ich erzählte ihm von meinem Gespräch mit der Lektorin.

»Ich bin froh, dass ich das hinter mir habe«, meinte Jansen. »Dieser Brief lag mir im Magen und mir tut es total leid, dass ich Lilo nicht angerufen habe. Vielleicht wäre dann alles anders gekommen.«

»Hat sie eigentlich mal versucht, dich telefonisch zu erreichen?«, fragte ich.

»Kein Ahnung.«

Warum lügt er?, dachte ich. »Verstehe ich nicht. Das wäre doch naheliegend gewesen.«

»Sie hat mich aber nicht angerufen, Grappa!«, entgegnete er scharf.

»Ist ja gut«, zog ich mich zurück. »Wer weiß, was dir erspart geblieben ist. Manches im Umkreis dieser Frau scheint mir höchst merkwürdig.«

Am frühen Nachmittag schickte die Staatsanwaltschaft ein weiteres Fax. Dr. Heiko Pudel ließ verlauten, dass die Autorin durch ein Pflanzengift namens *Rizin* ums Leben gekommen sei.

Ich lief erneut in Jansens Büro. Mein Chef saß mit versteinerter Miene in seinem Bürostuhl.

»Hast du es schon gehört?«, fragte ich. »Das Gift heißt Rizin.«

»Ich brauche einen Kaffee«, murmelte er.

»Was ist passiert?«

Jansen war bleich und hatte Schweißperlen auf der Stirn. »Erst den Kaffee.«

»Okay.« Ich stürzte in die Küche, brachte die Maschine zum Glühen, verschüttete die Hälfte der Brühe und spurtete zurück in Jansens Einzelzelle.

»Und jetzt red endlich!«

Jansen nahm den Becher, die Hand zitterte. »Mich erreichte gerade ein Anruf«, berichtete er. »Von einer Anwaltskanzlei. Lilo hat mir ihr ganzes Vermögen hinterlassen. Rund zehn Millionen Euro.«

Ich begriff sofort, dass Jansen nun ein dickes Problem hatte.

Nicht nur ein Abführmittel

Eine Stunde später verschwand mein Chef, um Lilo von Berghofens Testamentsvollstrecker in seiner Kanzlei zu besuchen.

Er hatte mich zum Schweigen verdonnert. Ich kannte Jansens chronische Geldknappheit – drei Kinder in der Ausbildung, ein noch nicht abgezahltes Haus und die Angst vor einem Alter in Armut.

Hatte der Mann ein Glück! Andererseits – je länger ich über den unverhofften Millionensegen nachsann, umso mehr schlichen sich finstere Gedanken in meinen Kopf. Jansen würde sich unangenehme Fragen gefallen lassen müssen – auch von mir.

Um mich abzulenken, bereitete ich meinen Artikel für die morgige Ausgabe vor. Immerhin gab es ja etwas Neues zu berichten in dem Fall, der sich behäbig wie ein Urwaldfluss durch den Dschungel bewegte. Meine Schuld, dachte ich, ich kam genauso wenig in die Gänge wie die Polizei.

Ich suchte nach *Rizin* und las:

Rizin ist einer der giftigsten Eiweißstoffe, die in der Natur vorkommen. Gelangt das Gift in den menschlichen Organismus, so bringt es die Zellen zum Absterben. Für die tödliche Vergiftung eines Erwachsenen sollen 0,25 Milligramm isoliertes Rizin oder zwei bis vier der schön ornamentierten Samenkörner genügen.
Rizin ist fettunlöslich. Daher ist es im durch kalte Pressung der Samen gewonnenen Rizinusöl nicht enthalten. Rizin ist in der Kriegswaffenliste des Kriegswaffenkontrollgesetzes aufgeführt.
Nach der Aufnahme einer tödlichen Dosis tritt der Tod nach 36 bis 72 Stunden ein. Es treten folgende Symptome auf: Übelkeit, Erbrechen, Durchfall, Schwäche, Tachykardie, Abdominalschmerzen und akuter Flüssigkeitsverlust. Der Tod erfolgt durch Lähmung medullärer Zentren, besonders des Atemzentrums. Das Gift kann auch inhaliert (als Aerosol eingeatmet) oder injiziert werden. Die Symptome ändern sich dementsprechend: Lungenödem, Atemstillstand und schwere Lähmungen sind die Folge.

Kein schöner Tod, dachte ich, aber welcher Tod ist schon schön? Ich hatte zwar einige giftige Pflanzen in Lilos Garten identifizieren können, aber die Rizinuspflanze hatte ich nicht gesehen.

Die Zubereitungsart des Giftes war denkbar einfach, las ich, ein paar Samen in einem Mörser zerstoßen und fertig.

Es gab einige bekannte Attentate, die mit dem Gift begangen worden waren, zum Beispiel das sogenannte ›Regenschirmattentat‹ auf den bulgarischen Schriftsteller und Dissidenten Georgi Markov in London 1978. Der Täter, vermutlich ein Agent des damaligen bulgarischen Geheimdienstes, verletzte das Opfer scheinbar zufällig mit einer präparierten Regenschirmspitze. Dabei wurde ein winziges Platinkügelchen von einem Millimeter Durchmesser in den Oberschenkel des Opfers injiziert. In der Platinkugel fanden sich zwei mit Zuckermasse verschlossene dünne Kanäle, die mit Rizin gefüllt waren und das Gift langsam freisetzten. Markov starb drei Tage nach dem Attentat. Das Platinkügelchen wurde nur durch Zufall entdeckt, da nach dem Tod des Dissidenten auch von der verfärbten Injektionsstelle eine Gewebeprobe entnommen worden war.

Auch bei Rechtsradikalen und Terroristen erfreute sich das Gift großer Beliebtheit: 1991 wurden in Minnesota mehrere Mitglieder der rechtsextremistischen Gruppe *Patriots Council* festgenommen, weil sie für einen Anschlag auf Bundespolizisten eine Menge an Rizin hergestellt hatten, die für über einhundert Tote ausreichend gewesen wäre. Auch in verlassenen *El-Kaida*-Häusern in Kabul waren angeblich Herstellungsanleitungen für Rizin gefunden worden und die islamistische Terrororganisation *Ansar al-Islam* sollte Versuche mit Rizin im Nord-Irak gemacht haben.

Die Redaktionskonferenz fand ohne den Chef statt. Aber jeder wusste, was an Terminen anlag, und die neuen Aufgaben wurden einvernehmlich verteilt. Der Tag verlief routinemäßig – zumindest vordergründig.

Simon Harras trug heute keinen der bekannten Pullover, sondern ein gelbes Hemd, auf dem blau-weiße Schafe weideten.

»Toller Fummel«, grinste ich.

»Ich bin halt tierlieb«, quittierte er meine Kritik. »Erzähl lieber mal, ob es was Neues über Lilo gibt.«

Wir hatten uns in die Kantine zurückgezogen.

»Die Berghofen ist mit Rizin umgebracht worden«, berichtete ich. »Und sie hinterlässt ein Millionenvermögen.«

»Dann ist die Sache ja simpel«, meinte Simon. »Der, der erbt, ist es gewesen.«

»Die einfache Lösung ist nicht immer die richtige«, widersprach ich.

»Bin ich froh, dass ich Sportreporter bin. Da kommt's nur drauf an, was im Tor landet, wer am schnellsten ist und wer am weitesten kommt. Alles schön messbare Geschichten, die völlig eindeutig sind.«

»Wer's simpel braucht«, grinste ich, »der kriegt's auch simpel. Kommt männlichen Denkstrukturen ziemlich entgegen.«

»Deine rudimentären feministischen Aufbäumungsversuche sind immer wieder lustig, Grappa-Baby.«

»Hauptsache, die Haare sitzen.«

»Selbst das ist mir inzwischen wurscht«, seufzte er und deutete auf die letzten Fussel auf seinem Schädel.

»Wer Rizin einnimmt, stirbt lange und qualvoll«, erklärte ich. »Du kotzt dir die Seele aus dem Leib, hast furchtbare Krämpfe, dann ist das Atemzentrum gelähmt und deine Leber zersetzt sich. Und tschüss.«

»Bei meiner Leber würde das keine Rolle mehr spielen.« Er legte die Hände auf den kleinen Bierbauch. »Aber der Rest hört sich wirklich furchtbar an. Wünsche ich meinem größten Feind nicht. Diese Tante muss ja einiges ausgefressen haben, dass jemand so großen Hass entwickelt hat.«

»Eben hast du noch auf Geldgier als Motiv getippt«, erinnerte ich ihn.

»Da kannte ich aber die Wirkung von diesem Rizinuszeug noch nicht.«

Das Handy klingelte. Auf dem Display erkannte ich die Nummer von Wayne Pöppelbaum, dem Bluthund.

»Die haben jemanden festgenommen«, berichtete er. »Kam gerade über Funk. Und sie sind unterwegs zu einer Durchsuchung. Moment, ich hab mir die Straße aufgeschrieben …«

Er nannte Peter Jansens Heimatadresse.

Die lieben Kollegen

Natürlich hatte nicht nur Pöppelbaum den Funk abgehört, alle anderen Bluthunde hatten sich auch schon vor dem Reihenhäuschen im Süden der Stadt versammelt.

»Hallo, Grappa«, begrüßte mich ein Kollege des schlimmsten aller Blut-und-Sperma-Blätter. »Biste gekommen, um deinen Chef zu retten?«

»Fick dich ins Knie«, blaffte ich, »und wenn du irgendeinen Mist schreibst, dann mach dich auf was gefasst.«

»Jetzt schlotter ich aber vor Angst«, höhnte der Kollege.

Die Polizeiaktion war in vollem Gange. Die Beamten trugen Kartons und Plastikbeutel aus dem Haus. Blitzlichter flammten auf, einige Bluthunde trampelten im Gelände herum und versuchten, durch die Fenster des Hauses zu fotografieren und zu filmen.

Ich wollte hinein, doch ein Polizist hielt mich erwartungsgemäß zurück.

»Soll ich Bilder machen?«, fragte Wayne. Es schien ihm unangenehm zu sein, die Polizeiaktion zu fotografieren, die sich gegen seinen Hauptkunden richtete.

»Ja, knips«, sagte ich müde. »Wir sind doch Profis, oder? Das wird sich alles schon aufklären.«

Kurze Zeit später drängten die Polizisten die Journalisten von der Bühne. Die Kollegen zogen nach und nach ab, sie hatten alles, was möglich war, im Kasten. Auch Pöppelbaum verabschiedete sich.

Gerda Jansen hatte keine Erklärung für alles. Sie hatte mich hereingebeten und wir saßen im Wohnzimmer. Ich war noch nicht oft in diesem Haus gewesen und schon gar nicht unter solchen Vorzeichen.

»Wo ist Peter jetzt?«, fragte ich.

»Sie vernehmen ihn, ob er heute Abend nach Hause kommt, weiß ich nicht.«

»Was ist genau passiert?«

»Peter kam vom Notar nach Hause. Er erzählte mir von der Erbschaft und wir waren völlig außer uns. Stell dir das mal vor! Zehn Millionen Euro!«

»Kanntest du Lilo von Berghofen?«, fragte ich.

»Ich wusste nicht viel über sie«, antwortete Gerda Jansen. »Peter und Lilo sind auf dieselbe Schule gegangen. Wobei ich nicht wusste, dass es diese Schriftstellerin war. Für mich hieß Peters Schulfreundin Gerlinde Bomballa. Und ihre Bücher lese ich auch nicht – die sind mir zu schlicht.«

Eine warme Welle der Sympathie für die Frau meines Chefs durchlief mich.

»Sie hat ihr Vermögen Peter vermacht. Warum?«

Gerda Jansen strich durch ihr blondes kurzes Haar. »Das können wir uns auch nicht erklären.«

»Es gab da ja einen Brief …«, tastete ich mich vorsichtig vor.

»Ja, den Hilferuf«, nickte sie. »Peter hat sich aber bei ihr nicht gemeldet. Er wollte nichts mehr mit ihr zu tun haben.«

»Das sagt er jedenfalls.«

»War es denn nicht so?«

»Ich glaube ihm«, beruhigte ich sie. »Was stand in dem Haftbefehl?«

»Ich weiß es nicht.« Sie schüttelte den Kopf. »Sie haben Peter vor dem Haus abgefangen und festgenommen. Ich konnte nicht mehr mit ihm reden.«

Ich überlegte. Irgendwas lief hier schief. Die Erbschaft allein konnte ein solch hartes Vorgehen nicht erklären. Die Polizei musste wesentlich mehr Pfeile im Köcher haben.

»Peter braucht einen Anwalt«, stellte ich fest. »Und zwar den besten. Soll ich mich drum kümmern, Gerda?«

»Ja, bitte. Ich muss jetzt erst mal unseren Kindern alles schonend beibringen.«

Ich sprach dem besten Strafverteidiger, den ich kannte, ein paar dringende Sätze auf den Anrufbeantworter. Jansen war Untersuchungshäftling, das bedeutete, dass der Haftrichter von Fluchtgefahr ausging und ich mit Peter nicht reden konnte.

Aber dem Verteidiger musste die Staatsanwaltschaft sagen, was sie Jansen vorwarf und wie die Beweislage war.

Ich kehrte in die Redaktion zurück und verfasste eine knappe Notiz über die Festnahme. Niemand sollte uns nachsagen können, negative Nachrichten, die uns selbst betrafen, zurückzuhalten.

Die Kollegen vom *Tageblatt* waren geschockt und tuschelten miteinander. Ich wartete, bis alle gegangen waren. Vielleicht enthielt Peters Computer Informationen, die mir weiterhalfen. Die Polizei war noch nicht im Büro gewesen, um den Rechner zu beschlagnahmen. Diesmal würde ich schneller sein.

Zu meinem Glück ging Peter nachlässig mit seinem Passwort um. Er hatte es sich unter seiner Schreibtischunterlage notiert. Zuerst checkte ich die dienstlichen Mails, fand aber nichts, was mit Lilo oder dem Fall zu tun haben konnte.

Dann klickte ich auf einen Ordner, der den Namen *Private E-Mails* trug.

Ich entdeckte eine Adresse bei einem Mailanbieter. Ich klickte noch mal und der Nickname schrieb sich von selbst, als ich den ersten Buchstaben eingab: Jansen. Auch das Passwort war gespeichert.

Das Herz schlug mir bis zum Hals bei der Durchsicht der ein- und ausgegangenen Mails. Jansen hatte regen Kontakt mit Lilo von Berghofen unterhalten.

Verdammt, Peter, dachte ich, warum tust du das? Warum diese vielen Lügen?

Was sollte ich machen? Die Mails lesen und löschen? Sie lesen, ausdrucken und den Behörden übergeben?

Ich hatte gar keine Zeit, alle Nachrichten jetzt zu lesen. Es waren etwa dreißig Mails. Ich markierte sie und leitete sie an meine eigene Mailadresse weiter. Danach löschte ich den Ordner und fuhr den PC herunter. Natürlich konnten die Behörden die Dateien wiederherstellen und würden dann auch wissen, dass jemand mir die Mails geschickt hatte, aber das würde eine Weile dauern. Aus meiner Adresse war nicht auf meinen Namen zu schließen und die Behörden müssten ihn erst über den Provider abfragen. Dieser Zeitvorsprung könnte eine Chance sein, Peter zu helfen.

Auf dem Weg zum Verlagsparkplatz zitterten mir die Knie.

Gerda zweifelt

Zu Hause öffnete ich meinen privaten Mail-Account. Die Weiterleitung hatte geklappt. Nach einer Stunde Lektüre und drei Gläsern Wein stellte sich mir die Situation folgendermaßen dar:

Jansen hatte auf den Hilferuf seiner Jugendfreundin doch reagiert und sie besucht. Aber Lilo von Berghofen hatte ihm nicht erzählt, vor wem oder was sie Angst hatte. Sie tat alles als Irrtum ab.

Peter und Lilo hatten sich mehrmals getroffen, doch die Dates waren – zumindest nach dem Inhalt der E-Mails zu schließen – harmlos gewesen. Die beiden schienen ihre erotische Schulaffäre nicht wieder aufgefrischt zu haben.

Ich atmete auf. Warum nur hatte er gelogen? Wenn er ein Alibi für die Tatzeit hatte, würde er schnell wieder auf freiem Fuß sein. Doch der Todeszeitpunkt war noch nicht bekannt.

Durch meine Recherchen über das Gift Rizin wusste ich, dass die tödliche Substanz bei jedem Menschen anders wirkte, und noch war nicht bekannt, wann und wie der Mörder es der Autorin eingeflößt hatte. Vielleicht ein bisschen Pulver in Wein, Kaffee oder eingebacken in einen Kuchen. Alles war möglich.

Ich rief Gerda Jansen an.

Sie meldete sich nur mit: »Hallo?«

»Grappa hier. Ich stelle jetzt mal eine dumme Frage«, begann ich. »Welche Pflanzen wachsen in eurem Garten?«

Brav zählte sie das übliche Zeugs auf, das einem massenhaft in Gartencentern für ein paar Cent nachgeworfen wurde.

»Warum fragst du?«, wollte sie dann doch wissen.

»Die Frau ist mit Gift aus der Rizinuspflanze getötet worden«, erklärte ich. »Könnten die Beamten irgendwas bei euch gefunden haben, was auch nur entfernt einem Pulver gleicht oder einer Samenkapsel?«

»Nein. Sie haben Akten mitgenommen, Bankauszüge und Peters Computer.«

Dann haben sie auch die Mails gefunden, dachte ich.

»Danke. Ich hab den besten Anwalt informiert. Halte

durch, Gerda, und stärke Peter den Rücken. Es wird noch ein paar Überraschungen geben.«

»Überraschungen?«

»Peter unterhielt einen regen Kontakt mit Frau von Berghofen.«

»Was?«, fragte Gerda Jansen.

»Du solltest das wissen, falls die Polizei fragt.«

»Heißt das, dass er und sie …?«

»Nein, nein«, beruhigte ich sie. »Da war nichts. Jedenfalls nichts Sexuelles.«

»Und warum erzählt er mir das dann nicht?«

»Das klärst du besser mit ihm selbst, wenn er wieder draußen ist. Und jetzt gute Nacht.«

Weiße Mäuse in der Küche

Dr. Bernd Ridder war ein Wadenbeißer. Uneitel und beinhart. Er war der Richtige, um Peter Jansen freizubekommen.

Als er anrief, frühstückte ich gerade. Ich schilderte ihm den Fall im Schnelldurchlauf und er versprach, sich sofort zu kümmern.

Bevor ich zur Redaktion fuhr, stoppte ich vor der Bäckerei.

»Tach auch«, sagte ich und schnupperte. Nichts riecht besser als frisch gebackenes Brot.

Frau Schmitz hielt die Blöd-Zeitung in der Hand. »Oweia«, sagte sie unheilvoll.

»So isses. Kann ich mal sehen?«

Sie reichte mir das Blatt.

Zehn Mio. für einen Mord? – stand in großen roten Lettern auf der Titelseite. Auf einem der Fotos war Peter Jansen zu sehen, wie er gerade zu einem Polizeiwagen begleitet wurde, außerdem gab es mehrere Bilder vom *Rabenhügel* und natürlich eins der toten Lilo von Berghofen. Der Text war hart, aber so geschrieben, dass er juristisch unanfechtbar sein durfte. Der Reporter hatte außerdem einen Zeugen aufgetrieben, dessen Name mit S. W. abgekürzt war. Dieser Mann behauptete, dass Lilo von Berghofen ihr Testament vier Wochen vor ihrem Tod zugunsten von Peter Jansen geändert habe.

»Hat der Jansen das getan?«, stellte die Bäckerin die Fragen aller Fragen.

»Natürlich nicht«, antwortete ich im Brustton der Überzeugung.

»Darf er das Geld behalten, wenn er's doch war?«

»Liebe Frau Schmitz«, sagte ich leicht angesäuert. »Das war die falsche Frage. Ich werde ihn da rausholen, und zwar bald.« Vor allen Dingen muss ich den Namen des angeblichen Zeugen rauskriegen, dachte ich.

»Das schaffen Se schon«, tröstete mich die Bäckerin. »Mandelhörnchen? Sind grad frisch. Bisken Nervennahrung kann ja nicht schaden.« Sie packte mir zwei der leckeren Halbmonde in eine Papiertüte.

»Und noch ein Vierkornbrot«, bestellte ich. »Aber geschnitten.«

Auf dem Weg zum Auto rief ich Dr. Ridder an. Er hatte die Zeitungen bereits gelesen und war auf dem Weg zum Untersuchungsgefängnis.

»Ich brauche den Namen dieses angeblichen Zeugen«, sagte ich. »Und ich muss wissen, was die Polizei bei der Hausdurchsuchung gefunden hat.«

»Sie kriegen alles, was Sie wollen, Frau Grappa«, meinte Ridder. »Nach dem Termin mit meinem Mandanten schaue ich mal beim Staatsanwalt vorbei und verlange Akteneinsicht.«

Wir verabredeten uns für vier Uhr in seiner Kanzlei.

Im Großraumbüro fehlte die vertraute Geräuschkulisse, die Festnahme Jansens hatte Elan und Mitteilungsfreude gedämpft. Die Kollegen, die noch nicht unterwegs waren, saßen vor ihren Rechnern und starrten auf die Monitore.

»Was ist denn hier los?«, fragte ich in die Runde. »Macht euch keine Sorgen – das kommt schon in Ordnung.«

»Hat sie wirklich ihr Testament geändert?«, fragte Stella.

»Scheint so«, meinte ich.

»Erbt Jansen jetzt die zehn Millionen?«

»Nicht, wenn er sie umgebracht hat«, meinte Sara.

»Jansen hat niemanden umgebracht«, motzte ich. »Und er wird das auch beweisen können. Sein Anwalt ist gerade bei ihm, der haut ihn da schon raus.«

»Wenn ich zehn Millionen hätte ...«, meinte Stella träumerisch. »Ich würde aufhören zu arbeiten.«

»Ich wusste gar nicht, dass man mit etwas aufhören kann, mit dem man überhaupt noch nicht angefangen hat«, sagte ich.

Harras grinste. Stella zog eine beleidigte Schnute und Sara kicherte.

»Wie wär's mit einem schönen, starken Käffchen?«, fragte Harras in die Runde.

Keine der Damen fühlte sich angesprochen, beide wandten sich der Redaktionspost zu.

»Dein Charme hat sich schon abgenutzt«, konstatierte ich. »Die Mädels parieren nicht mehr.«

Sara zischte und Stella warf mir einen bösen Blick zu.

»Dann koch ich eben den Kaffee«, tat Harras kund. »Mir bricht kein Zacken aus der Krone, wenn ich mal einen Knopf drücke.«

»Dafür opfere ich meine frischen Mandelhörnchen«, versprach ich.

Ich folgte Harras in die Kaffeeküche. Die schmutzigen Tassen stapelten sich mal wieder.

»Ist dir schon mal aufgefallen, dass jeder über versiffte Becher meckert, aber selbst nie spült?«, fragte ich.

»Ich schon«, sagte Harras und ließ heißes Wasser ins Becken laufen. Er weichte die Becherkollektion ein und wandte sich dem Kaffeeautomaten zu. »Mach ich das richtig?«, fragte er dann.

»Süßer, wir sollten doch heiraten«, meinte ich. »Du hast Fertigkeiten, die man sonst bei Männern vergeblich sucht.«

»War das ein Antrag, Grappa?«, grinste er. »Pass bloß auf, dass ich dich nicht beim Wort nehme. Dabei kennst du meine erlauchtesten Kunststücke noch gar nicht.«

»Mach mal eins vor.«

»Willst du das wirklich?«, meinte Harras mit laszivem Ton und griff an seine Gürtelschnalle.

»Nee, lass stecken«, sagte ich schnell. »Und das meine ich wörtlich.«

»Grappa-Baby! Du denkst immer nur an das eine. Was ist denn nun mit den Mandelhörnchen?«

Ich holte die Papiertüte aus meiner Großraumtasche und suchte nach einem Teller.

In dem Augenblick kam Stella in die Küche: Harras wurde am Telefon verlangt. Irgendein Bundesligaspieler wollte den Kollegen Sportredakteur sprechen. Er trottete hinter der Sekretärin her.

»Lass mir ein Hörnchen übrig«, sagte er, zur Tüte blickend.

Ich dekorierte die Teilchen auf zwei Tellern. Seit Jahren war ich den Dingern verfallen und alle Menschen in meiner Umgebung wussten das. Anneliese Schmitz hatte sie nur wegen mir in ihre Angebotspalette aufgenommen und sorgte dafür, dass sie immer frisch, knackig und mit Schokoladenenden versehen waren.

Ich ließ das Wasser aus dem Becken und spülte die Tassen ab. Ein leises Lachen in meinem Rücken – ich erschrak und drehte mich um. Das Mädchen vom *Rabenhügel* saß auf dem Küchenschrank. Es war genauso gekleidet wie gestern.

Die Kleine griff nach den Mandelhörnchen, erreichte sie aber nicht, denn sie bewegten sich plötzlich und krochen auf der Ablage herum. Ich sah genauer hin: Die Hörnchen hatten sich in weiße Mäuse verwandelt!

Entsetzt schloss ich die Augen. Nicht durchdrehen, Grappa, dachte ich. Für jedes Phänomen auf dieser Erde gibt es eine logische Erklärung. Auch für das, was sich gerade hier abspielte.

»Was ist denn los, Grappa?«, fragte Harras. Ich hatte ihn nicht zurückkommen hören. »Du bist ja weiß wie die Wand.«

»Alles okay«, murmelte ich und blinzelte. Das Mädchen war verschwunden und die beiden Hörnchen lagen unschuldig auf den Tellern.

»Sieht nach Unterzuckerung aus«, diagnostizierte Harras. »Beiß mal schnell vom Hörnchen die Ecken ab.«

»Nee, lass mal.« Meine Stimme war noch etwas belegt. »Du kannst sie alle beide haben.«

»Was? Du verschmähst die Teile? Dann bist du wirklich krank. Aber mir soll's recht sein.« Mit schnellem Griff packte er einen Halbmond und biss hinein.

»Die Sache mit Jansen hat mich völlig aus der Bahn geworfen«, murmelte ich. »Ich esse erst wieder Hörnchen, wenn Peter frei ist.«

»Ob du das durchhältst?«, zweifelte er und schlug seine Zähne erneut in die süße Mandelmasse.

»Klar.«

»Großes Indianerehrenwort?«

»Meinetwegen auch das«, meinte ich. »Hast du eigentlich im Flur ein kleines Mädchen gesehen? Schwarze Haare, blaue Augen?«

»Was? Nee, da war niemand.«

Teufelswerk und Testament

Die Maschine stand in der Ecke des Büros auf einem wackeligen Tischchen. Ich beobachtete Brinkhoff, wie er bedächtig das Pulver in die Filtertüte füllte. Er machte alles langsam und gründlich und ohne Ansehen der Person. Eigentlich eine gute Einstellung für einen Leiter der Mordkommission – ich bezweifelte aber, ob sie gerade in diesem Fall von Vorteil sein würde.

Brinkhoff drückte den Startknopf der Maschine und setzte sich wieder hinter den Schreibtisch.

»Ich höre«, sagte er. »Sie haben mir eine wichtige Information angekündigt.«

Ich schilderte ihm, wie ich den *Rabenhügel* zum ersten Mal aufgesucht hatte. »Ich ging also zur Hinterseite des Hauses, blickte vom Balkon aus in die Küche und sah, wie eine Gestalt flüchtete«, erzählte ich.

»Mann oder Frau?«

»Ich tippe auf einen Kerl. Er war schwarz angezogen, groß und wirkte irgendwie unheimlich. Und er hat ein Bein nachgezogen.«

Brinkhoff starrte mich an. »Ich kenne den Typen. So sieht nur einer aus.«

»Wirklich?«, fragte ich verdattert.

»Sie haben den Teufel gesehen, Frau Grappa!«

»Wen?«

»Teufel – auch Beelzebub genannt. Groß, schwarz und ein Bocksfuß!« Er wollte sich ausschütten vor Lachen.

»Sie glauben mir nicht?«

»Natürlich glaube ich Ihnen.«

»Ich hab nicht den Eindruck.«

»Haben Sie ihn auch fotografiert, Frau Grappa? So wie das kleine Mädchen?«

»Alles stimmt, was ich gesagt habe!«

»Natürlich«, kicherte Brinkhoff. »Manche Frauen werden im Alter unerträglich, andere verfallen der Depression und Sie, liebe Frau Grappa, haben Halluzinationen als Begleiter gewählt. Wenigstens originell! Oder wollen Sie nur Ihren Chef aus der Schusslinie holen? Und jetzt entschuldigen Sie mich, ja? Ich muss zu Staatsanwalt Pudel.«

Das war ein Schuss in den Ofen gewesen. Wie ein geprügelter Hund schlich ich aus dem Polizeipräsidium und fuhr zur Redaktion.

Die Kollegen überraschten mich mit der Mitteilung, dass die Verlagsleitung einen kommissarischen Chef geschickt hatte. Die Oberbosse schienen sich auf einen längeren Aufenthalt Jansens in der Untersuchungshaft einzustellen.

Ich mied das Großraumbüro und verkroch mich in meine Einzelzelle. Kaum im Zimmer, klingelte das Telefon.

»Willst du was Neues hören, Grappa?«, fragte Wayne Pöppelbaum.

»Nur, wenn es was Nettes ist«, seufzte ich.

»Weiß nicht. Nett ist es nicht, aber interessant.«

»Dann sag's!«

»Die Berghofen hatte ihr Testament ja geändert, und zwar kurz bevor sie den Löffel abgegeben hat«, plapperte er. »Zugunsten von deinem Chef.«

»Das steht schon im Konkurrenzblatt«, gähnte ich. »Sagtest du nicht was von neu?«

»Ich weiß, wer davor die Kohle kriegen sollte«, sagte Wayne.

»Ach ja?«

»Ein Typ namens Salomon Wachlin.«

»Und wer soll das sein?«

»Das ist der, der in der Blöd-Zeitung zitiert worden ist.«

Ich erinnerte mich an die Initialen S. W. »Ja, und?«, meinte ich. »Dann hat der Typ ja allen Grund, sauer zu sein. Immerhin sind ihm zehn Millionen durch die Lappen gegangen. Aber Lilos Tod hilft ihm nicht.«

»Da hast du recht«, stimmte Pöppelbaum zu. »Die Frage ist aber, ob er gewusst hat, dass Jansen alles kriegen sollte. Was, wenn er weiter glaubte, er sei der Erbe? Und einfach schneller an die Kohle kommen wollte? Dann könnte er doch der Mörder sein, oder nicht?«

Ich überlegte. Gar nicht dumm, was der Bluthund da von sich gab. »Wachlin hätte dann ein fettes Motiv«, sagte ich. »Ich werde mir den Typen mal ansehen und testen, wie geldgeil er ist.«

»Und wenn er gewusst hat, dass er nichts mehr erbt?«, stellte Pöppelbaum seine eigene These infrage.

»Dann hat er sie eben aus Rache oder Wut getötet«, konterte ich. »Jetzt hab ich endlich ein Motiv entdeckt und du hast nichts Besseres zu tun, als es mit wieder kaputtzumachen. Überlass das Denken am besten mir.«

»Okidok. Hast du noch Zeit für ’n Joke?«

»Klar.«

»Weißt du, was der Unterschied zwischen erotisch und pervers ist?«

»Lass mich mal überlegen«, bat ich. »Erotisch ist, wenn ich einen Mann mit einem schwarzen Pferdeschwanz streichle … und pervers ist, wenn an dem Schwanz noch ein toter Bluthund dranhängt.«

»Ich schüttele nie wieder mein Haar für dich, Grappa. Du gönnst mir auch gar nichts.«

Salomon Wachlin. Er stand nicht im Telefonbuch, aber im Internet fand ich den Namen. Wachlin betätigte sich als

Magier und hatte sich den Künstlernamen Johann Faust verpasst.

Die nächste Stunde holte ich mir alles auf den Schirm, was die Stichworte schwarze und weiße Magie hergaben.

Ich lernte, schwarze Magier strebten nach Reichtum, Macht und Ansehen und das höchste Ziel eines Schwarzmagiers war, seine Macht über das ganze Universum auszudehnen und in die tiefsten Geheimnisse des Kosmos einzudringen – und zwar ohne Rücksicht auf Verluste.

Das Internet präsentierte ein umfangreiches Kursangebot. Zur *Einführung in die Magie* war zu lesen:

Dieser Kurs vermittelt die theoretischen Aspekte ebenso wie die Praxis. Ein Schwerpunkt liegt auf Techniken der Schutzmagie und der entsprechenden Rituale. Ebenso werden die fünf Formen der Magie (Verzauberung, Divination, Invokation, Evokation und Illumination) und die Sigillenmagie erläutert. Das Entwickeln eigener Rituale und das Durchführen kleiner Zauber sollten nach diesem Kurs beherrscht werden.

Wer sichergehen wollte, konnte die magischen Rituale auch durch den Zauberer durchführen lassen. Die Formulierungen wurden alltagsnäher. Es gab nette Sachen wie: Freundschaften zerstören, Chaosmagie, schwarze Magie bei Untreue, Feinde ins Unglück stürzen, schwarze Puppenmagie und Voodoo.

Schließlich stieß ich auf eine historische Beschwörungsformel:

Nimm reines Wachs, schreibe darauf also: »Vertreibe ihn, Adonay, wie man den Rauch vertreibet und wie das Wachs zerschmelzen wird im Feuer, also sollen die Gottlosen für Gott kommen.« Leg es auf sieben angezündete Kohlen samt dem Rauchwerk, lasse es darauf zerschmelzen und verbrennen. Unterdessen sprich sieben Mal: »Adonay, mein Gott, stehe auf und lasse deine Feinde verstreuen und meine Hasser flüchtig werden vor dir.« Wenn nun kein Rauchwerk mehr gehet, so lösche die Kohlen mit fließendem Wasser, das keine Sonne beschienen hat, ab und vergrabe sie vor Sonnenaufgang um des Feindes Wohnstätte oder Lager, du wirst seines Unfalls bald gewahr werden.

Ziemlich umständlich, dachte ich, ich hatte meine Gegner bislang immer weniger aufwendig ins Aus geschickt. Ein paar kleine Intrigen und gut war's.

Die Homepage vom *Zauberer Johann Faust* war mit einem Kontaktformular ausgestattet. Ich schrieb Wachlin ein paar launige Zeilen und bat um baldige Antwort.

Gift im Weinglas

Bernd Ridder machte ein skeptisches Gesicht. Der Verteidiger hatte sich bei der Staatsanwaltschaft auf den neuesten Stand gebracht – und der war nicht besonders hoffnunggebend. »Jansen hat die Geschädigte in ihrem Haus besucht«, erklärte der Anwalt. »Im Haus wurden Unmengen von Spuren entdeckt, die Ihrem Chef eindeutig zuzuordnen sind. Das ist übel, ganz übel.«

»Das heißt doch noch lange nicht, dass er sie vergiftet hat«, rief ich aus.

»Aber es beweist, dass er gelogen hat«, konterte Ridder.

»Was sagt Peter dazu? Sie haben ihn doch bestimmt gefragt!«

»Jetzt regen Sie sich mal nicht auf«, meinte er. »Und setzen Sie sich auf diesen Stuhl. Dieses Umhergerenne macht mich ganz kirre.«

Ich setzte mich. Ridder hatte recht, Panik machte keinen Sinn.

»Aus der Sache mit den heimlichen Besuchen kommen wir gut raus«, erklärte der Anwalt. »Sorge macht mir das Ergebnis der Hausdurchsuchung. Die Staatsanwaltschaft hat Jansens PC beschlagnahmt.«

»Die Mails sind harmlos«, entfuhr es mir.

»Ach ja, woher wissen Sie das?«

Ich entschied mich für die Wahrheit und beichtete.

Ridder schaute mich schräg an.

»Es war mir auch nicht angenehm, in seinen Mails zu schnüffeln«, verteidigte ich mich. »Aber ich wollte gut informiert sein.«

»Ich hab mich mit Herrn Jansen dahingehend geeinigt, dass er die Kontakte zu Frau von Berghofen verschwiegen hat, um seine Frau nicht zu kränken. Klingt zwar ein bisschen lahm, aber damit müssten wir durchkommen.«

»Na also«, meinte ich zufrieden.

»Das ist noch nicht alles«, sagte Ridder. »Die Frau ist mit Rizin vergiftet worden. Ein Gift aus der Rizinuspflanze. Ganz einfach herzustellen.«

»Und?«

»Im Garten des Hügelhauses wächst kein Rizin«, berichtete Ridder. »Aber in Jansens Garten gibt es Rizinus als Zierpflanze.«

»Na und? Die kann man in jeder Gärtnerei kaufen!«

»Stimmt. Aber ich war noch nicht fertig: In der Spülmaschine standen zwei Weingläser. In einem davon fanden sich Spuren von Rizinpulver, in dem anderen ist nichts als Rotwein gewesen. Das Glas mit dem Gift trug Lilo von Berghofens Fingerabdrücke, das andere Glas hatte Jansen angefasst.«

Frustriert fuhr ich zur Redaktion zurück und erledigte Schreibtischarbeit. Wie Jansen sich wohl in der Gefängniszelle fühlte? Ich hatte Lust auf Gespräche und begab mich ins Großraumbüro. Fast alle waren ausgeflogen, nur die drei Damen saßen an ihren Schreibtischen. Kein Geplapper perlte durchs Zimmer: Sara, Stella und Susi waren verstummt.

»Nur keine Trauer, Mädels«, munterte ich sie auf. »Es kommt schon wieder alles in Ordnung.«

»Nix kommt in Ordnung«, zischte Stella und drehte sich zu mir. »Der neue Chef will mich in den Keller stecken.«

»In den Keller?«, fragte ich verdattert.

»Ins Archiv«, schniefte sie. »Also Untergeschoss.«

»Der Arsch sagt, dass es hier nicht genug Arbeit für drei Sekretärinnen gibt«, beteiligte sich Susi. »Dabei können wir vor Arbeit manchmal nicht mehr aus den Augen gucken.«

Ich schluckte. Zu dreiste Lügen nahmen mir den Atem.

»In den Keller!«, keifte Stella. »Wie eine Kellerassel.«

»Ich würde ohne natürliches Licht kaputtgehen«, meinte Sara, offensichtlich froh, dass es sie nicht getroffen hatte. »Ich bin doch kein Bergmann.«

»Unter Tage könnte ich nie arbeiten«, stimmte Susi zu.

»Als Grubenpony wärst du aber 'ne echte Schau«, blaffte Stella.

»Aber, aber, die Damen«, schlichtete ich. »Bald kommt unser Chef zurück und dann wird alles gut. Ich habe eine Strategie entwickelt, er wird bald frei sein.«

»Wirklich?«, strahlte Stella. »Wollen Sie eine Tasse Kaffee, Frau Grappa?«

Eine Stunde später packte ich meine Sachen und begab mich nach Hause, doch Entspannung wollte sich nicht einstellen.

Mir fiel das Quadrat an der Tür des *Rabenhügels* ein und ich fischte mein Notizbuch aus der Tasche. Darin standen nicht nur die Zahlen, sondern auch die Bezeichnung des Bildes vom *Rabenhügel*, das im Flur gehangen hatte: *Melencolia I, Albrecht Dürer.*

Die *Melencolia* gehörte zu den drei sogenannten Meisterstichen Dürers. Die beiden anderen hießen *Ritter, Tod und Teufel* und *Der Heilige Hieronymus im Gehäus.* Ich googelte. Kunstwissenschaftler hatten viel über das geheimnisvolle Blatt geschrieben, alles erklärt und gedeutet.

Dürer selbst hatte die Schlüssel am Gürtel der Frau mit Gewalt und den bestickten Beutel mit Reichtum gleichgesetzt. Der verrutschte Schlüsselbund und der zur Seite gefallene Beutel wurden als Tugendemblem interpretiert: Der Melencolia waren irdische Macht und Reichtum gleichgültig.

Ich lernte, dass die Melancholie im Altertum, Mittelalter und in der Renaissance eine wichtige Rolle gespielt hatte. Während heutzutage Melancholiker als Depressive bezeichnet und zum Psychiater geschickt wurden, erkannte Aristoteles in der Melancholie die Ursache für geniale Leistungen auf allen Gebieten des Denkens und Handelns.

Von antiken Ärzten wurden vier Körpersäfte beschrieben, denen vier unterschiedliche Temperamente zugeordnet sind. Auf den griechischen Arzt Hippokrates ging die Diagnose zurück, dass ein Übermaß an ›schwarzer Galle‹ der Grund für ein schweres Gemüt beim Menschen sei. Die katholische Kirche schließlich diffamierte den Gemütszustand als eine der Todsünden, die Trägheit, *acedia,* denn der Melancholiker rückt als Zweifler am göttlichen Heilsplan schnell in den Status eines Sünders.

Der Stich war im Mai 1514 entstanden, dem Todesjahr von Dürers Mutter. Diese Zahl tauchte auch im magischen Quadrat auf.

Ich hätte noch viele Stunden lesen können, doch gegen Mitternacht war ich erschöpft. Es wurde Zeit, ins Bett zu gehen. Ich öffnete die Balkontür, um noch einmal frische Luft zu schnappen.

Die Luft war mild, ich setzte mich an den kleinen Tisch und streckte alle viere von mir. Auf dem Tisch lag der Lyrikband, in dem ich zuletzt geschmökert hatte. Ich schlug das Buch irgendwo auf und stieß auf ein Gedicht von Hölderlin, in dem er die Mitternacht beschrieb:

Gelassen stieg die Nacht ans Land,
Lehnt träumend an der Berge Wand,
Ihr Auge sieht die goldne Waage nun
Der Zeit in gleichen Schalen ruhn;
Und kecker rauschen die Quellen hervor,
Sie singen der Mutter, der Nacht, ins Ohr
Vom Tage,
Vom heute gewesenen Tage …

Ich gähnte und stand auf. Zufällig blickte ich dabei auf die Straße und bemerkte einen parkenden Wagen, den ich in dieser Gegend noch nie gesehen hatte. Es handelte sich um ein großes, schwarzes Nobelgefährt. Sofort wurde ich misstrauisch. War der Wagen leer oder saß dort jemand drin?

Ich verließ den Balkon und verschloss die Tür. Erst im Schlafzimmer bemerkte ich, dass ich einen Anruf verpasst hatte. Die Telefonnummer, die das Display anzeigte, war mir unbekannt.

Brand und Brause

Ich schreckte von der Matratze hoch – es war drei Uhr morgens. Ich hatte geträumt. Nur mühsam klaubte ich die Inhaltsfetzen zusammen. Natürlich war das Geistermädchen darin vorgekommen und auch der Rabe Hugin hatte seinen Auftritt gehabt. Warum ich wusste, dass es Hugin und nicht sein Kollege Munin gewesen war, war mir nicht klar, aber so war es. Ich saß vor einer Riesenportion Töttchen und die Musikbox plärrte *Ich wollt ich wär ein Huhn.*

Mir fiel die schwarze Nobelkarosse vom gestrigen Abend wieder ein und ich schaute nach draußen. Das Auto war weg.

Ich legte mich wieder hin, kuschelte mich in meine Decke und schlief noch einige Stunden.

Handyklingeln weckte mich. Nun war es sieben Uhr. Ich kontrollierte das Display. Dieselbe Nummer wie die des verpassten Anrufs.

»Hier spricht Salomon Wachlin«, sagte eine angenehme Männerstimme.

»Ah, ja, ja«, stotterte ich. »Schön, dass Sie sich melden. Mein Name ist Maria Grappa. Ich bin Journalistin und schreibe über den Mordfall Berghofen und deshalb habe ich Ihnen eine Mail geschickt. Sie kannten Frau von Berghofen doch gut und ich würde Sie gern persönlich sprechen.«

»Ich habe kaum Zeit«, wehrte sich Wachlin. »Ich muss meine Kurse vorbereiten. Außerdem hab ich schon mit Journalisten gesprochen und bei der Polizei war ich sowieso.«

»Die moderne Welt schreit nach Zauberern«, entgegnete ich seufzend. »Die Menschen haben keine Lust mehr, sich ihren Problemen zu stellen. Welche Kurse stehen denn heute an? Schwarze Magie, Chaoszauber oder Anrufung der Toten?«

Er lachte kehlig. »Sie haben sich ja schon gut informiert. Aber ich muss Sie enttäuschen. Heute habe ich nur einen Termin im Baumarkt. Ich brauche eine neue Brause für mein Badezimmer.«

»Warum treffen wir uns dann nicht am Nachmittag?«, fragte ich.

»Na gut. Um fünf am *Rabenhügel.* Übrigens ...« Wachlin stockte.

»Ja?«

»Ihr Kaffeeautomat ist defekt. Sie sollten ihn besser vom Stromnetz nehmen. Sonst passiert noch was.«

»Wie bitte?«

»Bis heute Nachmittag, Frau Grappa.«

Ich stürzte in die Küche. An der Maschine brannten alle roten Lichter. Ich zog den Stecker raus. Es roch nach angeschmortem Plastik.

Konnte der Mann wirklich hellsehen? Ich beschloss, nicht darüber nachzudenken.

Wachlin war vielleicht eine gute Quelle für Informationen, aber nicht meine einzige Hoffnung. Die Lektorin hatte jahrelang mit von Berghofen zusammengearbeitet und es wäre doch gelacht, wenn zwischen den beiden Frauen nicht auch persönliche Informationen ausgetauscht worden wären.

Ich bekam Emma Born im Verlag ans Telefon und überredete sie zu einem Treffen. Bisher kannte ich nur ihre Stimme – es wurde Zeit, mir ein Bild von der Frau zu machen.

Ich verabredete mich mit ihr in einem Café in der Großstadt nebenan. Für die siebzig Kilometer benötigte ich zwei Stunden. Der erste Stau war durch einen Lkw ausgelöst worden, der einen Teil seiner Ladung verloren hatte, der zweite durch einen Geisterfahrer und der dritte durch eine Baustelle. Am Ende dankte die Straßenbaubehörde für mein Verständnis. Ich zeigte der Blechtafel den Stinkefinger.

Emma Born saß in einer Qualmwolke, die sie selbst produzierte.

»Hallo, Frau Born«, wedelte ich den Qualm retour. »Schön, dass Sie Zeit für mich haben.«

»Aber gern. Stört Sie der Zigarettenrauch?«

»Ja«, antwortete ich.

»Ich bin gleich fertig.«

Ich setzte mich und betrachtete sie. Emma Born sah nicht aus, als ob Nackenbeißerromane ihre Lieblingslektüre wären. Eine schlanke Frau Ende dreißig mit kurzen Haaren, einfach gekleidet und kühl wirkend.

»Ich hatte Sie mir ganz anders vorgestellt«, sagte ich.

»Und wie?«, lächelte Emma Born und nahm einen letzten, süchtigen Zug.

»Älter, weicher, romantischer ...«, antwortete ich.

»Sie dachten, ich sei einem der Romane der Berghofen entsprungen? Und jetzt sind Sie wohl enttäuscht?«

»Nein. Ich habe nur die falschen Schlüsse gezogen.«

»Sie sind kein Fan von Lilo, oder?«

»Nein«, gab ich zu. »Ich finde die Sachen schauderhaft.«

»Ich auch«, sagte sie trocken. »Aber Job ist Job. Ich würde lieber anspruchsvollere Belletristik lektorieren oder meinetwegen auch Reiseführer.«

»Hatte Frau von Berghofen wirklich die Einstellung zum Leben und zur Liebe, wie sie sie in ihren Büchern beschrieb?«, wollte ich wissen.

Emma Born brach in Gelächter aus. »Sie war kein Stück romantisch«, sagte sie. »Aber das tat ihrer Schreibkunst keinen Abbruch. Sie wusste genau, was ihre Leserinnen erwarteten. Schöne Landschaften, schöne Menschen, ein paar Verwicklungen und eine Liebe, die alle Anfeindungen überlebt.«

»Aber es muss doch im Kopf drin sein, damit es aufs Papier kommen kann«, zweifelte ich.

»Das ist erlernbar«, meinte die Lektorin. »Eine einfachere Suppe gibt es nicht. Ich habe gerade Lilos letztes Manuskript in Arbeit. *Stürmisches Herz.* Abends bin ich ganz fertig – mental. Und ich kann nichts Süßes mehr essen.«

»So schlimm?« Die Frau tat mir fast leid.

»Ja.«

»Wovon handelt die Geschichte?«

»Na, wovon wohl?«

»Okay. Lassen Sie mich raten. Junges, schönes Mädchen ist auf der Suche nach der reinen Liebe, gerät in Gefahr, findet aber zum Schluss den Richtigen.«

»Die Kandidatin hat hundert Punkte«, grinste Emma Born.

»Die Heldin ist blond, der Held hat ein scharf geschnittenes Gesicht und der Bösewicht ...«

»... zieht das Bein nach«, vervollständigte sie meinen Satz.

»Wie bitte?«

»Er hinkt. So hat Lilo es geschrieben. Ist mal was Neues. Bisher verfügten ihre Protagonisten immer über eine perfekte Motorik, auch die Bösewichte. Insofern ist das Personal im Buch mal ein bisschen anders.«

»Wie heißt denn der Hinkende?«

»Faust«, antwortete sie und steckte sich eine neue Zigarette an. »Aber – ich hatte Lilo schon gesagt, dass sie den Namen ändern soll. Faust ist viel zu platt ... finden Sie nicht auch?«

Ja, das fand ich auch. Platt, aber auch interessant. »Wollte sie auf Goethes Faust anspielen?«, fragte ich.

»Vermutlich.«

»Es gibt einen Mann namens Faust, Johann Faust«, erzählte ich. »Er ist ein ziemlich bekannter Zauberer. Er bietet seine Dienste im Internet an.«

»Zieht er Karnickel aus dem Hut?«, fragte sie. »Oder sägt er Jungfrauen in der Mitte durch?«

»Nein, nicht die Art Zauberer, die im Varieté auftritt. Jemand, der sich mit Überirdischen gut versteht. Schwarze Magie – Sie verstehen?«

»Nein«, gab die Lektorin zu. »Was hat das mit Lilo zu tun?«

»Vielleicht kennen Sie ihn unter einem anderen Namen. Salomon Wachlin.«

»Ach so«, sagte Emma Born. »Salomon Wachlin. Ja, von dem habe ich schon mal gehört. Mit dem ist Lilo mal auf der Weihnachtsfeier des Verlages aufgetaucht.«

»Und Sie wussten nicht, dass Wachlin von Beruf Magier ist?«

»Nein. Seit wann ist das denn ein Beruf?«, fragte die Lektorin. »Ich hielt es für ein Hobby, das zum Ziel hat, abergläubischen Idioten das Geld aus der Tasche zu ziehen.«

»Was auch immer es ist«, sagte ich. »Jedenfalls verdient der Mann seine Brötchen damit. Und Frau von Berghofen muss ihn mal so gemocht haben, dass er ihr Vermögen erben sollte.«

»Wieso? Das erbt doch dieser Journalist. Ihr Chef. Falls er sie nicht umgebracht hat. So stand es jedenfalls in der Zeitung.«

»Peter Jansen hat sie nicht getötet, außerdem wusste er nicht, dass er im Testament berücksichtigt ist. Eigentlich sollte Wachlin die Kohle kriegen.«

»Dann kann die Polizei ja aus dem Vollen schöpfen«, stellte Emma Born fest. »Irgendeiner wird es schon gewesen sein.«

»Wie war denn das Verhältnis zwischen Wachlin und Lilo?«

»Woher soll ich das wissen?«

»Wie sind die beiden miteinander umgegangen?«, fragte ich. »Wie Freunde oder wie Verliebte?«

»Wie erkennt man das?« Emma Born stellte sich ziemlich störrisch an.

»Ich will herausbekommen, ob Wachlin der Mörder sein könnte«, erklärte ich. »Und deshalb möchte ich wissen, wie die beiden zueinander standen.«

»Dazu habe ich keine Meinung. Mir war der Mann jedenfalls nicht besonders sympathisch.«

»Sie nehmen die Sache aber ziemlich cool«, sagte ich.

Emma Born drückte brutal die Zigarette aus. »Das scheint nur so«, meinte sie. »Ich muss mich jeden Tag acht Stunden mit falschen Gefühlen beschäftigen. Da sind mir die echten wohl abhandengekommen.«

»Und was sind Ihre echten Gefühle? Sind Sie traurig über Lilos Tod?«

»Es ist nie schön, wenn ein Mensch getötet wird«, entgegnete sie. »Ob man ihn nun gekannt hat oder nicht. Sie können also davon ausgehen, dass ich traurig bin.«

Zeigen tut sie's aber nicht, dachte ich.

»Hatte Frau von Berghofen Angst vor jemandem? Hat sie mal so was erwähnt?«

Born überlegte. »Sie hat in letzter Zeit einige Male einen Termin im Verlag platzen lassen. Das war neu bei ihr.«

»Hat sie einen Grund angegeben?«

»Ja. Zweimal kam eine Reise dazwischen. Lilo musste plötzlich in die Schweiz.«

»Vielleicht hat sie dort gelesen.«

»Nein, das glaube ich nicht, das hätte ich gewusst. Alle ihre Lesetermine stehen im Veranstaltungskalender auf der Verlagshomepage.«

Die Lektorin war nicht gerade eine Informationsquelle von bester Güte. Außer dem Hinweis auf einen hinkenden Mann in dem Manuskript *Stürmisches Herz* hatte ich nicht viel Neues erfahren.

Wein und Wasser

Ich war auf dem Weg zurück nach Bierstadt, als sich Ridder bei mir meldete. Er hatte es tatsächlich geschafft, Jansen aus dem Knast freizubekommen. Dem Haftrichter reichten die bisherigen Beweise nicht aus, um den Haftbefehl aufrechtzuerhalten. Ich stoppte meinen Wagen am Straßenrand.

Ridder fasste zusammen: Niemand war in der Lage gewesen, den genauen Todeszeitpunkt zu bestimmen, niemand wusste, seit wann das Gift im Haus gewesen war. Und keiner hatte den geringsten Beweis dafür, dass Peter der Autorin das Gift verabreicht hatte.

»Herr Jansen hat zugegeben, ab und zu mal ein Glas Wein mit ihr getrunken zu haben. Aber das ist ja nicht verboten.«

Ich schluckte. Jansen war trockener Alkoholiker und mied eigentlich alles, was einen Rückfall in die Sucht bedeuten konnte.

»Die Fingerabdrücke am Glas und das bloße Vorhandensein eines Rizinusbusches in Jansens Garten haben den Richter nicht überzeugt. Ihr Chef ist wieder auf freiem Fuß.«

Natürlich rief ich anschließend sofort Peter Jansen an, um ihm zu gratulieren. »Ich freu mich so«, jubelte ich. »Jetzt können wir richtig loslegen und deine Unschuld beweisen.«

»Zeit genug hätte ich ja«, meinte er trocken. »Ich bin so lange vom Dienst suspendiert, bis die Staatsanwaltschaft die Ermittlungen gegen mich eingestellt hat.«

»Na also, das passt doch. Ich werde meine Überstunden abfeiern. Der Übergangsheini ist bestimmt froh, wenn er mich nicht sehen muss.«

»Heute Abend bei mir?«

»Ja, gegen acht. Ich treffe mich übrigens gleich mit dem Zauberer, der Lilos Vermögen bekommen sollte – bis du sie mit deinem Charme behext hast. Soll ich Wein mitbringen?«

»Wein ist doch immer da«, sagte er. »Ich mische auch kein Gift rein, Grappa. Versprochen.«

»Seit wann trinkst du eigentlich wieder?«, fragte ich.

»Trinken? Du meinst das Weinglas mit meinen Fingerabdrücken im *Rabenhügel?*«

»Ja, genau das. Ich dachte …«

»Kein Grund zur Sorge«, unterbrach er mich. »Ein bisschen Wein und viel Wasser. Ich komme gut damit klar.«

»Ich muss dir auch was gestehen. Ich hab deinen PC geknackt und die E-Mails gelesen, die Lilo und du geschrieben habt.«

»Grappa! Warum machst du so was?«

»Ich wollte deine Unschuld beweisen. Und schneller sein als die Polizei.«

»Und wenn sie meine Schuld bewiesen hätten?«

»Davon bin ich zu keiner Sekunde ausgegangen.«

»Es ist jetzt auch ziemlich egal«, seufzte Jansen. »Ich hätte von Anfang an nicht lügen sollen – ein großer Fehler.«

»Du bist nicht sauer?«

»Nein – es sollte nur nicht zur Gewohnheit werden.«

Hexen hexen

Ich fädelte mich in den Verkehr auf der Autobahn ein und geriet in den üblichen Stau. Zwei Fahrspuren wurden durch fette Brummis blockiert, die sich einen Überholwettbewerb lieferten – natürlich vor einer Steigung.

Also hatte ich genügend Muße, die Schönheiten der zersiedelten Landschaft zu genießen. Schornsteine hoben sich vor dem Himmel ab, Supermarktzentren protzten auf Riesentafeln mit ihren Angeboten und Möbelmärkte versuchten, mit albernen Sprüchen Kunden anzulocken.

Ich folgte einem Lockruf, denn ich hatte einen großen Elektronikmarkt entdeckt. Wachlin hatte meine Kaffeemaschine kaputtgezaubert und eine neue musste her. Das alte Möhrchen in meiner Küche war eh nicht mehr auf dem modernsten Stand gewesen.

Ich entschied mich für einen Vollautomaten, der die Bohnen frisch mahlte und eine Düse hatte, mit der Milch aufgeschäumt werden konnte. Ein neues Koffeinzeitalter konnte beginnen. Stolz schleppte ich meine Beute zum Auto.

Maschine kaputt – das war eindeutig schwarze Magie, Maschine ganz – gehörte zur weißen Zauberei. Ob Wachlin mit seinen Zauberkünsten auch Dinge reparieren konnte? Ich würde ihn danach fragen.

Ich startete den Wagen. Die Verkehrslage hatte sich inzwischen etwas beruhigt. Der Magier würde nicht allzu lange auf mich warten müssen.

Schwarze Magie ist eigentlich viel interessanter, dachte ich und beobachtete im Rückspiegel, wie ein Sportwagen heranbrauste. Ich befand mich gerade auf der linken Spur, um einen Laster zu überholen. Die Lichter des Angeberschlittens hinter mir blitzten hysterisch auf. Ich konnte nicht nach rechts, weil dort der Lkw fuhr.

Jetzt hatte ich den Typen fast auf der Stoßstange. Das Fernlicht blieb an und ein paar sehr laute Huptöne waren zu vernehmen.

Ich wünschte dem Kerl was Mittelschlimmes und ließ ihn vorbei, sobald es möglich war. Der Sportwagen überholte mich und ich blickte für eine Sekunde in ein empörtes Jungengesicht.

»Dich verhexe ich jetzt«, murmelte ich. »Typen wie du müssen was auf die Mütze kriegen. Abra-ka-dabra.«

Der Flitzer verschwand aus meinem Gesichtsfeld.

Klappt noch nicht so richtig mit den Hexenkünsten, dachte ich.

Nur Minuten später sah ich meinen sportlichen Freund und seinen Boliden auf einem Autobahnparkplatz neben einem Polizeiwagen parken. Sie hatten ihn vorläufig aus dem Verkehr gezogen.

Der Typ hält das bestimmt für Künstlerpech, kicherte ich in mich hinein. Für eine Lernhexe wie mich war das gar nicht mal so schlecht gewesen.

Salomon Wachlin wartete schon vor dem *Rabenhügel.* Ich erkannte ihn sofort: von Kopf bis Fuß schwarz gekleidet, groß und mit wirrem, schwarzem Haar. Er trug seinen Beruf bewusst zur Schau. Der böse Magier als Klischee, der Zauberer als Kinderschreck. Ein leichter Wind ließ den schwarzen Mantel flattern und ihm fehlte nur Hugin auf der Schulter, dann wäre die Inszenierung perfekt gewesen.

»Hallo«, sagte ich schlicht. »Ich freue mich, dass Sie Zeit für mich haben.«

»Lassen Sie uns hineingehen«, sagte der Magier. »Ich werde Ihnen eine kleine magische Lektion erteilen.«

»Eine Lektion?«

»Sie gehören doch bestimmt zu den Menschen, die alles Übersinnliche für erklärbar halten und die Geisterwelt ignorieren. Ich möchte Ihnen die Augen öffnen.«

»Haben Sie einen Schlüssel zum Haus?«

»Den brauche ich nicht«, behauptete er. »Kommen Sie?«

»Aber, die Polizei ...«, stotterte ich.

»Das Siegel ist längst entfernt worden«, sagte er. »Also? Was ist?«

»Wir können doch nicht einfach in ein fremdes Haus eindringen. Ich werde Herrn Jansen anrufen. Er bestimmt nun, was mit Frau von Berghofens Besitz geschieht.«

»Sitzt er nicht mehr im Gefängnis?«

»Nein. Er ist frei. Moment.« Ich ging ein paar Schritte beiseite, rief Jansen an und informierte ihn.

»Was will der Typ in Lilos Haus?«, wunderte sich Jansen.

»Er will mir etwas vorführen«, antwortete ich. »Ein paar Zauberkunststücke oder so.«

»Mir ist nicht wohl dabei«, meinte er. »Vielleicht tut er dir was an?«

»Quatsch, er weiß doch, dass ich gerade mit dir telefoniere. So dumm ist er nicht.«

Immer noch widerwillig gab Jansen sein Okay.

»Wir dürfen rein«, teilte ich dem Zauberer mit. »Dann mal los.«

Wachlin ging zur Haustür und mir fiel auf, dass er das Bein leicht nachzog – wie die Figur des Faust im Manuskript *Stürmisches Herz* und die Gestalt, die ich hatte flüchten sehen.

»Haben Sie sich verletzt?«, fragte ich.

»Mein Knöchel ist leicht verstaucht. Aber es ist nicht weiter schlimm.«

»Zaubern Sie sich doch einfach gesund«, schlug ich vor.

Wachlin ignorierte meinen Vorschlag. Er stellte sich dicht an die Haustür, legte die Hände auf das magische Quadrat, schloss die Augen und murmelte etwas. Und siehe da: Die Tür sprang auf.

»Den Trick müssen Sie mir unbedingt beibringen«, rief ich begeistert aus. »Ständig verlege ich meinen Wohnungsschlüssel. Das wäre die Alternative zu den überhöhten Rechnungen der Schlüsselschnelldienste.«

Er sah mich mit einem verschleierten Blick an, blieb aber stumm. Wir traten ein. Der Nagelfetisch bedrohte uns mit seinem Speer.

»Was passiert jetzt?«, fragte ich.

»Sie wollen doch wissen, wer Lilo das Gift gegeben hat, oder?«

»Ja, natürlich.«

»Ich kann versuchen, sie zu befragen«, erklärte er. »Ihr Geist ist noch in diesem Haus.«

»Und wo schwirrt er rum? Ich seh nichts.«

»Das können Sie auch nicht, weil Ihre Sinne nicht entsprechend geschärft sind.«

»Sagen Sie das nicht«, widersprach ich. »Eben auf der Autobahn hab ich einen Drängler direkt in eine Polizeikontrolle gehext.«

Auch das schien Wachlin nicht zu beeindrucken. Er ging zu einer Stelle an der Wand und berührte sie.

»Es gibt hier viele Geister. Gute und böse. Lilo hat mit ihnen gelebt und sie beherrscht. Diese Geister brauchen Führung und eine starke Hand.«

»Die Geisterwelt ist hierarchisch aufgebaut?«, staunte ich. »Mit Vorstandschefs und Oberverwaltungsräten? So wie im richtigen Leben?«

Wachlin reagierte mal wieder nicht auf meine Schnoddrigkeit. »Sie haben doch auch schon einen Geist gesehen, oder täusche ich mich?«

»Ich weiß nicht, was Sie meinen.«

»Erinnern Sie sich nicht mehr an das Kind?«

Mir stockte der Atem. »Welches Kind?«, fragte ich.

»Das Mädchen.«

Wie konnte er das wissen?, dachte ich. Brinkhoff und Jansen waren die Einzigen, denen ich davon erzählt hatte.

»Lilo ist hier. Sie kann erst ins Totenreich gelangen, wenn ihr Mörder gefunden ist. Spüren Sie die starke Energie in diesen Räumen?«

»Ich spüre nichts«, log ich. Tatsächlich hatte eine starke Beklemmung von mir Besitz ergriffen.

Alles Autosuggestion, dachte ich. Er spricht von Energien und ich bilde mir ein, etwas zu spüren. So arbeiten diese Typen!

»Geister zeigen sich uns in verschiedenen Erscheinungsformen«, dozierte Wachlin weiter. »Sie verwandeln sich in Tiere und Gegenstände und immer wollen sie uns etwas mitteilen. Aber man muss den Mut und die Erfahrung haben, sich ihnen entgegenzustellen.«

»Ich will hier raus«, sagte ich. »Mein Kopf tut weh. Das ist doch alles Hokuspokus.«

»Aber Lilo hat Ihnen ein Zeichen gegeben«, sagte der Magier. »Und Sie haben das Zeichen angenommen.«

»Ich habe kein Zeichen angenommen.« In mir stieg Ärger auf. »Mich interessiert, wer Frau von Berghofen vergiftet hat – mehr nicht. Waren Sie es?«

»Glauben Sie das?«, lächelte Wachlin.

»Sie sollten ihr Vermögen erben!«

»Und? Habe ich es geerbt?«

»Ich habe einen Mann gesehen«, sagte ich und fixierte ihn scharf. »Am Tag, als Lilo tot aufgefunden worden ist. Er ist vor mir geflüchtet und hat dabei das Bein nachgezogen.«

»Und das soll ich gewesen sein?«

»Wäre das so unmöglich? Sie öffnen Türen ohne Schlüssel.«

»Und selbst wenn ich es gewesen wäre …« Wachlin lachte spöttisch. »Sie war doch zu diesem Zeitpunkt schon tot.«

Er hatte recht und ich sah mich nicht in der Lage zu kontern.

»Aber, wie Sie meinen.« Wachlin ging zurück zur Haustür und öffnete sie. »Machen wir also Schluss mit dem Hokuspokus. Es hat keinen Sinn, Sie davon überzeugen zu wollen, dass es mehr gibt als Rationalität.«

Ich ging vor ihm her ins Freie. Auf dem Walnussbaum saß der Rabe Hugin und glotzte.

Wachlin streckte den Arm aus, der Vogel ließ sich nach unten fallen und landete auf der Hand des Magiers.

Der Trick war sensationell – das musste ich zugeben.

»Ist das jetzt Lilo oder nur ein dressierter Rabe?«, fragte ich.

»Wer weiß?«, meinte Wachlin.

Hugin sah mich spöttisch an. Ich kam näher und streichelte das schwarze Gefieder.

Es fühlte sich warm und zart an. Der Vogel ließ es sich gefallen, zuckte nicht einmal.

»Warum glauben Sie nicht, was so einfach zu glauben ist?«, fragte der Magier. »Ich finde, dass leugnen viel anstrengender ist, als magische Begebenheiten hinzunehmen.«

»Sie nennen sich Johann Faust«, sagte ich. »Faust war mit dem Teufel im Bunde. Sind Sie das auch?«

Hugin schüttelte sein Gefieder und flog mit einem Krah-Krah weg.

»Es gibt den Teufel, ja. In jedem von uns hat er eine Heimat. Ich wollte Ihnen nur helfen, Kontakt zu Lilo aufzunehmen.«

»Das ist doch alles Humbug!«, entfuhr es mir.

»Lesen Sie die Bibel«, sagte Wachlin. »Studieren Sie die alten Riten, die Hexenbücher. Befreien Sie sich von Ihren Vorurteilen. Informieren Sie sich – wie es eine Journalistin tun sollte.«

»Danke für den Tipp«, meinte ich.

»Magier sind keine Teufel, sie haben nur beste Kontakte zu ihm«, entgegnete Wachlin ernst. »Sofern sie ihre Kunst beherrschen.«

»Was hat es mit dem Kupferstich von Albrecht Dürer mit dem Namen *Melencolia I* auf sich?«

»Auf ihm ist ein sehr schönes magisches Quadrat zu sehen und eine Frau, die nachdenkt. Das Quadrat befindet sich als Zeichen auf der Tür, wie Sie wissen.«

»Und welche Beziehung hatte Frau von Berghofen zu diesem Bild?«

»Melencolia war Lilos Hexenname«, erklärte der Magier. »Und der Planet der Melancholie ist der Saturn. Jeder Zauberer und jede Hexe haben sich einen Planeten erwählt.«

»Und welcher ist Ihrer?«

»Mein Begleiter ist der Mond. Bald ist Vollmond und eine

solche Nacht eignet sich bestens für Totenbeschwörungen. Ich mache Ihnen ein Angebot, Frau Grappa. Lassen Sie mich auf einer Séance mit Lilo reden. Sie können gern noch Menschen mitbringen, denen Sie vertrauen, falls Sie allein Angst haben. Ich bin ein sehr gutes Medium.«

»Sie hätten Lilo doch schon längst nach ihrem Mörder fragen können.«

»Geister kommen nicht mal eben so zwischen Frühstück und Mittagessen vorbei. Das Ritual ist kompliziert und kann nicht jederzeit stattfinden.«

»Ich verstehe nicht, warum Sie so erpicht darauf sind, mich zu überzeugen?«

»Wir wollen doch dasselbe, oder? Der Mörder muss bestraft werden und deshalb müssen wir ihn finden. Sie machen es auf Ihre Weise, ich auf meine.«

»Dann sollten Sie Ihre Kräfte der Polizei anbieten«, meinte ich.

»Ich fühle, dass ich mit Ihnen besser zurechtkomme. Sie haben das Kind gesehen und der Rabe hat sich von Ihnen anfassen lassen. Also haben Sie einen Zugang zu der Welt, von der Sie jetzt noch nichts wissen wollen.«

»Mal abwarten. Danke jedenfalls, dass Sie sich bemüht haben«, sagte ich. »Ich melde mich, wenn ich einen übersinnlichen Rat brauche.«

Wir verabschiedeten uns. An meinem Auto angekommen, bemerkte ich einen schwarzen Schatten auf der Eberesche, unter der ich geparkt hatte.

»Hugin«, rief ich. »Du verdammter Verräter!«

Der Rabe flog auf und revanchierte sich mit einem fetten Platsch auf dem Dach meines Cabrios.

Zu Hause holte ich mir Web-Informationen über Totenbeschwörungen auf den Schirm.

Es gab Hunderttausende von Dokumenten, unter anderem auch diese Meldung, die bewies, wie anfällig Menschen für Humbug waren: Ein cleverer Geschäftsmann hatte ein Handy entwickelt, mit dem man mit Toten telefonieren konnte. Das Ding verfügte über einen besonders leistungsfähigen Akku. Das Telefon wurde den Verstorbenen in den Sarg gelegt und ihre Hinterbliebenen konnten so direkt mit den Toten plaudern.

Die Anleitungen zur Totenbeschwörung waren so kompliziert, dass es einfacher und weniger zeitaufwendig war, auf das Leben nach dem Tod zu hoffen.

Zunächst mussten alle Erinnerungen an den Toten gesammelt und in einem Zimmer aufbewahrt werden, das der Dahingeraffte bewohnt hatte. In der Anleitung hieß es weiter:

In dem Zimmer stellt man sein Bild verschleiert auf, inmitten von täglich zu erneuernden Blumen, die der Verstorbene mochte. Dann setzt man einen bestimmten Tag fest, an dem man die Beschwörung vornimmt, vorzugsweise einen Tag, der für die Person bedeutsam war.

Vierzehn Tage vor diesem Tag muss man sich jeden Abend zur selben Zeit mit einer Kerze in dem präparierten Zimmer einschließen. Man stellt die Kerze hinter sich und enthüllt das Bild, in dessen Gegenwart man eine Stunde schweigend verbringt. Dann räuchert man das Zimmer mit Weihrauch aus und geht rückwärts hinaus.

An dem für die Beschwörung festgesetzten Tag geht man zu der üblichen Stunde schweigend in das Zimmer, macht ein Feuer und gibt siebenmal Weihrauch darauf, während man den Namen der Person ruft, die man sehen will. Dann lässt man das Feuer ausgehen. An diesem Tag entschleiert man das Bild nicht. Ist das Feuer erloschen, ruft man Satan an, dabei muss man sich mit der Person, die man sehen will, identifizieren, so sprechen, wie sie sprechen würde, und sich für diese halten. Nach kurzer Zeit des Schweigens spricht man zu der Person, die man sehen will, und befiehlt ihr, sich zu zeigen. Dann ruft man ihren Namen dreimal mit lauter Stimme. Danach spricht man noch einige Minuten im Geiste mit ihr, ruft anschließend wieder dreimal ihren Namen. Sieht man dann nichts, so muss man diesen Versuch zu anderen Zeitpunkten bis zu dreimal wiederholen. Sicher ist, dass man wenigstens das dritte Mal die gewünschte Erscheinung haben wird und je länger die Person gezögert hat, umso sichtbarer und wirklichkeitsgetreuer wird sie sein.

Doch ich fand auch Hinweise auf einfachere Methoden, mit den lieben Verstorbenen in Kontakt zu treten. Das Gläserrücken zum Beispiel.

Hierzu verwandte man einen Tisch mit möglichst glatter Oberfläche, auf dem das auf Papier geschriebene Alphabet sowie die Zahlen von Null bis Neun kreisförmig auf dem Tisch ausgelegt wurden. In den Innenbereich des Kreises gehörten zudem die Worte Ja und Nein. In der Mitte des Kreises wurde ein auf den Kopf gestelltes Glas platziert. Alle lebenden Teilnehmer der Runde mussten eine Fingerkuppe auf den Glasboden legen. Nach einer Zeit der Konzentration wurde der Geist gerufen und gebeten, sich über das Glas mitzuteilen. Bei Erfolg bewegte sich das Glas nach einiger Zeit, zunächst zögerlich, doch dann immer schneller. Die Buchstaben, die das Glas ansteuerte, mussten dann zu Worten und Antworten zusammengesetzt werden.

Es wurde Zeit, meine Studien zu unterbrechen. Jansen und seine Frau warteten auf mich.

Die Minute und das Nichts

Gerda Jansen hatte ein paar gesund wirkende Häppchen angerichtet. Die Eheleute schienen wieder miteinander im Reinen zu sein, denn sie gingen freundlich miteinander um.

Mein Chef war bleich und noch ein bisschen angefressen, der Aufenthalt im Untersuchungsgefängnis hatte Spuren hinterlassen.

»Von einer Minute auf die andere bist du ein Nichts«, klagte er. »Andere bestimmen, wo du hingehst, was du isst und wann du schlafen gehst und wieder aufstehst. Und irgendwann beschleicht dich das Gefühl, vielleicht doch etwas Schlimmes getan zu haben.«

»Erzähl von dem Abend, an dem ihr den Wein getrunken habt. Wann war das genau und wie war der Ablauf?«

»Das war drei Tage, bevor Lilo gefunden wurde.« Jansen warf einen schnellen Blick auf seine Frau, doch sie hielt sich gut. »Sie hat mir einen Rotwein angeboten und ich habe ein halbes Glas getrunken«, sagte er. »Mit viel Wasser. Ich traute mich nicht, abzulehnen, sonst hätte ich ihr von meinem früheren Problem erzählen müssen.«

»Wie viel hat sie getrunken?«

»Fast nichts. Lilo fühlte sich nicht gut, sagte etwas von einer Erkältung. Aber als ich nach Hause fuhr, lebte sie und ihr ging es nicht schlechter als bei meiner Ankunft.«

»In deinem Glas war kein Gift. Die Kripo hat es in der Spülmaschine gefunden. Jemand muss ihr das Gift in den Wein getan haben, als du schon wieder weg warst. Wo befand sich die angebrochene Flasche?«

»Als ich sie verließ, stand sie auf dem Tisch.«

Ich griff nach einem Dinkelkräcker, der mit linksdrehendem Frischkäse bestrichen worden war. »Lecker«, strahlte ich Gerda an.

»Was weißt du über den Hexenkram?«, wandte ich mich wieder Peter zu. »Hat sie dir was von Wachlin erzählt? War der Kerl ihr Liebhaber?«

»Du machst dir ganz falsche Vorstellungen von unserem Kontakt. Wir waren alte Schulfreunde – nicht mehr. Unsere Gespräche drehten sich um die Dönekes von vor über vierzig Jahren.«

Gerda Jansen fixierte ihren Gatten. Das Geräusch des Ökokräckers war überlaut zu hören, als meine Zähne versuchten, ihn zu zerkleinern.

»Hat sie nie eine Andeutung gemacht, wovor sie Angst hatte?«

»Grappa, glaub mir! Sie wirkte heiter und überlegen. Manchmal klagte sie über Hitzewellen. Vielleicht war sie im Laufe der Zeit hysterisch geworden. Frauen in den Wechseljahren neigen ja zu den verrücktesten Mutationen.«

Ich öffnete den Mund, um ihm wegen dieses Satzes einen Dämpfer zu verpassen, doch Gerda Jansen kam mir zuvor.

»Genau wie Männer in der Midlife-Crisis«, sagte sie scharf.

»Eben!«, nickte ich. »Denk doch mal nach, Peter! Die Nackenbeißer waren nicht Lilos einzige Beschäftigung. Sie ging auch noch als Hexe.«

»Stimmt. Ab und zu gab es irgendwelche Treffen.«

»Treffen? Mit wem und zu welchem Zweck?«

»Ein saturnischer Zirkel«, sagte Jansen. »So hat sie den Club genannt.«

»Satanisch oder saturnisch?«

»Saturnisch.«

Passt zum Kupferstich, dachte ich, Saturn, der Gott der Melancholiker. »Wer gehörte dem Zirkel an? Weißt du keinen Namen?«

»Ich kann mich an keinen erinnern. Aber – Moment mal: Sie hatte für die Hexensachen eine gesonderte E-Mail-Adresse.«

»Na, wunderbar«, meinte ich. »Kannst du dich an die Addy erinnern?«

»*Melencolia* bei Yahoo«, kam es prompt. »Jetzt fällt's mir wieder ein. Ich hab mal mitgekriegt, wie sie zu einem Anrufer gesagt hat, er oder sie solle an *Melencolia* schreiben.«

»Und das Passwort?«

»Das kenne ich natürlich nicht. Tut mir leid, Grappa.«

»Immerhin wissen wir, dass es diese Adresse gibt.«

»Und wie willst du das Passwort rausbekommen?«

Ich grinste. »Lass mich nur machen. Ich habe übersinnliche Fähigkeiten. Ich werden einen Raben und ein kleines Mädchen um Hilfe bitten.«

Mein Chef schaute mich an, als würde er sich Sorgen um meinen aktuellen Geisteszustand machen.

»Grappa! Was soll jetzt geschehen?«, fragte er. »Ich bin zwar aus der U-Haft entlassen worden, aber ich kann nicht so agieren, wie ich will. Und in der Redaktion bin ich auch noch immer kaltgestellt.«

»Wir müssen mehr Informationen über die Hexe Lilo sammeln. Ihre Kunden finden und sie überprüfen.«

»Das wird ziemlich viel Arbeit«, prophezeite Jansen.

»Mir wäre es auch lieber gewesen, Wachlin hätte sie gekillt, weil er sich geärgert hat, dass du die ganze Kohle erben solltest. Aber so einfach scheint die Sache nicht zu sein. Ich werde morgen sofort anfangen.«

»Danke, Grappa«, meinte er. »Willst du noch ein Glas Wein?«

»Ich hole die Flasche«, sagte Gerda Jansen und verließ das Zimmer.

»Alles wieder klar zwischen euch?«, nutzte ich die Chance.

»Ich weiß nicht, ob sie mir wirklich glaubt, dass ich mit Lilo keine Affäre hatte.«

»Sie war doch viel zu alt für dich mit ihren neunundfünfzig. Du bist doch erst sechzig.«

»Eben. Wie läuft es denn im Büro?«, fragte er.

»Große Aufregung beim Trio infernale«, berichtete ich. »Der neue Oberboss will Stella ins Archiv im Keller versetzen und sie empfindet das als Angriff auf ihre Menschenwürde.«

»Ach du Schreck«, lachte Jansen. »Hat sie den Brief an die europäische Menschenrechtskommission schon abgeschickt?«

Gerda Jansen kehrte mit der Flasche *Pinot blanc* in der Hand zurück. Jansen trank brav sein Wässerchen, seine Frau und ich widmeten uns dem Weißen.

Die Stimmung lockerte sich und gegen Mitternacht machten Peter Jansen und seine Frau Pläne, was sie mit den geerbten zehn Millionen anstellen würden: Das Haus auf Vordermann bringen, Geld für die Kinder anlegen, eine Weltreise machen, früher in Rente gehen, ein neues Auto kaufen.

Im Taxi auf dem Weg nach Hause dachte ich darüber nach, was ich mit zehn Millionen anstellen würde. Aber mir fiel auch nichts Originelleres ein, als ein Haus in der Provence zu kaufen, Kriminalromane zu schreiben und nur noch die besten Weine der Welt zu konsumieren.

Ich wollte zwar nie Spießer werden, wenn ich groß bin. Aber irgendwann erwischt es jeden.

Das Passwort fällt

Es war Samstag, ich war früh aufgestanden und saß schon seit einiger Zeit am Computer – unter dem Frotteemantel das Nachthemd und an den Unterschenkeln ein Paar dicke wollige Overknees, die aussahen wie Halterlose für Dorftrampel. Aber sie hielten die Muskeln warm. Wenn meine Füße und Beine kalt waren, konnte ich nicht denken.

Lilos Hexenclub war ein saturnischer Zirkel, benannt nach dem Planeten. *Wikipedia* half mir weiter:

> Der Saturn ist der sechste und zweitgrößte Planet in unserem Sonnensystem. Er wird zu den jupiterähnlichen Planeten gerechnet und ist mit bloßem Auge sichtbar. Von den anderen Gasplaneten hebt sich der Saturn durch seinen schon in kleinen Fernrohren sichtbaren Ring ab, der zu großen Teilen aus Wassereis besteht.

Ich schaute nach der mythologischen Bedeutung, die wesentlich spannender war:

> Saturn ist ein Planet der Dunkelheit, der Kälte und des Todes. Er ist das Prinzip der Beschränkung und Begrenzung in Zeit und Raum. Als Herr über die Zeit herrscht Saturn über die uns zugemessene Lebensspanne und schneidet unseren Lebensfaden mit seiner Sense durch, wenn die Zeit gekommen ist.

Ich sah mir den Stich von Albrecht Dürer noch einmal genauer an. Der spielende Putto, der ausgemergelte Hund und die aufwendig gekleidete Frau, die entweder müde oder traurig dasaß. Viele Gerätschaften lagen in der Gegend herum: Ich entdeckte Waage, Sanduhr, Stundenglocke, Kugel und Rhomboeder. Im Hintergrund eine Landschaft am Meer, ein Regenbogen und das magische Quadrat auf die Wand gezeichnet. Die Zahl 1514, das Jahr, in dem das Kunstwerk geschaffen worden war.

War das Quadrat eine verschlüsselte Botschaft? Ich starrte die Zahlen an. Jede Zeile ergab aufsummiert vierunddreißig, ob horizontal oder vertikal – aber das wusste ich ja bereits. Keine der Ziffern brachte mich einer Erleuchtung näher.

Melencolia war der Anmeldename für den E-Mail-Account der Hexe Lilo von Berghofen. Ich loggte mich bei Yahoo ein und gab den Namen ein, probierte einige naheliegende Passwörter wie *Berghofen, Bomballa, Hexe, Salomon* – aber nichts passte.

Vielleicht war der Schlüssel im magischen Quadrat verborgen? Immer wieder las ich mir die Zahlen laut vor. 16, 3, 2, 13 ergeben zusammen 34. 4, 15, 14 und 1 ebenfalls. Auch die Diagonalen bildeten diese Summe.

Ich gab die oberste horizontale Reihe in das Passwortfeld ein. Wieder nichts. Also die nächste Reihe. Anschließend konnte ich es auch noch von rechts nach links, von unten nach oben und querdurch probieren.

Ich tippte dic Ziffern der letzten unteren waagerechten Reihe ein: 41 51 41! Lilos Telefonnummer, fiel mir auf.

Volltreffer! Die Zahl 415141 war auch das Passwort, ich hatte Zugang zur geheimen Hexenkammer.

Nach einer Stunde Studium der zahlreichen E-Mails hatte ich einen Eindruck gewonnen, wie sich Lilo von Berghofen als Hexe Melencolia vermarktet hatte. Ich rief Jansen an, er meldete sich, konnte aber nicht sprechen, da er sich bei der Verlagsleitung des *Bierstädter Tageblattes* befand. Ich teilte ihm mit, dass ich erfolgreich gewesen sei. Wir verabredeten uns für zwei Stunden später in meiner Wohnung – Zeit genug, um zu duschen und mich in meine Kleider zu werfen.

Die Baronin und der Hinkefuß

Ich verkürzte mir die Wartezeit mit einem erneuten Versuch, mich mit der Prosa der Lilo von Berghofen anzufreunden.

»Meine Eltern …«, gurgelte die todgeweihte Gräfin mit tränenerstickter Stimme. »Sie haben Armen und Kranken mit heilsamen Kräutermischungen und Salben das trübe und schmerzhafte Dasein erleichtert, weder Titel noch Amt schützten sie vor dem Verderben.«

»Man hat sie der Hexerei überführt?«

»Ja, genauso war es, Frater!«

So leise war ihre brüchige Stimme geworden, dass sich der erschütterte Mönch tief über sie beugen musste, um ihre Worte zu verstehen.

»An einem schwülen Sommermorgen ist es gewesen, als man die Schlinge unbeirrbar zuzog. Während ich meinem Vater schon beim ersten Tageslicht in den nahen Schlosswald folgte, um Kräuter und Wurzeln zu sammeln, war meine Mutter im Haus geblieben, da sie ein Kind erwartete und sich schonen wollte …«

»Oh, mein Gott! Sie war guter Hoffnung, als man sie …«

»Ja, das war sie, und mein Geschwisterchen in ihrem Leib zählte wohl schon vier oder fünf Monate, als an jenem frühen Morgen ein Fremder an unser Tor klopfte. Ein Kuttenmann war es – ein geistlicher Herr! Man ließ ihn freundlich ein und er gab an, er habe sich auf seiner Wanderschaft verletzt und eine eiternde Wunde am Bein, die ihn hinken ließ. Und er spielte seine Rolle gut! So gut, dass es ihm gelang, meine arme Mutter zu täuschen.«

»Oje, ein Spitzel!«

»Recht habt Ihr, Frater! Der Bischof selbst war's! Gefesselt und geknebelt hat man meine Mutter und wie einen Sack Getreide auf den Karren geworfen«, murmelte die Todkranke voll Ingrimm. »Brennen musste sie bei lebendigem Leib einen Monat später und mit ihr das Ungeborene.«

»Frau Gräfin! Die Worte fehlen mir …«

Das war ganz schön harte Kost. Der Schmöker hieß *Die Prinzessin vom Moor.* Falsche Dramaturgie, müde Emotionen. Manche Dinge musste ich mir wirklich nicht antun.

Um die süßliche Atmosphäre aus meiner Wohnung zu vertreiben, legte ich ein Streichquartett von George Crumb, *Black Angels: Thirteen Images from the Dark Land*, in den Player. Nach zehn Minuten war die Luft entkitscht – genau rechtzeitig, denn Jansen klingelte an der Tür.

»Ab Montag bin ich wieder in Amt und Würden«, strahlte er.

»Super!« Ich umarmte ihn. »Wird denn gegen dich nicht mehr ermittelt?«

»Sie haben nichts in der Hand gegen mich. Ridder hat gut gearbeitet. Das musste auch die Verlagsleitung akzeptieren. Aber jetzt erzähl: Hast du den Mail-Account geknackt?«

»Hab ich.«

»Tolles Mädchen!«

»Warte erst mal ab. Lilo hatte in dem Account mehrere Ordner angelegt, in denen sie die E-Mails ihrer Kunden gesammelt hat. Es gab gar nicht so wenige Leute, die ihre Hexenkünste in Anspruch genommen haben. Gegen Kohle – versteht sich. Die Mails mit den Rechnungen waren in einem Extraordner gesammelt. Eine Totenbeschwörung kostete sechshundert Euro.«

Jansen pfiff durch die Zähne. »Ein stolzer Preis!«

»Stimmt, obwohl sie's ja nicht nötig hatte. Unter den Leuten fand ich drei ganz interessant, weil sie mehrmals bei Lilo waren – regelmäßige Kunden sozusagen.«

»Ich bin gespannt.«

»Erinnere dich an den Brief, den sie dir geschrieben hat. Sie sei einer Sache auf die Spur gekommen, einer schrecklichen Sache. Das könnte doch bei einer Totenbeschwörung seinen Anfang genommen haben. Und jetzt zu den drei Kunden.«

»Ich höre.«

»Nummer eins: Teemu Tasavalta.«

»Hört sich an wie ein exotischer Tanz«, meinte Jansen.

»Ist aber ein Schriftsteller aus Finnland«, klärte ich ihn auf.

»Und wie kommt der Kerl nach Bierstadt?«

»Aus den Mails geht hervor, dass sich Lilo und Tasavalta bei einem Schriftstellerkongress in Florenz kennengelernt haben.«

»Schreibt der auch so ein seichtes Zeug?«

»Nee«, antwortete ich. »Ich hab's im Internet überprüft: Der Mann schreibt die härtesten Kriminalromane, die zurzeit auf dem Markt sind. Blut, Folter, Amoklauf, Massenmord.«

»Ach, ja, jetzt dämmert es mir. Einer dieser Depri-Heinze aus dem hohen Norden. Wozu benötigt der denn die Dienste einer Hexe?«

Ich grinste. »Er wollte mit seinem Hund sprechen.«

»Was?« Jansens Gesichtsausdruck schwankte zwischen Amüsement und Entsetzen.

»Jussi. Dalmatinerrüde. Mit sechs Jahren unter einen Laster gekommen. Das abrupte Ende einer tiefen Männerfreundschaft.«

»Du verarschst mich doch?«

»Keineswegs. Lilo hat ihm angeboten, ein Gespräch mit Jussi zu ermöglichen. Sie sei ein gutes Medium.«

»Wie sah die Séance denn aus? Hat Lilo bei Kerzenlicht gebellt?« Jansen bekam einen Lachanfall.

»Der Finne war jedenfalls mit dem Ergebnis zufrieden«, sagte ich, »und hat das Geld bezahlt. Und ist wegen desselben Problems wiedergekommen.«

»Jetzt erst versteh ich den tieferen Sinn des Ratschlags: Brauchst du einen Freund, kauf dir einen Hund.«

»Nummer zwei«, fuhr ich fort. »Ein klassischer Musiker.«

»Lass mich raten: Der wollte mit Mozart sprechen.«

»So ungefähr«, bestätigte ich. »Aber nicht mit Mozart, sondern mit Paganini. Der Mann ist nämlich Sologeiger. René Mieu.«

»Der Grinsbeutel, der zur Primetime samstags im Fernsehen fiedelt?«, fragte Jansen völlig außer sich.

»Ja. Und auch er war mehrmals da. Du siehst, deine Freundin hatte einen illustren Kundenstamm. Jetzt kommt Nummer drei.« Ich machte eine Pause.

»Schlimmer kann's ja nicht kommen, Grappa-Baby«, seufzte Jansen. »Also los! Wer isses? Dieter Bohlen, Prinz Foffi von Hohenzollern oder Saddam Hussein?«

»Letzterer wäre inzwischen ja aus dem Rennen«, meinte ich. »Nummer drei ist eine Frau namens Sabine Wunsch.«

»Zu der fällt mir jetzt gar nix ein.«

»Sie ist die Einzige, die wirkliche Probleme hat«, erklärte ich. »Sie hat ihr Kind verloren und wollte wissen, ob es im Jenseits glücklich ist.«

»Die arme Frau«, meinte Jansen. »Aber ich sehe keinen Zusammenhang zum Mordfall Lilo, noch nicht mal den Hauch davon.«

»Tasavalta ist leider nicht greifbar, er befindet sich auf einer Lesereise in den USA. Und zwar seit Wochen.«

»Und Mieu? Was könnte er für einen Grund haben, Lilo zu vergiften?«

»Vielleicht hat Niccolò Paganini ihm die Meinung zu seiner Fiedelei gegeigt. Die Totenbeschwörungen können ja Dinge ans Licht gebracht haben, die selbst für Prominente peinlich sind. Aber zuerst werde ich mich um diese Frau kümmern, die ihr Kind verloren hat. Sie war fast jede Woche bei Melencolia in Behandlung.«

Irgendwas ist immer

Es war Sonntag und bis elf hatte mein Bäckerladen geöffnet. Selbstverständlich war Frau Schmitz höchstpersönlich anwesend. Sie war bestimmt schon mittendrin im Rentenalter, aber ich hatte von ihr noch nie einen Satz über den künftigen Ruhestand gehört. Sie gehörte in den Laden wie das Brot in der Auslage und der Duft aus dem Brötchenbackofen.

»Tach auch«, begann ich mit dem Ritual.

»Tach. Wie isses?«

»Geht so. Viel Stress.«

Anneliese Schmitz nickte. »Ist der Chef noch im Knast?«

»Nein, und ab morgen arbeitet er wieder«, antwortete ich. »Ich übrigens auch.«

»Ich hab gestern nach Ihrem Namen gesucht«, erzählte sie. »Im *Tageblatt.* Kam abba nix.«

»Ich hab trotzdem an dem Fall weitergearbeitet.«

»Undercover?« Wie immer interessierten sie alle kriminalistischen Dinge.

»Kann man so sagen. Wussten Sie, dass Ihre Mandelhörnchen sich in weiße Mäuse verwandeln können?«, fragte ich.

»Die Hörnchen?«, fragte sie entsetzt.

»Vergessen Sie's«, beruhigte ich sie. »Ich bin nur ein bisschen durch den Wind.«

»Schwieriger Fall, was?«

Ich nickte. »Kann man so sagen. Die Berghofen hat nicht nur Romane geschrieben, sondern auch als Hexe gearbeitet.«

»Kartenlegen und so?«

»Sie hat mit den Toten im Jenseits gesprochen.«

»Iss 'n Ding!« Die Bäckerin war Feuer und Flamme. »Das möchte ich auch können.«

»Vielleicht hätten Sie ja Talent, wer weiß?«

Ein Kunde betrat das Geschäft. Ein junger Mann in kurzen Sporthosen und nur mit einem Hemdchen bekleidet. Er hatte wohl gerade gejoggt. Der Duft von Schweiß und Herrenparfum vermischte sich mit dem der frischen Brötchen.

Hilfe, dachte ich und schnüffelte, du bist erotisch doch noch nicht über den Berg, Grappa.

»Ein Vierkornbrot und einen Liter Kakao«, verlangte der Mann.

Ich zuckte zusammen. Seine Stimme klang hässlich, hoch und scheppernd.

Anneliese Schmitz packte das Brot ein und kassierte. Ich sah dem Bengel hinterher.

»Und? Nettes Bürschken, oder?«

»Ja, er hätte nur den Mund halten sollen. Haben Sie sein Gekrächze gehört?«

»Man kann nicht alles haben«, meinte sie.

»Ich weiß. Irgendwas ist immer.«

»Sie wollen zu viel, Frau Grappa. Das kann einer gar nicht bringen.«

»Zwischendurch mach ich ja auch mal Kompromisse«, verteidigte ich mich.

»Und sonst?«, fragte sie.

»Muss.«

»Soll ich Frühstück machen?«

»Wär schön«, antwortete ich. »Aber Sie machen doch um elf zu. Das ist jetzt.«

»Ich schließ ab«, erklärte sie. »Und dann mach ich Frühstück für uns zwei alte Mädchen.«

Ich schluckte, hielt mich aber tapfer. Minuten später schleppte Frau Schmitz die Esswaren ins Bistro.

»Nun lassen wir es uns ma richtig gut gehen«, meinte die Bäckersfrau. »Greifen Se zu.«

Das ließ ich mir nicht zweimal sagen. Auf dem Tisch stand alles, was ein üppiges Frühstück ausmachte: Rührei, Orangensaft, Lachs und zwei Gläser Sekt.

»Ach, Frau Schmitz«, seufzte ich. »Was brauchen wir Männer, solange es noch andere Genüsse gibt?«

»Recht ham Se«, sagte sie und hob das Glas.

»Ich hab da mal eine Frage, Frau Schmitz«, meinte ich, denn mir war eine prima Idee gekommen. »Hätten Sie Lust, bei einer Totenbeschwörung dabei zu sein?«

Ich erklärte ihr die Zusammenhänge.

»So was wollt' ich imma ma erleben«, freute sie sich. »Stör ich da auch nicht?«

»Keineswegs. Ich sage Ihnen Bescheid, wenn's so weit ist, okay?«

»Danke. Ich bring auch 'n Tablett Häppchen mit. So 'ne Geisterschau ist bestimmt anstrengend.«

Apfelsaft, Heroin und Sex

Montag, elf Uhr, Redaktionskonferenz. Jansen leitete sie in seiner ruhigen und souveränen Art. Der Sitzungsraum war voller als sonst, fast alle Kollegen wollten Jansen ihre Referenz erweisen. Er freute sich und war gerührt.

Wir besprachen das Blatt vom aktuellen Tag, zogen Bilanz unserer Leseraktionen und erstellten den Tagesplan.

»Grappa wird für den Berghofen-Fall freigestellt«, bestimmte Jansen. »Simon, du liest bitte ihre Artikel gegen. Mich könnte man für befangen halten. Ich will mich nicht dem Verdacht aussetzen, die Berichterstattung zu beeinflussen.«

»Harras?«, muffelte ich. »In meinen Artikeln kommen doch keine Tore und Blutgrätschen vor.«

»Grappa, bitte!« Jansens Ton war unmissverständlich.

Harras grinste. »Ich strenge mich auch ganz doll an, dir intellektuell zu folgen.«

Alle lachten und ich fügte mich. Es war so üblich, dass alle Artikel, vor der Veröffentlichung gegengelesen wurden. Auch der Chef hielt sich daran.

Jansen teilte zum Ende der Konferenz noch mit, dass er Stellas Versetzung in den Keller rückgängig gemacht habe.

»Du hättest das von der lebenslangen Verpflichtung zum Kaffeekochen abhängig machen können«, grinste ich.

Wenig später verzog ich mich in mein Büro. Ich hatte mich kaum gesetzt, als Stella ins Zimmer kam und mir einen Becher frischen Kaffee auf den Schreibtisch stellte. Bevor ich reagieren konnte, hatte sie die Tür schon wieder hinter sich zugezogen. Prima, ging doch!

Sabine Wunsch. Die Frau, die durch Hilfe der Hexe Melencolia mit ihrem toten Kind hatte sprechen wollen. Allein die Vorstellung von der Not dieser Frau klemmte mir das Herz ab. Lilo hatte auch ihr kalt lächelnd sechshundert Euro abgeknöpft.

Im Telefonbuch fand ich keine Sabine Wunsch. Aber der Nachname kam einige Male vor. Mir blieb nichts anderes übrig, als jeden einzelnen der fünfundzwanzig Anschlüsse, die auf den Namen lauteten, anzurufen.

Natürlich gab ich mich nicht als Journalistin zu erkennen, sondern als Beauftragte einer Lotterielosgesellschaft. Wenn Leuten oder ihren Verwandten Geld in Aussicht gestellt wurde, waren sie wesentlich zugänglicher.

Ich hatte tatsächlich Glück. Beim Anschluss eines *Arno Wunsch* sagte die Männerstimme: »Das ist meine Schwester. Was wollen sie denn von der?«

»Das möchte ich ihr lieber selbst sagen«, meinte ich. »Wie kann ich sie erreichen?«

»Wie viel hat sie denn gewonnen?«, fragte der Bruder neugierig.

»Das darf ich nur Ihrer Schwester sagen«, antwortete ich. »Datenschutz – Sie verstehen?«

»Und seit wann spielt Sabine Lotto?«

»Lotterie. Sie hat ein Los ausgefüllt.«

»Wie viel isses denn nun? Sie können es mir ruhig verraten.«

»Herr Wunsch«, sagte ich streng und amtlich, »ich habe meine Vorschriften. Nachdem ich mit Ihrer Schwester gesprochen habe, erfahren Sie es ja sowieso. Auf jeden Fall ist es eine erhebliche Summe ist. Würden Sie mir bitte jetzt mitteilen, wo sie sich befindet?«

»In der Klapse. Ich erledige aber alles für sie.«

Ich schluckte. »Das tut mir leid«, sagte ich. »Sie ist krank?«

»Ja. Deshalb reden Sie besser mit mir.«

»Das geht nicht. Wir müssen die Geldauszahlung so lange verschieben, bis Ihre Schwester wieder selbst für sich handeln kann.«

Das passte Bruder Arno gar nicht und er nannte mir die Adresse einer Psychiatrischen Klinik im Umland.

»Warum ist sie dort?«, fragte ich.

»Na, warum wohl? Sie hat einen Schaden.«

Charmanter Kerl, dachte ich. »Wann sind dort Besuchszeiten?«

»Was weiß ich!«

»Besuchen Sie sie denn nicht?«, fragte ich erstaunt.

»Nicht so oft. Ich hab genug am Hals. Die kommt schon klar.«

»Was haben Sie denn so alles am Hals, Herr Wunsch?«

»Ich bin Manager.«

»Und was managen Sie?«

»Geschäfte im Ausland.«

»Nette Branche«, schwärmte ich. »Kommt man weit rum, oder?«

»Jetzt werden Sie aber neugierig.« Arno Wunsch wurde vorsichtig.

»War ja nur eine Frage«, wiegelte ich ab.

»Ich kann Sabine ja besuchen, dann sag ich ihr das mit dem Geld.«

»Das mach ich schon selbst«, kündigte ich an. »Ich hab meine Vorschriften, wie gesagt. Wo wohnt sie denn normalerweise? Und was ist mit anderen Angehörigen? Mit einem Mann beispielsweise?«

»Vorübergehend wohnt sie bei mir. Von ihrem Typen ist sie weg«, behauptete Wunsch.

»Warum das?«

»Ist eben so«, war die wortkarge Auskunft.

Es war Mittag und ich hatte Zeit. Ich beschloss, das Umfeld, in dem Sabine Wunsch und ihr netter Bruder lebten, näher in Augenschein zu nehmen. Nachdem ich Jansen informiert hatte, zog ich los.

Der Stadtteil lag im Südosten, war also nicht die schlechteste Gegend Bierstadts, aber auch keine bürgerliche Einfamilienhausidylle. Die städtische Wohnungsbaugesellschaft besaß hier Tausende von Wohnungen in schmucklosen Fünfzigerjahrebauten.

Ich mied das Haus, in dem Arno Wunsch wohnte, inspizierte die Straße und entdeckte einen Kiosk. Diese kleinen Buden waren reviertypisch und beste Informationsquellen. Dort wurden Zigaretten, Zeitungen, billiger Wein, Lakritze und Gerüchte verkauft.

Ich schlenderte auf das Büdchen zu. *Würstchen mit Brot und Senf 1,50 Euro* – hatte jemand auf eine Tafel gekritzelt. Händlerschürzen der üblichen Zeitungen waren an der Hauswand angebracht, eine künstliche Blumengirlande schmückte einen Fahrradständer. In einer Ecke neben dem Haus waren leere Kartons gestapelt worden.

Zwei Typen lümmelten sich vor der Verkaufslücke, in ein Gespräch mit dem Kioskbetreiber vertieft. Auf der Ablage standen leere und halb leere Bierflaschen.

Die drei hatten mich schon erblickt und tauschten untereinander ein paar kurze Informationen aus. Schnell überlegte ich mir eine Story, mit der ich sie kriegen konnte, und gesellte mich dann zu dem Trio.

»Tach, die Herren«, begann ich. »Wie isses?«

Die beiden vor der Theke musterten mich, einer brummte was.

»Danke der Nachfrage«, rutschte es mir heraus.

»Was darf es denn sein, junge Frau?«, fragte der Büdchenmann.

»Ich wollte eine Freundin besuchen. Doch leider ist sie nicht da. Können Sie mir ein Würstchen heiß machen?« Ich deutete mit dem Kinn auf das Schild.

»Mit Brot und Senf?«

»So wie's da im Angebot steht«, meinte ich. »Das ganze Menü.«

Einer der Kerle grinste. Immerhin kannte er die Bedeutung des Wortes Menü. Der Inhaber verschwand im hinteren Teil der Bude. Bis das Würstchen heiß war, würde Zeit vergehen, hoffentlich genug, um die Leute auszuquetschen.

»Und eine Cola, aber light«, rief ich in den Raum.

Mein Blick fiel auf die Blöd-Zeitung, die auf dem Tresen lag. »Darf ich da mal reinschauen?«

»Abba imma.«

Sex-Ikone Rosi Unterbauer: Zum Frühstück gab's bei mir Apfelsaft, Heroin und Sex, las ich. Der Aufmacher spielte auf das wilde Leben einer Kommunardin Ende der Sechzigerjahre an, die kürzlich ihre Memoiren veröffentlicht hatte.

»Tolles Mädel, oder?«, sagte ich und deutete auf das Foto der Frau aus ihren goldenen Zeiten. Sie hatte langes schwarzes Haar und präsentierte ihren nackten Busen.

»Nä«, meinte der eine Typ abschätzig. »Zu kleine Ohren.«

Dabei blickte er auf meine Oberweite und grinste fett.

Ich schluckte und beschloss, ihn jetzt noch nicht umzuhauen.

»Wissen Se den Unterschied zwischen erotisch und pervers?«, fragte der andere Mann.

»Nein«, log ich.

Er kam mit der Pointe von Feder und Huhn rüber und ich schüttete mich aus vor Lachen. Der schlappe Scherz schien in allen sozialen Geschichten einen Siegeszug zu halten.

»Kennen Sie eigentlich meine Freundin?«, nutzte ich die Chance. »Sabine Wunsch. Ihr Bruder ist der Arno.«

»Das ist doch die mit dem toten Kind«, sagte der Witzbold.

»Schlimme Sache«, nickte ich. »Wie geht's der Sabine denn?«

»Keine Ahnung. Die is ja wech.«

»Wohnten die zusammen?«

»Klar. Arno hat sie aufgenommen, als das Kind kam.«

»Und Arno? Wie geht's dem?«, fragte ich.

»Der kommt schon klar«, sagte Typ zwei. »Das tut der imma.«

»Wie ist das denn genau passiert?«

Der Kiosk-Fritze trabte an – in den Händen einen Pappteller balancierend, auf dem sich Pappbrot, ein länglicher rosafarbener Gegenstand und ein dunkelgelber Klecks befanden. Das Lange dürfte die Wurst sein, schloss ich messerscharf.

»Lecka!«, rief ich und spürte ein leises Grummeln in der Magengegend. »Haben Sie eine Papierserviette? Ich möchte das Ding nicht mit den Fingern anfassen.«

Er brachte eine. Ich nahm die Wurst – sie vibrierte im Luftraum zwischen Pappteller und meinem Mund –, stippte sie in den Senf und ließ die Spitze zwischen meinen Lippen verschwinden.

Die drei Männer bekamen leuchtende Augen.

Wenn es sein muss, seufzte ich innerlich, ließ die Zunge um die Wurstspitze kreisen und leckte etwas Senf ab, ohne ein Stück abzubeißen.

»Wie war das denn nun mit dem Kind?«, fragte ich.

»Das heißt plötzlicher Kindstod«, sagte Typ eins, schluckte und starrte die wippende Wurst an.

»Und wie alt war das Kind?« Die Wurst in meiner Hand pendelte auf und ab.

»Noch ganz klein war das«, drängelte sich der andere vor. »Morgens im Bett. Tot. Das war's.«

»Gab es eine Untersuchung?«

»Die Bullen waren da.«

»Nun essen Se ma Ihre Wurst«, forderte mich der Kioskmann auf. »Sonst isse gleich kalt.«

Beherzt schnappte ich zu. Ich spürte, wie die Wurstumhüllung zerplatzte und sich der glibberige Inhalt in meiner Mundhöhle verteilte. Der scharfe Senfgeschmack verhinderte, dass mir übel wurde. Ich nahm den Fabriktoast, biss ab, kaute und würgte alles hinunter.

»Schmeckt's?«

»Wunderbar«, krächzte ich und spülte mit der Cola nach. »Genau das Richtige für den kleinen Hunger zwischendurch.«

Die drei verfolgten jede meiner Essbewegungen.

»Was macht der Arno eigentlich so? Als Manager?«, fragte ich, als ich wieder sprechen konnte.

»Manager?« Die drei lachten. »Der is Manager bei Hartz IV. So heißt die Firma nämmich.«

Ich lachte mit und aß das Würstchen bis zum bitteren Ende. Dann bezahlte ich.

»Wollen Se noch 'n Witz hören?«

Bitte nicht die Qualität von eben, flehte ich innerlich.

»Warum sitzen zwanzig Nonnen im Kloster auf der Heizung?«

Ich wartete ergeben.

»Weil die Mutter Oberin gesagt hat: Die Heizung leckt.«

Das gackernde Lachen des Kiosk-Trios verfolgte mich bis zu meinem Auto. Ein Leben ohne Mann erschien mir immer erstrebenswerter.

Zurück in der Redaktion durchforstete ich die Pressemitteilungen der Polizei des letzten halben Jahres. Seitdem die Behörde die Meldungen ins Internet stellte, war die Suche nicht mehr so zeitraubend.

Da meine Vorortrecherche ja ergeben hatte, dass im Fall des Kindstodes die Polizei eingeschaltet worden war, musste es eigentlich eine offizielle Mitteilung geben.

Ich bestückte die Suchfunktion mit dem Straßennamen. Nichts – außer ein paar Diebstählen, Handtaschenräubereien und Einbrüchen.

Mir fiel ein, dass Lilo von Berghofen ihren Hilferuf an Jansen vor einem halben Jahr geschrieben hatte. Wenn Sabine Wunsch oder ihr Mann etwas damit zu tun haben sollten, müsste ich den Suchzeitraum also auf ein Jahr erweitern. Nun hatte ich Glück.

Todesfall zum Nachteil eines Kleinkindes – so die literarische Überschrift der polizeilichen Mitteilung.

In den Morgenstunden zum gestrigen Freitag wurde die Kriminalpolizei vom notärztlichen Dienst über einen Todesfall in der Eisenstraße 67 informiert. Das zwei Monate alte weibliche Kind Luna W. war von seiner Mutter leblos im Bett gefunden worden. Der Notarzt konnte nur noch den Tod feststellen. Die Staatsanwaltschaft ordnete eine Obduktion an.

Einige Tage später hatte die Pressestelle der Polizei eine weitere Meldung herausgegeben, die besagte, dass das kleine Mädchen an dem sogenannten plötzlichen Kindstod gestorben sei.

Plötzlicher Kindstod. Ich hatte zwar von diesem Schreckensgespenst aller Eltern gehört, war aber nicht besonders gut informiert.

Wikipedia war wieder mal eine gute Adresse:

Der plötzliche Kindstod ist definiert als plötzlicher Tod eines Säuglings, der weder durch eine Krankheit noch eine Untersuchung nach dem Tod – einschließlich einer Autopsie – erklärt werden kann. Es handelt sich also immer um eine Ausschlussdiagnose. Das heißt, dass der Kinderarzt oder Pathologe, manchmal auch der Rechtsmediziner, alle anderen denkbaren natürlichen und nicht natürlichen Todesursachen wie Infektionen, Stoffwechselstörungen, Blutungen (auch nach Schütteltrauma), Fehlbildungen und Unfälle (Vergiftung, Strom, Sturz, Unterkühlung, Ertrinken) ausschließen muss und auch die klinische Vorgeschichte sowie die konkreten Todesumstände keinen richtungweisenden Anhalt geben dürfen, bevor man vom plötzlichen Kindstod sprechen kann. Gleichzeitig heißt dies aber auch, dass man eine Ursache für den plötzlichen Kindstod nicht kennt, sondern es nur unterschiedliche Hypothesen dazu gibt.

Vollmond und Nebelwiese

»Ja, ich werde es tun. Wenn der Mond voll ist.«

Ich hatte mich entschlossen, Wachlins Angebot anzunehmen und zu versuchen, die Ermordete vorübergehend aus dem Totenreich zu holen. »Und wann ist Vollmond?«

»In drei Tagen.«

»Geht es nicht früher?«, fragte ich. »Die Sache eilt.«

»Der Mond ist mein Planet und ich muss warten, bis die Zeit günstig ist. Sie wollen doch, dass wir Erfolg haben, oder?«

Wir vereinbarten, dass ich eine Runde von Leuten zusammenstellen würde, die vertrauenswürdig waren. Peter Jansen sollte auf jeden Fall dabei sein – er würde Lilo vielleicht eher aus dem Totenreich locken können als völlig fremde Menschen.

Simon Harras, Anneliese Schmitz und Wayne Pöppelbaum fielen mir noch ein. Simons klarer Menschenverstand konnte hilfreich sein, Frau Schmitz hatte Schnittchen versprochen und der Bluthund sollte seinen Fotoapparat mitbringen – für den Fall, dass die tote Schriftstellerin wirklich anrauschte. Vielleicht hatte Pöppelbaum mehr Talent, Geister abzulichten, als ich.

Sechs Personen inklusive Medium – das entsprach außerdem der idealen Teilnehmerzahl für Séancen – wie ich den Anleitungen im Internet entnommen hatte.

Ich rief meine Versuchkaninchen an und bat sie, sich den Donnerstagabend frei zu halten. Nur Pöppelbaum erreichte ich nicht.

Danach telefonierte ich mit dem Arzt, der Sabine Wunsch behandelte, und gab mich als ihre Tante aus. Er vertröstete mich auf den nächsten Tag und nannte mir die in einer Klinik üblichen Besuchszeiten.

Viel mehr konnte ich nicht tun. Ich absolvierte noch die Pflichtanrufe bei Polizei und Staatsanwaltschaft, aber es gab nichts Neues. Anschließend checkte ich ein letztes Mal für heute die Nachrichtenagenturen.

Überall tote Kinder. Eine Jungenleiche im Kühlschrank, vergrabene Säuglingsknochen im Balkonkasten oder »nur« schwere Misshandlungen wie diese:

> Das Landgericht will heute das Urteil gegen eine Mutter sprechen, die ihrer kleinen Tochter jahrelang Kalkreiniger und Essig eingeflößt haben soll. Die 27-Jährige hatte zugegeben, die heute 5-Jährige mehr als zwanzig Mal gezwungen zu haben, die ätzenden Substanzen zu trinken. Außerdem soll sie das Kind mit kochendem Wasser übergossen haben, um die Unfallversicherung zu betrügen.

Das war genug. Ich war frustriert über die Schlechtigkeit der Menschheit.

Kinder wurden gequält und ich hatte nichts Besseres zu tun, als mich um eine Séance zu kümmern, um die Wahrheit zu finden. Wenn das hier vorbei ist, dachte ich, trittst du wieder für die Armen und Schwachen dieser Welt ein. Der Gedanke tat gut, ich kam mir edel und mutig vor.

Katzenpech und Hexenwahn

Schon früh fuhr ich zur Klinik – so früh, dass ich hoffte, dem unangenehmen Bruder Arno nicht in die zu Arme laufen. Doch Sabine Wunsch hielt sich entgegen der Aussage des Arztes nicht mehr in der Psychiatrischen Abteilung des Krankenhauses auf. Sie hatte eine Erklärung unterschrieben und war im Morgengrauen verschwunden.

»Ist sie abgeholt worden?«, fragte ich die Frau am Empfang.

»Von einem Mann«, antwortete sie.

»Ihrem Bruder?«

»Nein, es war der Mann, der sie hier häufiger besucht hat. Wie ein Bruder wirkte der nicht.«

»Haben Sie eine Adresse? Eine Telefonnummer?«

»Ich darf Ihnen solche Auskünfte nicht geben, tut mir leid.«

Jetzt blieb mir nichts anderes übrig, als dem Bruder auf die Bude zu rücken. Bestimmt ließ er sich mit dem angeblichen Lotteriegewinn nicht ein zweites Mal ködern. Es war zehn Uhr, eine Zeit, zu der Arbeitslose gewöhnlich schon aufgestanden und auf der hektischen Suche nach einem Job sind.

Auf dem Weg zu Wunsch kreuzte eine schwarze Katze meine Fahrbahn – sie schaffte es gerade noch, in einen Busch zu springen, bevor ich sie erwischen konnte.

Schon wieder ein mystisches Zeichen, aber war es ein gutes oder schlechtes? Der Tag würde die Frage beantworten.

Das Haus, in dem der Bruder wohnte, lag in praller Sonne. Im Hochsommer musste es in diesen Schlichtbauten ohne vernünftige Isolierung nett warm werden.

Das Schloss war kaputt und ich konnte das Gebäude ohne Probleme betreten. Neben dem Zugang zum Keller standen zwei schäbige Kinderwagen und ein Rollator, die Gehhilfe für Menschen meines Alters und aufwärts.

Wie fühlte sich so ein Ding eigentlich an? Ich legte die Hände um die Griffe und schob es zwei Meter vor mir her. Eigentlich ganz prima, dachte ich, und für den Fall, dass du vornüberkippst, rastet die Bremse ein. Auch der Korb für Handtasche und Einkäufe war von den Designern zu Ende gedacht: Eine Kiste Wein müsste sich darin unterbringen lassen. Aber wohin dann mit der Handtasche? Kein Problem, ich würde sie um den Hals tragen, anders hätte ein sozial benachteiligter Jugendlicher sie mir ohnehin schon weggerissen. Das Alter verlor für einen winzigen Moment seine Schrecken.

Ich schob das Ding an seinen Platz zurück und stieg die Treppe hoch. Arno Wunsch wohnte in der ersten Etage. Die Klingel gab allerdings keinen Mucks von sich, vielleicht hatte er sie abgestellt.

Ich schlug mit der Faust gegen die Tür, und zwar so laut, dass sich das Holz der Tür mit einem hässlichen Knacken revanchierte. Minuten vergingen. Das Gepolter lockte nicht den erhofften Wunsch, sondern andere Bewohner herbei und bald war der Hausflur gefüllt.

»Der pennt doch noch«, meinte eine Frau, die auf halber Treppe über mir dem Geschehen folgte.

»So tief kann keiner pennen«, entgegnete ich. »Entweder ist er tot oder nicht da. Vielleicht ist er auf Arbeitssuche?«

Müdes Gelächter schallte durchs Treppenhaus. Die Leute kannten ihre Pappenheimer.

»Eigentlich will ich ja zu seiner Schwester«, sagte ich. »Die hat in der Lotterie gewonnen und ich will es ihr sagen. Ist doch eine schöne Nachricht, oder?«

»Die Sabine hat was gewonnen?«

»Ja, und zwar eine ganze Menge.«

»Und die weiß das noch nicht?«, fragte die Frau.

»Nein. Herr Wunsch meinte, sie sei im Krankenhaus, da ist sie aber nicht mehr.«

»Moment mal. Ich habe irgendwo die Handynummer von der Biene.« Die Frau kletterte die Stiegen hoch.

»Sie kann ja auch bei ihrem Freund sein«, mutmaßte ein anderer Zaungast.

»Kennen Sie den denn?«

»Der kam sie öfter mal besuchen. Blieb aber nie lange. Das war nicht die richtige Umgebung für den.«

»Wieso das denn nicht?«, wunderte ich mich. »Hier ist es doch sehr nett.«

»Das war so 'n Geschniegelter«, sagte der Mann verächtlich. »Aber Sabine war ja immer schon was Besseres.«

Die Nachbarin kehrte zurück, in der Hand hielt sie einen Zettel. »Das ist die Nummer.«

»Danke. Wissen Sie vielleicht, wo der Freund von Sabine Wunsch wohnt? Oder wie ich ihn erreichen kann, falls Sabine ihr Handy ausgestellt hat?«

»Sie hat mal erzählt, dass er Anwalt ist oder so was«, antwortete die Frau.

»Kennen Sie den Namen?«

»Mike, mehr weiß ich nicht.«

Ich schlug noch mal gegen die Tür, doch Arno Wunsch reagierte immer noch nicht. Vielleicht war er wirklich nicht zu Hause.

»Wie viel isses denn?«

»So viel, dass sie nicht mehr arbeiten muss«, meinte ich. »Und für den Bruder fällt bestimmt auch was ab.«

»Und wie heißen Sie? Vielleicht kann er Sie ja anrufen, wenn er wieder auftaucht.«

»Wie ich heiße? Mein Name ist Fee. Lottofee.«

Auf dem Weg nach unten vermisste ich den Rollator. Schade, ich hätte gern noch mal eine Runde mit ihm gedreht.

Mike. Der Vorname war wahrscheinlich eine Abkürzung für Michael und so hießen viele Männer. Es wäre zeitraubend und vermutlich sinnlos, alle Anwälte mit dem Vornamen Michael anzurufen – zumal der Mann ja keine Kanzlei haben musste und es auch nicht sicher war, dass er überhaupt in Bierstadt praktizierte.

Der Himmel hatte sich zugezogen und es nieselte leicht. Ich flüchtete ins Auto und wählte Sabine Wunschs Handynummer. Nichts, aber wenigstens die Mailbox war geschaltet. Ich sprach meine Telefonnummer darauf und bat Sabine Wunsch, sich möglichst bald bei mir zu melden. Mein Köder war der Satz: »Es geht um Ihr Kind.«

Sogleich plagten mich Gewissenbisse. Ich spielte mit den Gefühlen einer Frau, die emotional und psychisch instabil war, nur um einen Mord aufzuklären.

Wie tief bist du gesunken, Grappa?, dachte ich. Ich blieb mir die Antwort lieber schuldig.

Auf dem Weg zur Redaktion kreuzte wieder eine schwarze Katze meinen Weg – diesmal in der anderen Richtung. Ich würde schon noch herauskriegen, welche Bedeutung dahintersteckte.

Eine halbe Stunde später wusste ich Bescheid:

Als Verheißung von Unglück wird angesehen, wenn eine schwarze Katze überraschend den Weg kreuzt, wobei die Richtung von links nach rechts schlimmer ist als die von rechts nach links.
Verbreitet ist die Annahme, eine Katze habe neun Leben. Im späten Mittelalter, als der Hexenwahn grassierte, hatte auch die Katze, wie viele andere Tiere, unter dem grausamen Irrsinn zu leiden. So sollte der Hausgeist einer Hexe gern in Gestalt einer Katze auftreten.
Ein abscheulicher Brauch war es, zu Karfreitag oder Ostern Katzen in Weidenkörbe zu stecken und in das Osterfeuer zu werfen.

Nicht die feine Art, dachte ich. Aber heutzutage war die Lage nicht gerade besser: Eltern quälten ihre Babys zu Tode,

Männer jagten Frauen ein Messer in den Bauch und Kinder wurden vergewaltigt. Was zählte da schon das Leben einer schwarzen Katze?

dumm-und-blond.de

Auf dem Weg zur Kantine prallte ich fast mit Simon Harras zusammen. Er schleppte einen Kasten Wasser in die Redaktionsküche.

»Wo treibst du dich neuerdings rum?«, fragte er.

»Recherche vor Ort, Baby«, antwortete ich.

»Das ist noch lange kein Grund, hier alles zu vernachlässigen. Um alles muss ich mich selbst kümmern. Keiner spült mehr die Tassen oder ärgert die Sekretärinnen. Auch Susi hat schon nach dir gefragt.«

»Ich bin gerührt«, meinte ich. »Was wollte sie denn? Stella kocht mir neuerdings freiwillig Kaffee. Hat Susi etwa Ähnliches vor?«

»Nein. Sie plant, sich ein Fußkettchen tätowieren zu lassen.«

»Und ich soll ihr das stechen, oder was?«

»Klar, weil du so einen scharfen Verstand hast. Zurzeit läuft eine Meinungsforschung in der Redaktion. Und da du die Ikone des guten Geschmacks bist, zählt deine Meinung doppelt.«

»Ich bin für ein Tattoo bei Susi«, erklärte ich. »Aber es sollte quer über der Stirn sitzen. Die Worte: dumm-und-blond.de.«

»Wie heißt noch mal das Gift, mit dem die Berghofen so erfolgreich ins Jenseits geschickt wurde?«

»Rizin.«

»Ich werde es Susi empfehlen.«

»Die Herstellung ist piepeinfach. Das kriegt sogar unsere Susi gebacken.«

Ich ließ Harras und die Kiste stehen und setzte meinen Weg fort. Die Kantinenwirtin faltete gerade ihre geringfügig Beschäftigte zusammen. Die hatte nämlich die Angewohnheit, die abgegossene Pasta mit den Händen aus dem Topf zu nehmen und dann auf Teller zu schmeißen. Eine Kelle Soße drüber und fertig. Diese unkonventionelle Art der Bedienung hatte – so entnahm ich den Ansagen der Wirtin – am Vortag zur Meuterei unter den Gästen geführt. Zwischen zwei Pasta-Bestellungen hatte sich die Frau einen Pickel am Kinn ausgedrückt, um danach wieder beherzt in die Nudeln zu greifen.

Ich grabschte nach einer herumliegenden Zeitung und verzog mich in eine entfernte Ecke, um mich informationsmäßig auf den aktuellen Stand zu bringen. Immerhin gab es ja noch andere wichtige Dinge auf der Welt als eine tote Schriftstellerin.

Frauen kommt es bei Männern nicht in erster Linie auf gute Liebhaberqualitäten oder Mut an, las ich. Bei einer Umfrage für die Zeitschrift *Brigitte* zum Thema ›Was ist heute männlich?‹ mussten sich die Teilnehmerinnen jeweils für eine Alternative entscheiden: Gut im Job oder gut im Bett? Mutig oder verantwortungsbewusst? Belesen oder handwerklich geschickt? Zwei Drittel der Frauen ziehen einen Karrieristen dem guten Liebhaber vor. 78 Prozent finden es wichtiger, dass der Mann mit Schlagbohrer und Flex umgehen kann, als dass er weiß, was Proust mit Madeleine zu tun hat.

Ich dachte an die hinreißende Madeleine-Szene in *Auf der Suche nach der verlorenen Zeit.* Nicht, dass ich den mehrere tausend Seiten dicken Schmöker noch wirklich in Erinnerung gehabt hätte, aber diese Szene kannte ich. Sie eignete sich wunderbar für Bluffs auf Partys oder Konferenzen. So hatte ich jüngst einem von sich sehr überzeugten Mann, als er seinen Keks in den Tee tauchte, ins Ohr geflüstert: Oh, Sie lesen Proust?

Nach der Pause wechselte er den Platz und war für den Rest des Konferenztages friedlich.

»Was gibt es Neues?«, fragte Jansen und trat an meinen Tisch.

»Ich denke gerade über Marcel Proust nach«, bekannte ich.

»Warum das denn?«

»Du weißt doch, dass ich ein Schöngeist bin.«

»Klar, Grappa. Dass du komisch bist, ist bekannt.«

Prompt klingelte mein Handy, es war Sabine Wunsch. Jansen entnahm meiner Miene, dass es sich um einen wichtigen Anruf handeln musste, und spitzte die Ohren.

Ich stellte mich als gute Freundin der Berghofen vor und behauptete, auch mit ihren esoterischen Übungen vertraut zu sein.

Sabine Wunschs Stimme klang matt und sie sprach langsam. Ich tippte auf Medikamente. Wir verabredeten uns in einer Stunde im Papageien-Café.

Das Café lag in der Bierstädter City zwischen Bahnhof und Einkaufsmeile. Es war eines jener Traditionscafés, in dem die Kunden einen angestammten Sitzplatz hatten. So alterten die Kaffeetrinker gemeinsam mit den Bedienungen, am betagtesten jedoch war die Gelbstirnamazone, die jeden Besucher, der sich vom Stuhl erhob, krächzend fragte: »Hast du schon bezahlt?«

Ich war zehn Minuten vor der vereinbarten Zeit da. Ich sehe meine Gesprächspartner gern ankommen – so kann ich mich besser auf sie einstellen. Der Gang eines Menschen sagt viel über ihn aus. Es ist wichtig, wie er den Kopf hält, ob er das Kreuz durchdrückt oder den Menschen direkt in die Augen blickt.

Auf dem Kuchenbuffet lagen Mandelhörnchen – eine etwas andere Art als die, die ich von Anneliese Schmitz gewöhnt war: Diese hier waren die Königsvariante meiner Lieblingsteilchen. Beide Enden waren in prächtige – und vor allem viel – Schokolade getunkt worden und die Mandeln waren mit einer glänzenden Glasur überzogen. Beim Anblick der Dinger bekam ich einen spontanen Speichelsturz. Ich bestellte eins und ein Kännchen Kaffee dazu.

Ich setzte mich so, dass ich den Eingang und die Straße im Blick hatte, über die Sabine Wunsch ins Café gelangen musste. Die Kellnerin brachte Kaffee und Gebäck und versperrte mir dabei die Sicht zur Tür.

Als sie zum nächsten Tisch ging, bemerkte ich eine junge Frau, die in der Tür stand. Sie suchte mit Blicken die Tische ab. Ich hob kurz die Hand und sie verstand.

Sabine Wunsch war groß, schlank und etwa Mitte zwanzig, sah aus, wie einem Roman Lilo von Berghofens entsprungen: *Das Sonnenlicht ließ das blonde Haar wie gesponnene Seide schimmern. Das schlichte weiße Kleid betonte die Schönheit, das Mädchen sah aus wie eine Prinzessin. Graf Gero hob sein Fernglas an die Augen. Sein Herz pochte in einem unregelmäßigen Rhythmus. Die junge Frau lief die Treppe hinunter zum Park. Ihr Gang war leicht und sie schien zu schweben …*

Graf Gero war in diesem Fall ich. Die Frau, die sich meinem Tisch näherte, war sehr attraktiv, und zwar von einer etwas altertümlichen Schönheit – weder durch Kleidung noch durch Make-up besonders betont. Sie strahlte eine ungewöhnlich starke Melancholie aus.

»Hallo, Frau Wunsch«, lächelte ich. »Schön, dass Sie gekommen sind. Nehmen Sie doch bitte Platz.«

»Sie haben da einen Krümel am Mund«, sagte sie langsam.

Verwirrt strich ich mir mit dem Handrücken über die Lippen und entfernte das Mandelstück.

»Jetzt klebt noch etwas Schokolade an Ihrer Wange.«

Verunsichert feudelte ich mit der Papierserviette in meinem Gesicht herum. »Gut so? Bin ich jetzt gesellschaftsfähig?«, fragte ich.

»Ich wollte doch nur …« Sie brach ab.

Voll da war diese Frau nicht. Sie hatte vergrößerte Pupillen, die Hände zitterten leicht und sie schien lange nicht in der Sonne gewesen zu sein.

Ich hatte mich wieder gefangen. »Bitte, setzen Sie sich doch.«

Sie tastete nach dem Stuhl. Ihre Aktionen schienen in Slow Motion abzulaufen.

»Was ist mit meiner Kleinen?«, flüsterte sie. »Haben Sie sie gesehen?«

»Nein.« Ich musste ihr reinen Wein einschenken. »Mein Name ist Grappa. Maria Grappa. Ich bin Journalistin.«

Sabine Wunsch sagte nichts.

»Ich versuche, den Tod von Lilo von Berghofen aufzuklären. Verstehen Sie? Die Hexe Melencolia. Sie ist vor einer guten Woche ermordet in ihrem Haus aufgefunden worden. Vergiftet. Haben Sie das mitbekommen?«

»Sie ist tot?«

»Ja. Ich schreibe über den Fall für meine Zeitung.«

»Ich lese keine Zeitungen.«

Unser Gespräch wurde unterbrochen. Die Bedienung fragte nach Sabine Wunschs Bestellung. Die trinkt bestimmt ein Mineralwasser, überlegte ich, vermutlich auch noch ohne Kohlensäure – damit die Modelfigur nicht versaut wird.

»Ein Tasse Kakao mit viel Schlagsahne«, antwortete sie. »Und ein Stück Mohntorte.«

Endlich mal eine normale Reaktion, dachte ich.

»Sie haben die Hexe doch oft besucht«, nahm ich den Faden wieder auf. »Weil Sie mit Ihrer Tochter Luna sprechen wollten. Nicht wahr?«

Sabine Wunsch nickte.

»Es tut mir so leid für Sie.« Ich nahm ihre Hand. »Es muss schrecklich gewesen sein.«

»Sie lag einfach so da. Im Bettchen. Ich hab's erst gar nicht gemerkt. Sie lächelte sogar und war trotzdem tot. Einfach so.«

»Hat Melencolia Ihnen geholfen? Ist Ihre Tochter aufgetaucht? Konnten Sie mit ihr reden?«

Sabine Wunsch trank einen Schluck Kakao und holte sich einen Bart.

»Sie haben Sahne im Gesicht«, revanchierte ich mich.

Mit einer fahrigen Bewegung griff sie nach der Serviette und tupfte sich die Lippen ab.

»Es hat lange gedauert«, murmelte sie. »Doch dann war sie da.«

»Und wie war das?«

»Ich hab mit Luna geredet.«

»Aber Ihre Tochter war erst zwei Monate alt«, warf ich ein. »Sie konnte doch noch gar nicht sprechen.«

»Ihr Geist war da. Und mit dem konnte ich reden.«

»Durch das Medium?«

»Ja. Der Geist war in ihr.«

»Wie konnten Sie da so sicher sein? Lilo von Berghofen hätte Ihnen alles auftischen können!«

»Sie hat aber das Lied gesummt«, antwortete Sabine Wunsch. »Das alte Kinderlied. Niemand hat es gekannt. Nur Luna und ich.«

»Sie haben Luna immer ein bestimmtes Lied vorgesungen?«

»Das Lied vom Dornröschen.«

»Und Sie haben es der Hexe nie erzählt?«

»Nein. Niemand wusste es.«

»Und Ihr Mann?«

»Mike hat das nicht interessiert.« Sabine Wunsch erhob die Stimme und sang:

Dornröschen war ein schönes Kind,
schönes Kind, schönes Kind,
Dornröschen war ein schönes Kind, schönes Kind.
Dornröschen, nimm dich ja in Acht,
ja in Acht, ja in Acht,
Dornröschen, nimm dich ja in Acht.
Da kam die böse Fee herein,
Fee herein, Fee herein,
Da kam die böse Fee herein und rief ihr zu:
Dornröschen, schlafe hundert Jahr!
hundert Jahr, hundert Jahr,
Dornröschen, schlafe hundert Jahr …

Die anderen Gäste schauten neugierig zu uns. Doch da die Vorstellung zu Ende schien, wandten sie sich wieder ihren Gebäckstücken und Kaffeekännchen zu.

Der Papagei reagierte allerdings auf das Kinderlied. Er begann wild durch den Käfig zu turnen und mit den Flügeln zu schlagen.

»Röschen, Röschen …«, krächzte er.

Die Leute lachten. Endlich kam Stimmung in die Bude. »Was hat der Geist Ihrer Tochter gesagt?«, bohrte ich nach.

»Luna hat schrecklich geweint«, berichtete Sabine Wunsch. »Sie war so allein. Und traurig und …«

»Und?«

»Sie sagte, dass sie mich nicht sehen könne. Sie habe keine Augen. Und dass sie mich nicht fühlen könne, weil das Herz weg sei. Sie war innen leer. Verstehen Sie, warum sie so schrecklich geweint hat?«

Ein Schauder lief meinen Rücken hinunter. Was für einen Mumpitz hatte Lilo da bloß veranstaltet? Wie konnte sie einer trauernden Mutter so etwas antun?

»Beruhigen Sie sich«, bat ich. »Es ist doch alles gut. Sie sind noch jung und können mit Ihrem Mike noch viele Kinder bekommen.«

Sie antwortete nicht, schluchzte weiter. Wieder sahen die Leute zu uns her und ich erntete böse Blicke. Klar, die anderen Gäste glaubten, ich alte Hexe sei für die Tränen der jungen Schönheit verantwortlich. Ich setzte ein beruhigendes Lächeln auf, um etwaiger Lynchjustiz zu entgehen.

»Soll ich Mike anrufen?«, fragte ich. »Damit er Sie abholen kann?«

»Nein, nein. Er weiß nicht, dass ich hier bin. Er will nicht, dass ich mit Leuten rede.«

Ich muss den Namen von dem Kerl rauskriegen, dachte ich, aber wie?

Das Make-up um ihre Augen war verschmiert. Jetzt sah sie schon weit weniger hübsch aus.

»Ihr Lidschatten ist verlaufen«, sagte ich. »Vielleicht möchten Sie sich etwas frisch machen?«

Ich hätte sie falsch eingeschätzt, wenn sie darauf nicht reagiert hätte. Wunsch holte ein Schminktäschchen aus der Handtasche und verschwand Richtung Waschraum.

Ich wartete, bis sie die Tür hinter sich geschlossen hatte, und zog dann das Handy aus ihrer Handtasche. Im Telefonbuch gab es unter dem Namen Mike zwei Einträge – Festnetz und Handy. Ich notierte beide und legte das Mobiltelefon wieder zurück in den Beutel.

In dem Augenblick begann das Teil zu klingeln. Sollte ich den Ruf einfach annehmen?

Sabine Wunsch nahm mir diese Entscheidung ab, denn sie kehrte zum Tisch zurück.

»Ihr Handy klingelt«, konstatierte ich.

Sie meldete sich noch rechtzeitig mit: »Hallo?«

Mehr sagte sie nicht, aber sie wurde blass.

»Was ist denn?«

»Mein Bruder«, stammelte sie. »Er ist tot. Das war die Polizei.«

»Tot? Wie ist das passiert? Ein Unfall?«

»Ich weiß nicht. Ich soll hinkommen.«

»Wohin?«

»In seine Wohnung.«

Verdammt, dachte ich, deshalb hat der Bursche heute Morgen nicht geöffnet.

»Ich fahre Sie hin«, meinte ich wild entschlossen. »Kommen Sie!«

Wir gingen zur Theke, um die Rechnung zu begleichen.

Die Gelbstirnamazone quittierte unseren Aufbruch mit einem deutlichen: »Hast du schon bezahlt?«

Viel Blut, viel Wut

Vor dem Haus hatten sich Gruppen von Menschen gebildet. Auch die Bluthunde waren da – ich winkte Wayne Pöppelbaum zu. Der bekam Stielaugen, als Sabine Wunsch aus meinem Wagen stieg und zum Haus lief.

»Das ist die Schwester«, informierte ich ihn. »Sag, was du schon weißt.«

»Die Schwester?«, fragte er verdattert. »Von dem Toten?«

»Ich erklär's dir gleich«, versprach ich. »Und jetzt rede!«

»Ich weiß nicht viel«, begann der Bluthund. »Die Bullen sind alle noch drin und verhören die Nachbarn. Also, der

Typ war irgendwie verschwunden und einer im Haus hatte den Schlüssel. Der ist dann rein in die Bude und hat ihn gefunden.«

»Warum ist der da einfach rein? Hatte er was Verdächtiges gesehen oder gehört?«

»Nein, er wollte dem Bruder sagen, dass seine Schwester im Lotto gewonnen hat.«

»Lotterie«, stellte ich richtig.

»Das weißt du auch schon wieder?«, wunderte sich Pöppelbaum.

»Klar. Ich weiß viel. Todesursache?«

»Manno, Grappa! Bin ich Jesus?«

»Das nun wirklich nicht«, kicherte ich. »Obwohl – wenn du die Seiten beiwachsen lässt ...« Ich deutete auf die kahl rasierten Seiten seines Schädels.

»Und du erzählst mir jetzt, wie du an die Schwester kommst«, verlangte Pöppelbaum.

»Zufall«, log ich.

»Verarschen kann ich mich selbst, Grappa!«

»Also gut«, seufzte ich. »Sie war Kundin von Lilo von Berghofen.«

»Kundin bei? Oder Leserin von?«

»Lilo hatte doch diesen lukrativen Nebenjob«, erklärte ich. »Sie arbeitete als Medium – falls man das Arbeit nennen kann. Die Schwester hatte eine Totenbeschwörung in Auftrag gegeben.«

»Und? Wen wollte sie sprechen? Ihr Bruder kann es ja kaum gewesen sein.«

»Ihre Tochter.«

»Wer glaubt denn an so einen Mist?«

»Wer verzweifelt ist, glaubt mehr Mist als andere Menschen«, entgegnete ich. »Am Donnerstagabend ist Vollmond. Wenn du willst, kannst du dabei sein.«

»Wobei?«

»Bei einer Séance. Ich veranstalte eine, um den Mörder von Lilo zu finden.«

»Du hast sie nicht alle!«, rief er aus. »Du willst mit Toten reden?«

»Nicht ich«, sagte ich. »Mein Medium. Ein Kollege von Lilo, ein Zauberer.«

»Und du meinst, das klappt?«

Ich zuckte die Schultern. »Keine Ahnung. Schaden jedenfalls wird's nicht. Und für einen Artikel taugt es allemal. Ich brauch jemanden, der den Geist filmt, wenn er erscheint. Und da dachte ich an dich.«

Pöppelbaum kicherte. »Okidok.«

Am Haus tat sich was. Ein Alusarg wurde rausgeschafft und in dem Leichenwagen verstaut. Hauptkommissar Brinkhoff verließ das Haus, gefolgt von einigen Beamten, Sabine Wunsch und den Nachbarn.

»Das ist die Frau!«, rief die Nachbarin, die mir Sabine Wunschs Handynummer gegeben hatte. Sie deutete mit dem Finger auf mich.

Hauptkommissar Brinkhoff sah mich irritiert an.

»Die Frau vom Lotto«, krähte sie weiter. »Die war heute Morgen da und hat nach Arno gefragt.«

Peinliche Situationen ärgern mich nur, wenn ich keine Chance habe, aus ihnen herauszukommen. Ich zog Brinkhoff beiseite und erklärte ihm alles.

»Sie glauben wirklich, dass von Berghofens Tod was mit Hexerei zu tun hat?«, lachte er.

»Sie haben bestimmt eine bessere Idee«, konterte ich.

»Leider nicht. Ich war noch nie so ratlos«, gestand der Hauptkommissar.

»Was ist mit dem Bruder passiert?«

»Die Obduktion findet erst morgen früh statt«, sagte er. »Ziemlich viel Blut im Bett.«

»Erstochen?«, riet ich. »Zu viel Blut gehört für mich ein Messer.«

»Ja. Da hat einer viel Wut gehabt.«

»Haben die Nachbarn was beobachtet?«

»Nicht wirklich. Nur diese merkwürdige Frau vom Lotto.«

Ich grinste.

»Sie kommen vielleicht auf schräge Ideen«, schüttelte Brinkhoff den Kopf. »Ich kann Sie mir ja in vielen Rollen vorstellen – aber als Lottofee?«

»Wieso?«, fragte ich. »Sehe ich nicht so aus, als ob ich jemandem Glück bringen könnte?«

Er schenkte sich die Antwort.

Sabine Wunsch und ein Beamter gingen zu einem Polizeiwagen. »Ist sie festgenommen?«

»Nein, natürlich nicht.«

»Wo lassen Sie sie hinbringen?«, fragte ich.

»Nach Hause«, gab Brinkhoff zurück.

Der Polizeiwagen startete. Jetzt hatte ich es eilig.

»Ich habe noch einen wichtigen Termin«, behauptete ich und spurtete zu meinem Cabrio. »Bis später, Herr Brinkhoff.«

Der Polizeifahrer nahm den Weg aus der Stadt hinaus und lenkte ihn in die Bierstädter Berglandschaft. Natürlich handelte es sich in Wahrheit nur um kleine, bewaldete Hügel mit verschlungenen Straßen, auf denen zur Motorradsaison Nierenkranke auf ein passendes Organ hofften. Der hiesige Stadtteil protzte mit einer kleinen romanischen Kirche aus der Zeit Karls des Großen, einer Spielbank und einem schönen Blick über das Tal der Ruhr.

Der Polizeibulli bog in einen schmalen Weg ein und stoppte vor einem Natursteinhaus. Sabine Wunsch stieg aus, sprach kurz mit dem Fahrer und ging zur Tür. Sie zog einen Schlüssel aus ihrer Handtasche und weg war sie.

Just in time

Gemächlich fuhr ich zurück zum Verlagshaus. Ich informierte Peter Jansen über die neuesten Entwicklungen und befragte das Adressbuch. In dem Haus im Bierstädter Süden wohnte ein Michael Schott. Ich bemühte das Online-Telefonbuch und fand ihn. Allerdings nicht als Rechtsanwalt eingetragen, sondern als Inhaber einer Exportfirma.

Ich rief Jansens Rechtsbeistand an.

»Sagt Ihnen der Name Mike Schott etwas?«, fragte ich. »Oder Michael Schott?«

»Nicht auf Anhieb«, meinte Bernd Ridder. »Wieso?«

»Er soll Anwalt sein«, erklärte ich. »Und ich dachte, alle Anwälte sind sich schon mal über den Weg gelaufen. Möglich, dass er aber gar nicht mehr als Anwalt tätig ist, jedenfalls ist er Boss einer Firma.«

»Irgendwas klingelt bei mir«, murmelte Ridder. »Ich schau mal in ein paar alten Papieren nach. Sind Sie über Handy zu erreichen?«

Drei Stunden später übermittelte mir der Anwalt die Informationen, die ich brauchte. Michael Schott hatte seine Kanzlei vor drei Jahren aufgegeben. Er war auf Vertragsrecht, Erbrecht und Familienrecht spezialisiert gewesen.

»Sein Laden lief gut«, berichtete Ridder. »Keiner in der Branche hat verstanden, warum er seinen Laden verkauft hat.«

»Wissen Sie was über die Firma, die er jetzt hat?«

»Ich habe einen Kollegen bei der Industrie- und Handelskammer interviewt. Schott macht Just-in-time-Deals mit Osteuropa.«

»Was ist denn das?«

»Das ist die Zulieferung eines materiellen Produkts unmittelbar vor dessen Einsatz. Auf Lagerhaltung wird verzichtet.«

»Und welches Produkt verscherbelt Schott?«

»Eigentlich alles. Vom Katzenfutter bis zum Bagger.«

»Und damit kann man Geld verdienen?«

»Ja, aber nur, wenn man logistisch auf der Höhe ist«, belehrte mich Ridder. »Stellen Sie sich vor, Sie nehmen eine Bestellung über hundert Bagger an und irgendwas läuft mit dem Transport schief. Dann haben Sie hundert Bagger, die keiner mehr haben will. Wohin dann damit?«

»Am besten in den eigenen Garten«, meinte ich. »Ich habe das Prinzip aber begriffen.«

»Ich bin doch gern behilflich«, sagte Ridder. »Wenn wieder mal was ist – ein Anruf genügt.«

Schräge Typen

»Vierzig Zeilen auf der Eins!« Peter Jansen stand in der Tür.

»Ich hab aber nicht viele Infos«, sagte ich.

»Dann mach aus Scheiße Gold. Wie so oft!«

»Jetzt haben wir schon den zweiten Mord«, jammerte ich. »Kann der Killer nicht warten, bis ich den ersten aufgeklärt habe?«

»Die beiden Morde müssen ja gar nichts miteinander zu tun haben«, gab Jansen zu bedenken. »Oder gibt es eine Verbindung zu Lilo?«

»Könnte sein. Über die Schwester. Aber sicher bin ich mir da nicht. Der Typ verkehrte nicht in den besten Kreisen – glaube ich. Vielleicht hat er jemanden geärgert.«

»Was erzählt die Schwester denn?«

»Ich weiß noch nicht viel – nur dass sie Kundin bei Lilo war. Unser Gespräch wurde von der Polizei unterbrochen, weil sie den Bruder gefunden hatten. Ich musste vorsichtig mit der Frau umgehen – sie ist ein bisschen … na ja … gestört.«

»Du bist doch sonst nicht so zimperlich, Grappa.«

»Sie tut mir eben leid. Aber es wird nicht das letzte Gespräch mit ihr gewesen sein. Und jetzt kriegst du vierzig schöne Zeilen über den Mord an Arno Wunsch.«

»Pöppelbaums Bilder liegen auf deinem Schreibtisch. Inklusive Sarg und Schwester.«

Ich schrieb die Zeilen herunter, deutete aber keine Verbindung zum Mord an der Schriftstellerin an. Auf vierzig Zeilen darzustellen, dass es Berührungspunkte zwischen einem langzeitarbeitslosen jungen Mann und einer älteren, millionenschweren Liebesromanautorin geben könnte, erschien mir unmöglich.

Rabe, Wolf und Traumtyp

Am späten Abend betrachtete ich den Mond. Er hing blassgelb und schon fast voll über meinem Balkon. Die Luft war klar und ich hatte eine wunderbare Sicht auf den Himmelskörper.

Natürlich hatte ich mich nach getaner Arbeit noch weiter über den Schutzplaneten des Magiers informiert.

Ebbe und Flut hingen von dem Erdtrabanten ab und unsere frühen Ahnen richteten ihre täglichen Arbeiten nach der Mondmagie. Frauen galten als besonders fruchtbar bei Vollmond, bis heute gab es Anhängerinnen des Mondkultes: Der Planet galt als weiblich und einige Frauen besuchten bevorzugt bei Vollmond ihren Friseur, wenn sie Wert auf einen perfekten Schnitt oder eine lang haltende Dauerwelle legten. Bei Vollmond gingen aber auch Werwölfe auf die Jagd, tanzten sogenannte Mondfrauen hingebungsvoll auf nebelverhangenen Wiesen und es war der perfekte Zeitpunkt, Tote aus ihren Gräbern auferstehen zu lassen.

Übermorgen Abend um diese Zeit würde die Totenbeschwörung im *Rabenhügel* stattfinden. Ich hatte alles organisiert, die Teilnehmer wussten Bescheid und Anneliese Schmitz machte sich bestimmt schon Gedanken über den Belag der Schnittchen, die sie angekündigt hatte, mitzubringen.

Ich schloss die Balkontür. Mein Handy meldete sich leise aus den Tiefen meiner Handtasche. Ich sprintete hin und kramte danach, aber der Anrufer war bereits an meine Mailbox weitergeleitet worden, hatte keine Nachricht hinterlassen und war auch nicht zu identifizieren.

Heute Nacht wollte ich gut schlafen, deshalb deaktivierte ich das Handy und stöpselte die Festnetzleitung aus.

Meine Bäckerin räumte gerade die Brote ein, als ich morgens den Laden betrat. Ich war im Morgengrauen aufgewacht und hatte danach keinen Schlaf mehr gefunden.

»Tach auch«, sagte ich.

»Die Frau Grappa«, freute sich Anneliese Schmitz. »Wie isses?«

»Nicht so toll«, gestand ich. »Ich komm nicht weiter mit dem Fall.«

»Ich wollt Sie schon anrufen«, sagte die Bäckerin, stellte sich gerade hin und hielt sich das Kreuz.

»Warum das denn?«

»Da war gestern ein Kerl hier«, berichtete sie, »der nach Ihnen gefragt hat. Ob ich Sie kenne, wann Sie nach Hause kommen und so …«

»Sah er gut aus?«, witzelte ich.

»Ja, er war ’n Hübscher.«

»Und was haben Sie ihm erzählt?«

»Dass Sie 'ne Kundin sind«, antwortete sie. »Mehr nich.«

»Hat er was dagelassen? Eine Visitenkarte oder eine Telefonnummer?«

»Nee«, sagte Frau Schmitz. »Ich hab ihm gesagt, wenn er was über Sie wissen will, soll er Sie selbst fragen.«

»Gute Antwort«, meinte ich. »Ich brauch ein Komplettfrühstück. Jede Menge Milchkaffee, zwei Brötchen und Rührei mit Speck.«

»Gehen Sie schon ma ins Bistro«, lächelte sie. »Frühstück kommt sofort.«

»Alles eingestielt für morgen?«, fragte ich.

»Die Schnittchen mach ich frisch. Meinen Sie, für jeden zwei reicht?« Anneliese Schmitz hatte den Sinn fürs Praktische nicht verloren.

»Ich hab keine Ahnung, ob essen während einer Geisterbeschwörung überhaupt erlaubt ist«, meinte ich und machte mich über das Rührei her. »Aber danach bestimmt.«

»Da isser wieder!« Frau Schmitzens' Blick war aus dem Fenster gefallen. Ein Mann näherte sich dem Bäckerladen mit schnellen Schritten.

»Wer? Der Typ, der nach mir gefragt hat?«

Ich führte einen Blitzcheck durch: etwa eins neunzig groß, schlank, aber nicht dünn, dunkles volles Haar und ein scharf geschnittenes, leicht gebräuntes Gesicht.

Wenn der einen Gaul unterm Hintern hätte, dachte ich, würde er zum Buchpersonal von Lilo von Berghofen gehören. Die Ladenklingel schepperte.

»Wenn er nach mir fragt, bringen Sie ihn her«, raunte ich der Bäckerin zu.

Frau Schmitz nickte, strich sich die Schürze glatt und ging in den Verkaufsraum.

Traummänner können sich als ziemlich unangenehme Zeitgenossen entpuppen. Mike Schott benötigte nur wenige Minuten, um sich meine Sympathien zu verscherzen.

»Mein Name ist Mike Schott. Wenn Sie sich noch ein einziges Mal an meine Frau heranmachen, dann passiert was«, sagte er scharf.

»Und was passiert dann?«, fragte ich.

»Ich habe Handhabe, um Sie von Sabine fernzuhalten.«

»Wohnt sie denn wieder bei Ihnen?«, fragte ich. »Sie könnte doch jetzt die Wohnung ihres toten Bruders übernehmen.«

»Ich warne Sie!«

»Ich schlottere vor Angst.«

»Sabine ist psychisch labil, und wenn sie eine Dummheit begeht, mache ich Sie dafür verantwortlich!«, blaffte er. »Und wenn ich eine einzige Zeile in Ihrem Käseblatt über sie lese, dann ziehen Sie sich warm an. Ich bin Jurist.«

»Ich weiß.« Ich lächelte milde. »Früher Anwalt, heute *Just in time.* Mit was handeln Sie eigentlich? «

»Das geht Sie gar nichts an. Mischen Sie sich nicht in unser Leben ein. Was wollen Sie von Sabine?«

»Ich will den Mörder der Schriftstellerin Lilo von Berghofen finden«, erklärte ich.

»Und was hat Sabine damit zu tun?«

»Das weiß ich nicht«, antwortete ich. »Sie war eine Kundin der Autorin. Die hielt nämlich nebenher Séancen ab.«

Mike Schott lachte bitter. »Sabine fällt auf jeden rein, der ihr was über das Kind erzählt. Sie wird mit Lunas Tod einfach nicht fertig.«

Anneliese Schmitz pirschte sich heran und fragte, ob der Herr eine Tasse Kaffee wolle. Er wollte.

»Was hat ihr diese Hexe erzählt?«

»Hat sie es Ihnen nicht gesagt?«, fragte ich.

»Nein. Sie weiß, dass ich diesen Hokuspokus verabscheue.«

»Es geht ihr nicht gut. Sie ist noch voller Trauer.«

»Glauben Sie, das ist mir verborgen geblieben? Luna war auch mein Kind und auch ich vermisse die Kleine. Aber das ist noch lange kein Grund, sich von einer selbst ernannten Hexe ausplündern zu lassen.«

Anneliese Schmitz stellte die Kaffeetasse auf den Tisch.

»Was hat diese Hexe mit ihr gemacht?«, fragte er noch einmal.

»Ihre Freundin wollte in Kontakt mit Luna treten und es hat geklappt. Luna hat zu ihr gesprochen.«

»So ein verdammter Blödsinn!«, brauste Schott auf. »Luna war zwei Monate alt und konnte überhaupt nicht sprechen. So ein mieser Betrug!«

»Geister haben kein Alter und teilen sich dem Medium mit«, erklärte ich. »Und das Medium übersetzt die Botschaft in die Sprache, die der Kunde versteht. So steht es jedenfalls in der einschlägigen Literatur. Ich musste das auch erst lernen.«

»Und was hat Lunas Geist dieser alten Hexe mitgeteilt?«

»Etwas, was Sabine völlig aus der Fassung gebracht hat«, antwortete ich. »Luna hat geweint und beklagt, dass sie keine Augen und kein Herz mehr habe.«

Schott starrte mich an, wurde bleich und stürmte aus dem Bistro.

»Was war das denn?«, fragte Anneliese Schmitz.

»Keine Ahnung«, sagte ich.

»Is ja wirklich 'n Hübscher«, meinte die Bäckerin versonnen.

»Ein echter Kotzbrocken ist das«, widersprach ich. »Ein Typ, der glaubt, jeder muss springen, wenn er sich mal räuspert. Die arme Wunsch tut mir echt leid.«

»Hat der Geist von dem Kind das wirklich gesagt? Das mit den Augen und dem Herz?«

»Sabine Wunsch hat es mir so erzählt.«

»Das ist ja schrecklich!«

»Nun fassen Sie sich wieder, Frau Schmitz«, meinte ich. »Lilo wollte die Sache vermutlich ein bisschen spannend machen – weiter nichts. Das muss gar nichts bedeuten.«

»Aber einer Mutter so was zu sagen!«

»Ja, da haben Sie recht«, gab ich zu. »Wenn alles nur Humbug war und Lilo von Berghofen eine so schreckliche Sache erfunden hat – dann wäre das an Grausamkeit nicht zu toppen.«

»Und wenn's die Wahrheit is?«

Die Ente im Kühlschrank

Arno Wunsch war mit insgesamt vierunddreißig Messerstichen getötet worden. Eine heiße Spur hatte die Polizei nicht. Die Pressemitteilung der Staatsanwaltschaft, die auf meinem Schreibtisch in der Redaktion lag, war wieder mal sehr knapp gehalten und die Fakten taugten nicht für einen Artikel.

Die Tür öffnete sich und mein Chef kam rein. Jansen war außer Atem.

»Ich war beim Notar«, berichtete er. »Wegen der Erbschaft. Er hat mir alle Unterlagen von Lilo übergeben. Ich habe die Erbschaft angenommen.«

»Glückwunsch, Peter! Und? Wie fühlt man sich als mehrfacher Millionär?«

»Ich hab noch kein Gefühl dafür entwickelt, was es wirklich bedeutet.«

»Lass es langsam angehen«, empfahl ich, als hätte ich Ahnung vom Gefühlsleben eines frisch gebackenen Millionärs. »Überstürze nichts und denk gut nach. Geld ist schneller ausgegeben als verdient.«

»Ich fühle mich Lilo gegenüber verpflichtet, ihren Mörder zu finden.«

»Ich werde das schon schaffen. Du musst etwas Geduld haben. Ich kann nicht hexen.«

»Ach, Grappa! Das kommt bestimmt noch.«

»Morgen haben wir die Chance, Lilo selbst zu fragen«, erinnerte ich ihn. »Bei der Séance. Du bist doch noch dabei, oder?«

Er nickte. »Wie könnte ich diesen Termin vergessen? Ich hab schon so viele schräge Sachen im Leben gemacht: von der Stripperschau langzeitarbeitsloser Männer bis hin zum Grillabend der Schwerbrandverletzten. Warum nicht auch eine Geisterbeschwörung?«

Ich rief Wachlin an und fragte, ob es bei dem Treffen am nächsten Tag bliebe. Er bejahte und behauptete, dass der Mond seine vorbereitenden Maßnahmen akzeptiert habe. Darauf wusste ich nichts zu erwidern.

Kurz bevor ich Feierabend machte, bat mich Jansen, eine Pressemitteilung der Polizei marktgerecht aufzurüschen. Ich war froh, dass es auch außerhalb der Geister- und Kriminalwelt noch etwas zu melden gab.

Doch dann stellte sich heraus, dass auch dieser Fall etwas mit einer Untoten zu tun hatte.

Ich schrieb:

ENTE ÜBERLEBT ZWEI TAGE IM KÜHLSCHRANK

Eine Überraschung erlebte eine Frau, als sie ihren Kühlschrank öffnete: Eine dort zwei Tage zuvor eingelagerte Wildente hob ihren Kopf und sah die Frau an, die daraufhin sofort den Notruf der Polizei wählte.

Das Tier hatte Glück im Unglück: Es landete nicht in der Pfanne, sondern wurde von den Beamten in ein Schutzgebiet gebracht und soll nun aufgepäppelt werden. Ein Jäger hatte die Entendame in Bein und Flügel getroffen und für tot gehalten.

Knapp daneben ist auch vorbei, dachte ich. Hoffentlich hebt morgen Nacht Lilo von Berghofen um Mitternacht auch den Kopf, sieht uns an und fängt endlich an zu reden.

Millionenstress und Trockengemüse

Der Tag der Tage. Heute oder nie. Sekt oder Selters. Viele dumme Redensarten fielen mir am Morgen ein, als ich an die kommende Nacht dachte. Ich stand nach dem Aufwachen unter Adrenalin, fuhr früh zur Redaktion, um nach Neuigkeiten zu fragen.

Jansen sei bei der Bank, teilte mir Susi mit.

Sie trug einen kurzen Rock und hatte sich tatsächlich ein Fußkettchen tätowieren lassen. Es sah aus wie der Markierungsstrich an einer Schweinehälfte.

Ich erledigte meine Pflichtanrufe bei der Polizei und der Staatsanwaltschaft. Im Fall Arno Wunsch gab es neue Erkenntnisse zur Mordwaffe. Bei der Untersuchung der Stichverletzungen war festgestellt worden, dass der Mörder ein langes Fleischermesser mit Sägeschliff benutzt hatte.

Ich rief Hauptkommissar Brinkhoff an. »Haben Sie heute Abend schon was vor?«

»Kommt drauf an«, antwortete er vorsichtig.

»Hätten Sie Lust, an einer Séance teilzunehmen? Wenn alles gut geht, können Sie Lilo nach ihrem Mörder fragen.«

»Ich wär ein mieser Polizist, wenn ich auf eine Séance angewiesen wäre«, entgegnete Brinkhoff. »Aber erzählen Sie trotzdem.«

Ich berichtete.

»So ein Blödsinn!«

»Sie brauchen ja nicht mitzumachen«, meinte ich. »Sie setzen sich still in eine Ecke, beobachten uns und retten uns, wenn die Geister frech werden.«

»Na schön«, sagte Brinkhoff. »Lass ich meinen Sparclub mal ausfallen.«

»Sparclub? Ich hätte Sie nicht für so spießig gehalten.«

»Einmal Spießer, immer Spießer.«

»Verraten Sie mir was Neues zum Fall Arno Wunsch«, bat ich schnell. »Und verweisen Sie mich nicht an die Pressestelle.«

Ich spürte, wie er mit sich kämpfte. »Gut. Wir haben in der Wohnung von Wunsch zehntausend Euro gefunden.«

»Wie bitte? Der Kerl lebte doch von der Stütze!«

»Ja. Und die Scheine lagen offen herum. Der Mörder war also nicht auf Geld aus. Außerdem ...«

»Ja?«, sprach ich in die Pause hinein.

»Rizinus. Wir haben Rizinusfrüchte gefunden.«

»Auch zermahlenes Pulver?«

»Nein. Die Dinger waren Bestandteil eines verstaubten Blumenstraußes.«

»Schade.«

»Stimmt. Das bedeutet leider gar nichts. Ich habe auch Rizinus zu Hause – ohne davon gewusst zu haben. In dem Trockengemüse, das meine Frau vor hundert Jahren an die Wohnungstür gehängt hat.«

»So was kann bei ehelichem Zwist sehr hilfreich sein.«

»Leider war mir die Wirkung von Rizinus vor der Scheidung nicht bekannt«, seufzte Brinkhoff. »Sonst hätte ich die Unterhaltszahlungen nicht leisten und Mitglied in einem spießigen Sparclub werden müssen.«

»Ihre Ex war offensichtlich auch ahnungslos«, grinste ich. »Sonst würde sie jetzt eine fette Witwenpension beziehen.«

»Es kursieren offenbar seltsame Gerüchte über die Gehälter von Kriminalbeamten. Meiner Frau geht es heute viel besser als früher. Sie ist wieder verheiratet und ich hab mir einen netten Hund gekauft.«

Zehn Millionen und dreißig Stiche

Peter Jansen betrat das Haus – ich beobachtete ihn vom Fenster aus. Er ging beschwingt und schien alles Schwere abgelegt zu haben.

Hoffentlich kündigt er jetzt nicht, dachte ich. Ohne ihn wäre es beim *Bierstädter Tageblatt* nur halb so aufregend. Seit Jahren machte er meine Eskapaden mit, hielt mir den Rücken frei und zog mich aus jedem Schlamassel, in den ich mich hineinmanövrierte, und aus jedem Fettnapf, in den ich latschte. Ein anderer Chef würde das bestimmt nicht tun.

Ich fragte, ob er Zeit für einen Kaffee in der Kantine habe. Selbstverständlich. Eine große Tasse Milchkaffee stand schon dampfend auf dem Tisch, als ich mich setzte.

»Na, wie war's?«, fragte ich. »Was sagt die Bank?«

»Ich bin plötzlich ein sehr wichtiger Kunde«, erzählte Jansen. »Der Vorstandsvorsitzende höchstpersönlich stand auf der Matte und hat mir seine Aufwartung gemacht.«

»Für zehn Millionen kann der seinen Arsch ja auch mal anheben«, meinte ich.

»Kannst du ein Geheimnis für dich behalten, Grappa-Baby?«

Wir beide wussten, dass diese Frage rhetorisch gemeint war, deshalb musste ich nicht antworten.

»Es werden im Laufe der kommenden Jahre viel mehr als zehn Millionen. Ich habe auch ihre Tantiemen geerbt. Einfach alles.«

»Unfassbar! Warum habe ich die Frau nicht früher kennengelernt? Sie hätte mich vielleicht adoptiert.«

Jansen sah mich schräg an. »Das hätte nicht hingehauen«, sagte er dann. »Zwei Biester wie ihr …«

»Ist ja jetzt auch wurscht. Was wirst du zuerst tun?«

»Ich werde eine Stiftung gründen«, kündigte mein Chef an. »Für missbrauchte Kinder.«

»Sehr löblich.«

»Was machst du für ein Gesicht, Grappa?«

»Wann wirst du kündigen?«

»Kündigen? Ich?« Er lachte. »So weit kommt das noch! Denkst du, ich habe Lust, den ganzen Tag mein Geld zu zählen? Ich arbeite durch bis zur Rente. Ich brauche diesen gottverdammten Job. Den Stress, den Ärger mit dir, die versifften Tassen in der Kaffeeküche! Die schrägen Typen und die chronisch beleidigten Sekretärinnen, die Bluthunde und nicht zuletzt die Leser, die auch ständig was zu kamellen haben. Bunter als hier kann das Leben gar nicht sein!«

»Und die Stiftung?«

»Gerda wird sich drum kümmern. Die Kinder sind aus dem Haus und sie hat Spaß an solchen Aufgaben.«

»Gott sei Dank«, brach es aus mir heraus. »Ohne dich hätte ich keine Zukunft in diesem Laden.«

»Stimmt. Dein schwieriger Charakter ist nur was für Genießer mit dem Gemüt eines Fleischerhundes.«

»Bin ich wirklich so schlimm?«

»Klar bist du das.«

»Darf ich dich küssen?«, fragte ich.

»Erst, wenn du deinen Artikel geschrieben hast.«

»Ich komme drauf zurück.«

Wer zahlte Arno W. zehntausend Euro? – Mysteriöser Fund bei Mordopfer – titelte ich kurz darauf.

Der unbekannte Mörder hat Arno W. mit einem Fleischermesser mit langer Klinge getötet. Das ergaben die Untersuchungen im rechtsmedizinischen Institut. Dem 32-jährigen Opfer wurden über dreißig Messerstiche im Brust- und Bauchbereich zugefügt – ein Hinweis darauf, dass der Täter außergewöhnlich aggressiv gewesen sein muss.

Wer war Arno W.? Recherchen unserer Zeitung ergaben, dass der Tote seit fünf Jahren arbeitslos war – ein Schicksal, das er mit vielen jungen Männern im Revier teilte. Er hatte keine Berufsausbildung und lebte allein in einer kleinen Wohnung, die von der Kommune bezahlt wurde.

Bei der Durchsuchung der Wohnung wurden allerdings zehntausend Euro gefunden, deren Herkunft noch nicht geklärt ist. Da das Geld offen herumlag, scheint ein Raubmord ausgeschlossen.

Immobilienbesitz und Unfreiheit

Jansen und ich machten uns zwei Stunden vor dem vereinbarten Zeitpunkt auf den Weg zum *Rabenhügel.* Wir wollten uns vor der Séance im Haus umsehen. Vielleicht hatten Berghofen oder Wachlin die Räume mit elektronischen Geräten ausgestattet, um Übersinnliches produzieren zu können. Ich erinnerte mich an einen Film über parapsychologische Vorgänge: Da waren Schreie und Engelsstimmen vom Tonband eingespielt worden.

»Ein bisschen mulmig ist mir schon«, gestand ich.

Jansen hatte mich in seinem Wagen mitgenommen – einer Familienkutsche, die ihre besten Jahre weit hinter sich gelassen hatte.

Er grinste: »Dich kann ich mir gut als Hexe vorstellen, Grappa. Du manipulierst die Leute doch jetzt schon nach Strich und Faden, zwingst ihnen deinen Willen auf und zauberst dir deine Wahrheiten zurecht. Und dein Fahrstil erinnert an einen teuflischen Ritt auf einem Besen.«

»Ich fahre seit vielen Jahren unfallfrei«, schmollte ich.

»Weil die anderen flüchten, wenn du mit deinem Cabrio auftauchst.«

»Und wieso hänge ich dann ständig in irgendwelchen Staus fest?«

»Wenn alle zugleich flüchten, hakt es eben«, lachte Jansen. »Das ist das Grundprinzip eines jeden Staus, sagen die Forscher.«

»Du musst das Schloss im *Rabenhügel* austauschen lassen«, fiel mir ein. »Wachlin hat irgendeinen Trick, mit dem er ins Haus kommt.«

»Gut, ich werde mich darum kümmern.«

Wir schlängelten uns die kleine Straße zu dem Hügelhaus hinauf und Jansen stellte seinen Wagen in den Carport.

»Meine Aufregung wird immer schlimmer«, sagte ich.

Es war gegen zweiundzwanzig Uhr. Unwillkürlich sah ich zum Walnussbaum – mein Freund Hugin saß jetzt wohl schon auf Odins Schultern. Im Haus war es dunkel, nur das Straßenlicht spiegelte sich in den großen Glasscheiben. Eine Eule schrie in der Ferne.

»Gruselig«, flüsterte ich.

»Ach was«, wehrte Jansen ab. »Dieses Käuzchengeplärre hörst du in jedem Edgar-Wallace-Film. Du wirst doch nicht schlappmachen, oder?«

Wir näherten uns der Eingangstür, ein Bewegungsmelder sprang an. Gleißendes Licht blendete uns.

»Na, siehst du«, meinte Jansen. »Die Elektrik funktioniert noch. Alles halb so wild.«

Er steckte den Schlüssel ins Schloss, öffnete die Tür und drückte einige Lichtschalter. Nach und nach erhellte sich das Haus. Ich atmete auf – das ungute Gefühl verschwand.

»Lass uns in die Küche gehen«, sagte mein Chef. »Dort fangen wir an.«

»Warst du eigentlich oft hier?«, fragte ich.

»Einige Male«, gestand er. »Aber immer nur kurz und nie über Nacht. Falls du das meinst.«

»Ich glaube dir ja, dass nichts zwischen euch gelaufen ist.«

»Inzwischen ist Gerda zum Glück auch dieser Meinung.«

Ich legte meine Hand auf den Holztisch. Hier hatte das kleine Mädchen gesessen, mit den Beinen geschaukelt und mich angesehen.

»Ich lass mal etwas Luft rein«, sagte ich und öffnete die Tür zum Holzbalkon. Prompt sorgte ein weiterer Bewegungsmelder für Licht. Es verwandelte den riesigen Kirschbaum in ein Monster mit vielen schwarzen Fangarmen.

Jansen folgte mir nach draußen. Rechts befand sich das Feld, auf dem die Raben gespielt hatten. Trotz der Dunkelheit grellte uns das Gelb der Rapsblüten entgegen.

»So ein schönes Haus«, murmelte ich. »Wann werdet ihr hier einziehen?«

»Gar nicht. Ich habe es Gerda gezeigt und sie mag so ein Hexenhaus nicht. Wir werden uns eine alte Villa mit kleinem Park zulegen. Das Haus hier wird verkauft.«

Eine wahnsinnige Idee stieg in mir auf.

»Ich kaufe es«, sagte ich. »Mach mir einen guten Preis und ich nehme es.«

»Du willst ein Haus kaufen?«, fragte er verblüfft.

»Nicht ein Haus, sondern den *Rabenhügel.*«

»Ich dachte immer, Immobilienbesitz macht unfrei und ist der Ausdruck von kleinbürgerlichem Besitzstreben.«

»Ist es auch«, verteidigte ich meine bisherige Position. »Doch ich hänge meine Prinzipien so hoch, dass ich noch drunter durchschlüpfen kann.«

»Aha. Die Inkonsequenz als Lebensmaxime. Nicht schlecht.

Aber du hast recht, der *Rabenhügel* passt zu dir. Ich werde dir einen verdammt guten Preis machen. Und jetzt lass uns mal nach verborgenen elektronischen Geräten suchen.«

Wir gingen in die Küche zurück. In eine Küche, wie ich sie mir immer gewünscht hatte: weiß und schlicht, am Holztisch in der Mitte hatten mehrere Personen Platz und alle modernen Küchengeräte waren vorhanden. Hier macht Kochen bestimmt Spaß, dachte ich.

Jansen tastete die Türrahmen ab, griff unter die Küchenplatte und unter den Tisch. Nichts.

Im Zimmer nebenan stand ein weiterer Tisch, länglich und aus Kirschholz, an dem locker acht Personen sitzen konnten. Die offene Galerie schwebte über einem Teil des Esszimmers.

Jansen untersuchte alles gründlich, doch auch hier schienen nirgendwo Lautsprecher oder Mikrofone angebracht worden zu sein.

»Dieser Tisch ist gut geeignet für eine Séance«, meinte ich. »Glatte Oberfläche, keine Metallnägel und keine elektrischen Quellen in unmittelbarer Nähe. Genug Kerzen stehen auch hier rum.«

»Da hast ja richtig Ahnung, Grappa-Baby«, wunderte sich Jansen. »Bastelst du an einem Nebenjob?«

»Ich muss das Haus ja irgendwie bezahlen können. Und was liegt da näher, als Lilos Kunden zu übernehmen?«

»Heißen die Leute eigentlich Kunden oder Patienten?«, fragte mein Chef.

»Das ist doch egal«, meinte ich. »Nur Freier sollten sie nicht heißen.«

»Wie hat sie das bloß gemacht?«

»Die Hexerei?«

»Ja. Wenn die Geister ein Medium brauchen, um sich mitteilen zu können, wie finden sie dieses Medium? Und wenn der Geist kein Deutsch, sondern nur Suaheli spricht, wie verständigen die beiden sich dann?«

»Sprachkenntnisse sind immer nützlich«, meinte ich. »Der Suaheli-Geist trommelt vielleicht.«

»Ja, und der Ruhri-Geist schickt Brieftauben und der nordamerikanische Indianer-Geist gibt Rauchzeichen. Das muss alles verdammt anstrengend sein.«

Wir lachten und spielten noch weitere Szenarien durch. Ganz ernst nahm Jansen die Sache wohl nicht.

»Darf ich ein bisschen herumschnüffeln?«, fragte ich den aktuellen Besitzer des *Rabenhügels.*

»Mach das«, meinte er. »So ein Hauskauf ist ja eine einschneidende Sache und will gut durchdacht sein.«

Ich stieg die Treppe zur Galerie hoch und begann mit dem Einrichten. Ich würde nur meine japanische Liege und ein paar Sessel hinstellen. So könnte ich unter dem höchsten Punkt des Gewölbes schlafen – am Tag lichtdurchflutet und nachts uneinsehbar von draußen.

»Checkst du da oben bitte auch alles ab?«, rief Jansen. »Und danach gehen wir in den Keller. Ich möchte sicher sein, dass sich niemand im Haus aufhält, der uns eine böse Überraschung bescheren könnte.«

Die Galerie schien mir frei von unsauberen hellseherischen Mitteln.

Im Keller gab es zwei geräumige Zimmer, eine Werkstatt und einen Wirtschaftsraum, in dem Licht brannte.

»O je, wie sieht es denn hier aus? Da haben die Bullen aber ein Chaos hinterlassen und auch noch vergessen, das Licht auszumachen«, murmelte ich, drückte den Schalter und wollte die Tür wieder schließen.

»Moment mal!«, sagte Jansen und hielt die Tür fest. »Hier stimmt doch was nicht.«

Er hatte recht. Die Holzregale waren leer gefegt worden,

Gläser, Gartenzeug und anderer Krempel lagen auf dem Boden. Und an einer Wand hatte jemand sogar die Bretter von den Halterungen gerissen.

Jansen ging zu der Stelle und prüfte das Mauerwerk. »Da ist was«, sagte er plötzlich und öffnete eine kleine Tür. Sie war dem Rest der Wand farblich und in der Struktur perfekt angepasst. In der Höhle hinter der Tür ruhte ein Stahlsafe.

»Jemand hat versucht, den Safe zu knacken«, stellte Jansen fest. »Er hat es aber nicht geschafft. Siehst du die Kratzer?«

Sie waren nicht zu übersehen: Der Rahmen war von Spuren übersät.

»Vielleicht stammt das von den Bullen?«

»Nein. Die Polizei hätte den Safe ausgebaut und mitgenommen«, sagte Jansen. »Das weißt du so gut wie ich. Könnte es Wachlin gewesen sein?«

»Da fragst du mich was! Als Zauberer hätte er den Safe doch aufzaubern können. Ene, mene, muh und auf gehst du.«

»Du glaubst ja wirklich an den Kram, Grappa. Ich werde das Ding der Polizei überlassen.«

»Schade. Können wir nicht zuerst mal reingucken?«

»Nein. Ich habe die Nase voll von Lügen und Geheimnissen.«

Ich seufzte. »Okay. Brinkhoff kommt ja gleich. Na, der wird sich freuen.«

Bier und Brötchen

Salomon Wachlin hatte ein ernstes und feierliches Gesicht aufgesetzt. Er war ganz in Schwarz gekleidet, trug einen kaftanähnlichen Mantel, dessen Kanten mit blutrotem Samtband umnäht waren. Auf der Brust prangte eine silberne

Halbmondbrosche mit einem rubinroten Stein und in der Hand hielt der Magier einen flachen Koffer.

Er begrüßte uns und fragte nach unserer seelischen Verfassung.

»Zwei bis drei auf der nach oben offenen Gemütsskala«, meinte ich.

»Nachdem die Sache mit dem Erbe endlich geregelt ist und ich nicht mehr unter Mordverdacht stehe«, sagte Jansen, »geht es mir auch gut.«

Wachlin zuckte nicht mit der Wimper. »Das sind doch erfreuliche Entwicklungen.« Er öffnete seinen Koffer. »Ich werde den Raum jetzt vorbereiten«, kündigte er an und verschwand im Esszimmer.

Ich zog Jansen in die Küche. »Der hat sich aber gut im Griff«, raunte ich. »Immerhin sind ihm fette zehn Millionen knapp durch die Lappen gegangen.«

»Ein seltsamer Mann«, nickte Jansen. »Hoffentlich machen wir keinen Fehler.«

»Wir sind ja nicht allein mit ihm. Und das Einzige, was passieren kann, ist, dass überhaupt nichts passiert«, sagte ich. »Das Haus wird schon nicht in sich zusammenfallen.«

Es klingelte – Brinkhoff und Bluthund Pöppelbaum schoben sich in den Flur.

»Tag zusammen. Wehe, das spricht sich im Präsidium herum, dass ich bei einer Teufelsaustreibung mitmache«, grinste der Hauptkommissar.

»Geisterbeschwörung«, korrigierte ich ihn. »Außerdem sollen Sie nur aufpassen, dass nichts Kriminelles passiert.«

»Und ich filme alles«, kündigte Pöppelbaum an. »Wo ist der Zauberer denn?«

»Der macht den Raum schon mal nett«, erklärte ich. »Geister brauchen ein bestimmtes kuscheliges Ambiente, sonst bleiben sie, wo sie sind.«

Es schellte erneut. Simon Harras und Anneliese Schmitz.

»Dann sind wir ja komplett.« Ich musterte Harras. »Beim Anblick deines Pullovers wird sich kein Geist aus seiner Ecke trauen.«

Das Teil war grob gestrickt, auf den Schultern und quer über die Brust waren Zöpfe eingeklöppelt, die Farbgebung war – wie üblich – gewagt: lila und gelb.

»Wo kann ich die Schnittchen hinstellen?«, fragte Frau Schmitz. Sie schleppte zwei große Taschen mit sich.

»Folgen Sie mir unauffällig in die Küche«, schlug ich vor.

Derweil bat Jansen Brinkhoff in den Keller zur Hausbesichtigung.

»Ich hab auch Pappteller mitgebracht«, enthüllte die Bäckerin. »Für alle Fälle.« Sie öffnete einen Hängeschrank. »Aber es is ja alles da.«

»Und ich hab einen Kasten Bier im Wagen«, sagte Harras. »Auch für alle Fälle.«

»Leute! Wir veranstalten kein Picknick, sondern eine Geisterbeschwörung. Das ist eine todernste Sache. Wir können doch kein Bier saufen, Kniften mümmeln und mit vollen Mund die Geister aus dem Jenseits beschwören«, empörte ich mich. »Euch fehlt die sittliche Reife für eine solche Show!«

Jansen und Brinkhoff kehrten zurück.

»Und? Was sagt er?«, fragte ich Jansen leise.

»Er findet es interessant«, flüsterte er.

»Wie nett«, sagte der Hauptkommissar, »es gibt sogar was auf die Gabel. Frau Grappa, Sie haben aber wirklich an alles gedacht. Ich nehm mir schon mal was, ja?«

Ich stellte klar, dass Frau Schmitz die Urheberin der Schnittchen war, und sie strahlte.

»Ich wäre dann so weit«, verkündete Salomon Wachlin. »In wenigen Minuten hat der Mond seine volle Größe erreicht.«

Lass dich überraschen!

Der Raum wirkte im Kerzenlicht noch größer, weil die Wände sich im Dunkel verloren. Die Kerzen flackerten und warfen tanzende Schatten unter das Gewölbe des *Rabenhügels.* Weihrauchähnlicher Duft waberte durch das Zimmer. Auf dem Holztisch lagen einige Utensilien, von denen ich ahnte, um was es sich handelte: persönliche Gegenstände des Geistes, der aus dem Totenreich beschworen werden sollte. Salomon Wachlin, alias Zauberer Johann Faust, arbeitete nach der reinen Lehre der Zunft.

»Setzen Sie sich bitte«, begann Wachlin. »Der Mond steht bereits über dem Haus.«

»Ich bleibe im Hintergrund«, kündigte Brinkhoff an.

»Das werden die Geister nicht dulden«, unkte Wachlin.

»Geister?«, fragte ich. »Ich dachte, wir kriegen nur einen zu Gesicht.«

»Alle Geister, böse, gute und Spaßgeister können durch das Ritual angelockt werden«, erklärte der Zauberer. »Durch unsere Energie und durch mich als Medium wollen wir aber natürlich vor allem versuchen, Melencolias Geist zu beschwören.«

»Melencolia?«, fragte Brinkhoff.

»Der Hexenname Lilo von Berghofens«, klärte ich ihn auf.

»Verstehe«, brummte der Hauptkommissar. »Und ich bin der Kaiser von China.«

»Es kann gefährlich werden, wenn Sie sich ausschließen«, meinte Wachlin zu Brinkhoff. »Wir bilden einen energetischen Kreis, indem wir uns an den Händen fassen. Und jede Person, die außerhalb des Kreises ist, ist schutzlos und kann von bösen Geistern angegriffen werden.«

»Ich hab meine Dienstwaffe dabei.«

»Wenn Sie meinen, Geister erschießen zu können, dann bitte schön«, sagte Wachlin ernst. »Ich habe Sie gewarnt und übernehme keine Verantwortung. Und jetzt setzen Sie sich endlich.«

Brinkhoff verschwand in einer Ecke und machte es sich auf einem Sessel bequem. Seine Silhouette war nur noch vage zu erkennen.

Ich nahm die Gegenstände auf dem Tisch näher in Augenschein: ein seidenes Tuch, eine Brille und ein Foto der Toten.

Wachlin platzierte sich am Kopf, ich setzte mich rechts und Jansen links von ihm, Harras, Wayne Pöppelbaum und Frau Schmitz verteilten sich auf den restlichen Stühlen.

Die Emission der Räucherkerzen legte sich wie ein Schleier auf meine Lunge. Ich hustete mehrmals durch. Wachlin sah mich irritiert an.

»'tschuldigung«, sagte ich. »Der Qualm nimmt mir den Atem.«

»Das ist Weihrauch«, korrigierte der Zauberer.

»Kenn ich von den Katholiken«, nickte ich. »Die benutzen den auch bei ihren Ritualen.«

»Schließen Sie jetzt alle die Augen und fassen Sie sich an den Händen«, befahl Wachlin. »Und diese Linie darf keinesfalls unterbrochen werden.«

»Ich muss mal«, jammerte Pöppelbaum.

Die Muskeln im Gesicht des Magiers arbeiteten und er stieß einen unwilligen Ruf aus.

»Ich auch«, ließ sich Simon Harras hören.

»Konntet ihr nicht vorher pinkeln?«, blaffte ich. »Es war ja wohl Zeit genug.«

Peter Jansen erhob sich.

»Musst du etwa auch?«, fragte ich.

»Ich zeige den beiden nur das Gästeklo.«

Die drei trollten sich. »Nehmt Herrn Brinkhoff doch mit«, rief ich hinterher. »Der muss bestimmt ebenfalls gleich Wasser abschlagen.«

»Muss er nicht«, brummte der Polizist. »Seine Prostata ist noch in Schuss.«

Frau Schmitz kicherte.

Die mehrfache Betätigung der Wasserspülung kündigte das Ende der Pipi-Orgie an – nach und nach trafen die Männer wieder ein und wir waren komplett.

»Fassen Sie sich an den Händen«, wiederholte der Meister. »Lehnen Sie sich zurück und schließen Sie die Augen. Versuchen Sie, sich zu entspannen, lockern Sie die Muskeln Ihrer Körper und stellen Sie beide Füße auf den Boden, um geerdet zu sein.«

Meine Hand lag in der Hand von Wachlin, ich spürte die Hitze seiner Haut und eine leichte Feuchtigkeit. War er etwa doch nicht so cool?

»Du großer mächtiger Geist Melencolia, ich beschwöre dich zu dieser Stunde, um dir Fragen zu stellen. Ich bin dein Freund Johann Faust, dir als Zauberer ebenbürtig. Ordne dich mir unter, zeige dich mir, dringe ein in meine Seele, sprich durch mich. Solltest du unter einem Bann stehen, löse dich davon und beuge dich der Kraft meiner Beschwörung. Solltest du meinen Worten nicht gehorchen oder unwillig sein zu kommen, dann verfluche ich dich, werde dir deine Macht nehmen und dich an den schauerlichen Ort verbannen!« Wachlin machte eine Pause und atmete schwer.

Ich spürte, dass seine Hand leicht zitterte. Harras' Riesentatze lag warm und fleischig in meiner Rechten und er drückte sie kurz. Ich drehte den Kopf, blinzelte und erkannte ein leichtes Grinsen.

»Melencolia, ich beschwöre dich! Sprich durch mich. Ich öffne mich dir«, fuhr Wachlin fort.

Nichts geschah. Ein paar Minuten vergingen.

»Melencolia!« Wachlins Stimme hatte einen ärgerlichen Tonfall angenommen »Erscheine uns, du Geist. Gehorche meinen Forderungen, binde dich an mich, komm heraus aus deinem Schlupfwinkel im Unsichtbaren.«

Der Typ kriegt das nicht hin, dachte ich. Plötzlich begann meine Nasenspitze zu jucken, vermutlich ausgelöst durch den Weihrauchgestank. Ich versuchte, den Juckreiz durch heftiges Kräuseln meines Riechorgans zurückzudrängen, doch vergebens.

»Ja, ja, ja«, ertönte es plötzlich. »Ja, ja, ja.«

Die Stimme war jämmerlich und hoch und gehörte nicht Wachlin.

»Bist du da, großer Geist?«, fragte er und wieder ertönte das »Ja, ja, ja« – lang und herzzerreißend.

Mit meiner Beherrschung war es vorbei. Ich öffnete die Augen und sah die Bäckerin mit zurückgeworfenem Kopf und verkrampftem Oberkörper auf dem Stuhl hängen.

Ich wollte Wachlin meine Hand entziehen, doch er ließ nicht locker und schrie: »Der Kreis muss geschlossen bleiben! Haltet euch an den Händen! Nicht unterbrechen.«

»Ja, ja, ja …«, machte Frau Schmitz.

»Sag uns deinen Namen, großer Geist«, forderte der Zauberer.

Anneliese Schmitz gab ein gurgelndes Geräusch von sich.

»Sag deinen Namen!«, wiederholte Wachlin und fuhr fort, als die Bäckerin still blieb: »Du willst ihn nur mir sagen? Dann dring in mich, großer Geist. Ich habe Ohren, dich zu hören, und eine Zunge, zu dir zu sprechen.«

Ein Stoß erschütterte den Tisch. Frau Schmitz lag vornübergebeugt auf der Tischplatte, rechts und links hielten Wayne und Jansen sie noch immer an den Händen.

Brinkhoff hatte es nicht mehr im Sessel gehalten. Er stand

hinter dem Stuhl der Bäckerin und beobachtete sie. Im Kerzenschein wirkte er bedrohlich groß.

Wieder gurgelte die brave Bäckersfrau. Das war nicht normal. Mir wurde angst und bange.

Frau Schmitz hatte ausgegurgelt, sie richtete sich kerzengrade auf und brabbelte los. Sie sprach kein Deutsch, sondern ein Kauderwelsch, das sich wie Holländisch anhörte.

Der falsche Geist ist angerückt, dachte ich, ich hatte bei meinen Recherchen keinen Hinweis auf holländische Wurzeln der Lilo von Berghofen gefunden.

Frau Schmitz plapperte und plapperte, wiegte den Körper hin und her und summte jetzt irgendeine Melodie, die mir bekannt vorkam.

»Du bist ein Spaßgeist«, brüllte Wachlin. »Hinfort, hinfort in deinen Unterschlupf. Du gehst auf der Stelle, ohne mich oder andere zu verletzen, ohne irgendetwas, was mir gehört, zu beschädigen oder zu zerstören. Friede sei zwischen mir und dir.«

Anneliese Schmitz stieß ein höllisches Gelächter aus. Ich hatte solche Töne noch nie von der Bäckerin gehört. Ein Lachreiz machte sich in meinem Bauch breit: Frau Schmitz war einfach genial!

»Schluss jetzt mit dem Theater!« Brinkhoff knipste das Licht an.

Ich entriss Wachlin und Harras meine Hände. Peter Jansen blinzelte ins Licht und grinste.

Auch Frau Schmitz schien wieder normal zu sein, sah sich erstaunt um. »Schon alles vorbei?«, fragte sie.

Ich nickte. »Ja, aber Sie haben nichts verpasst. Das ging voll daneben.«

Wachlin hing zusammengesunken auf seinem Stuhl, in seinem Gesicht kämpften Wut und Frust miteinander.

»Wer war denn jetzt das bessere Medium?«, fragte Harras.

»Na, unsere Frau Schmitz«, antwortete ich.

»Wieso?«, fragte sie. »Ich hab doch gar nichts gemacht.«

»Sie haben ordentlich gejammert und in einer fremden Sprache zu uns gesprochen«, erläuterte ich. »Können Sie sich nicht erinnern?«

»Nö. Ich dachte, ich wär eingenickt.«

»Ich habe Hunger«, sagte Jansen. »Stehen da nicht noch Schnittchen in der Küche? Und was ist mit dem Bier?«

»Ich hol die Häppchen«, kündigte die Bäckerin an und erhob sich.

»Kommen Sie, Herr Brinkhoff«, sagte ich. »Gehen auch wir zum gemütlichen Teil des Abends über.«

Der Hauptkommissar rückte einen weiteren Stuhl an den Tisch. Wachlin sagte noch immer nichts.

»Kopf hoch!«, ermunterte ich ihn und gab ihm einen Klaps auf die Schulter. »Es kann nicht immer Sonntag sein.«

Die Bäckerin trat mit der Schnittchenpalette durch die Tür.

»Glückwunsch, Frau Schmitz«, sagte ich. »Sie haben hundert Punkte und den kleinen Hexenführerschein.«

»So 'n Quatsch«, wehrte Frau Schmitz ab und sah verlegen in die Runde. »Die Frau Grappa macht imma ma solche Scherze.«

»Der Geist war jedenfalls ein Holländer«, beteiligte sich Bluthund Pöppelbaum am Gespräch. »Ich hab ein paar Worte verstanden.«

»Ein holländischer Spaßgeist«, stellte ich fest. »Und ich dachte immer, die Holländer hätten keinen Humor. So kann man sich täuschen.«

»Ich hab aber was geträumt eben«, berichtete Anneliese Schmitz und stellte das Tablett in die Mitte des Tisches.

»Geträumt?«, fragte Salomon Wachlin. »Dann ist der Geist doch bei Ihnen gewesen und in Sie eingedrungen.«

»Das möcht ich mir abba verbitten«, sagte Frau Schmitz.

»Ich hab geträumt, dass Rudi Carrell mich besuchen kommt. Der is nich in mich, sondern in meinen Traum eingedrungen.«

»Rudi Carrell?«, fragten Jansen und ich unisono.

»Tot ist der ja auch«, nickte Pöppelbaum. »Könnte also gut sein, dass der als Geist herumirrt – immer auf der Suche nach neuen Gags.«

»Ich hol mal das Bier«, kündigte Simon Harras an.

Kopfgeister und Welteschen

Die Geisterbeschwörung ließ sich nur als Pleite bezeichnen. Fast war es mir peinlich, gehofft zu haben, von dieser Hokuspokusnummer Hinweise zur Klärung des Falles zu erhalten. Mit dem Geist von Rudi Carrell hatte niemand rechnen können, aber das war trotzdem ein wichtiger Fingerzeig. Denn wenn Carrell noch im Schattenreich mit seinen Nummern auftrat, war das ein zwingender Grund, weiterleben zu wollen.

Wachlin hatte sich schnell davongemacht, sichtlich erschüttert, sich mit solchen Ignoranten wie uns abgegeben zu haben. Auch meine eindringliche Bitte, sich doch noch an Schnittchen und Bier zu erfreuen, hatte den Magier nicht umstimmen können. Also vertilgten wir in verkleinerter Runde Schmitzens' Schnittchen bis auf den letzten Krümel und die Männer sorgten dafür, dass kein Bier warm wurde.

Guter Laune, fröhlich plaudernd und ordentlich beschwipst beendeten wir den Abend. Harras und Pöppelbaum hatten noch einen Termin mit Kopfwehgeistern.

Die Nacht war entsprechend kurz und verlief für mich geisterfrei.

»Ich glaube, wir müssen uns wieder der klassischen Recherche zuwenden«, teilte ich Jansen am Morgen mit. »Was hat Brinkhoff zu dem Safe im Keller gesagt?«

»Er hat ihn heute früh ausgebaut und wird ihn öffnen lassen«, berichtete Jansen. »Übrigens: Lilo wird heute Mittag beerdigt. Die Staatsanwaltschaft hat die Leiche endlich freigegeben. Ich denke, dass wir vierzig bis fünfzig Zeilen auf der Eins verkraften können, und nimm dir einen Knipser mit.«

»Ich?«

»Wer denn sonst? Ich habe zusammen mit dem Verlag die Trauerfeier und Grablegung organisiert und stehe an der Spitze des Trauerzugs. Wenn man so will, bin ich ihr einziger Hinterbliebener. Da kann ich ja wohl kaum was in meinen Block schreiben.«

»Vielleicht kommt der Mörder ja auch.«

»Bestimmt«, meinte Jansen. »Dann stellst du ihm ein paar deiner unwiderstehlichen Fragen und das Ding ist geritzt. Ich halte die Konferenz gleich kurz und zieh mich dann um. Du brauchst das ja nicht – du trägst ja immer Trauerkleidung.«

»Schwarz ist elegant«, erklärte ich, »und macht schlank. Wie sieht denn das Programm auf dem Friedhof genau aus?«

»Ziemlich normal für eine Hexe. Trauerfeier und dann gehen alle gemeinsam zum Grab. Sarg rein, Erde drüber. Das einzig Komplizierte war die Esche. Auf dem Bezirksfriedhof ist es mir gelungen, eine zu finden.«

»Eine Esche?«

»Der Baum der Hexen und Zauberer«, erläuterte Jansen. »Lilo hat es im Testament so bestimmt. In der Edda wird die Weltesche Yggdrasil erwähnt, die ihre Wurzeln tief in der Unterwelt verankert hat. Damit ihre Seele bei Bedarf wieder in unsere Welt zurückklettern kann. Daher musste es genau dieser Baum sein. Kastanie oder Eiche wären nicht gegangen. Frauen werden wirklich seltsam, wenn sie über fünfzig sind.«

»Ich auch?«

»Nein, Grappa«, grinste er, »alle – aber du nicht.«

Der verlegerische Glücksfall

Als Kind hatte ich daran geglaubt, dass der Verstorbene auf einer Wolke sitzt und sich köstlich darüber amüsiert, was alles über ihn erzählt wird, und ich hatte mir damals fest vorgenommen, wenn es so weit wäre, den Trauergästen, die mich zu Lebzeiten geärgert hatten, von oben auf den Kopf zu spucken.

Meine Schritte wurden langsamer, je näher ich der Trauerhalle kam. Zwischen abgeblühten Rhododendren und den zypressenartigen Lebensbäumen hockten ein paar Omas und staubten die Gräber ihrer Lieben ab, alte Männer versenkten Fleißige Lieschen und Stiefmütterchen in die Erde, unter der ihre Gattinnen ruhten.

Sie hatten wenigstens jemanden. An meinem Grab würde sich keiner zu schaffen machen. Rudi Carrell hatte es geschafft, in seinem Garten begraben zu werden, vielleicht gelang mir das auch? Unter dem Walnussbaum vor dem Erdhügelhaus mit Hugin als Wächter – das würde mir gefallen.

Rechts und links von mir wurde die Ausstattung etwas teurer. Den Hauptweg säumten herrschaftliche Familiengräber mit großen steinernen Grabmalen und fetten Lettern. Hier gaben sich die alten, reichen Bergbaufürsten ein letztes Stelldichein. Berühmte Namen, die auch auf Straßenschildern zu lesen waren; Industriebarone, die mit den Nationalsozialisten kooperiert hatten, um ihren Profit zu maximieren. Jetzt lagen sie in Rufweite ihrer früheren Opfer, denn das nächste Gräberfeld diente auch als Erinnerungsstätte an hingerichtete Widerstandskämpfer und ermordete Zwangsarbeiter.

Durch das Grün schimmerten die weißen Wände der Trauerhalle. Die Orgel spielte die Toccata von Bach. War ich etwa zu spät? Nein, noch eine halbe Stunde bis zum Beginn der Totenfeier. Vor Lilo war noch jemand anderes dran.

Ich setzte mich auf eine Bank, die von der Stadtsparkasse gespendet worden war, wie mir das aufgenagelte Messingschild verriet, und guckte auf einen Biomüllhaufen. Schnittblumen, Kranzfragmente mit Schleifen und abgeblühte Pflanzen mit Wurzelballen.

Ich las mich durch die Fragmente der Abschiedsformeln auf den Grabschleifen: *Letzt, Geleit, deine Lieben, vergessen …* – fast Poetry-Slam-Lyrik.

»Hallo«, sagte eine Stimme. Emma Born hatte sich mir von hinten genähert und sich vor mir aufgebaut. Sie war in einen dunkelgrauen Mantel gehüllt und hielt ein Blumengebinde in der Hand.

»Hallo, Frau Born«, sagte ich. »Heute also das Ende.«

»Wie meinen Sie das?«

»Ich wollte auf die Beerdigung anspielen«, antwortete ich. »Erde drüber und wir alle sind bald vergessen.«

»Sie vielleicht, Frau Grappa. Auf Lilo trifft das nicht zu, sie lebt in den Herzen ihrer Fans weiter.«

»Warum sind Sie denn so gereizt?«

»Entschuldigen Sie. Friedhöfe dämpfen mein von Natur aus heiteres Wesen«, sagte Born und setzte sich neben mich. »Hat die Polizei den Fall denn inzwischen geklärt?«

»Leider nicht«, gab ich zur Antwort.

»Vielleicht hat sie mit Giften experimentiert«, meinte die Lektorin. »Ein Hexentrank, der versehentlich tödlich war.«

»Nein, Rizin ist zu gefährlich, das wird für kein Ritual verwendet. Digitalis, Eisenhut oder Alraune – in kleinen Dosen, ja! Aber niemals Rizin.«

»Sie kennen sich ja gut aus«, staunte Emma Born.

»Steht alles im Internet«, erklärte ich. »Wie hat sich der Verkauf der Berghofen-Titel seit deren Ableben entwickelt?«

»Sehr gut. Ihr Tod war ein verlegerischer Glücksfall.«

»Besonders gute Freundinnen waren Sie beide wohl wirklich nicht.«

Emma Born lachte. »Lilo hat auf Freundinnen keinen Wert gelegt.«

»Jeder Mensch braucht Freunde«, widersprach ich.

»Wir hatten ein professionelles Verhältnis«, konstatierte die Lektorin. »Mehr strebten wir auch nicht an. Aber darüber haben wir uns ja schon ausgetauscht.«

»Trotzdem sind Sie hier.«

»Ja. Als Vertreterin des Verlages. Sie war eine unserer bestverkauften Autorinnen.«

»Wie will der Verlag diese Lücke denn schließen?«

»Wir müssen neue Autoren aufbauen«, antwortete sie. »Wie wäre es mit Ihnen, Frau Grappa? Sie kommen doch von der schreibenden Zunft.«

»Sorry, aber Nackenbeißer liegen mir nun wirklich nicht«, wehrte ich ab.

»Mein Verlag hat sich leider auf den trivialen Liebesroman spezialisiert.«

»Dann wird es leider nichts mit uns zwei Hübschen«, lächelte ich. »Ich glaube, an der Trauerhalle tut sich was. Gehen wir?«

Zwei Männer entfernten das übrig gebliebene Grünzeug des abgefeierten Toten. Im Raum hing der Geruch von Weihrauch. Der Organist gähnte auf seinem Stühlchen und kramte in Notenblättern.

Langsam füllte sich der Platz vor der Halle. Selbstverständlich konnte jeder Nackenbeißer-Fan hierherpilgern, doch nicht alle der Ankommenden schienen Leserinnen und Leser zu sein. Viele waren so jung, dass ich sie nicht in Verbindung mit antiquiertem Liebesschmalz bringen konnte.

Jansen erschien. Er war natürlich ganz schwarz gekleidet, einen solch schicken und gut sitzenden Anzug hatte ich bei ihm noch nie gesehen.

»Wow!«, meinte ich. »Du siehst echt heiß aus.«

»Ich kann mir jetzt Maßanzüge leisten«, raunte er. »Und – Grappa – ich genieße es, glaub mir!«

»Es sei dir gegönnt. Guck dir mal diese vielen jungen Leute an! Was hatten die mit Lilo zu tun?«

»Hast du die Broschen und Ketten nicht bemerkt?«

Ich sah genauer hin und entdeckte unterschiedliche Abzeichen. Sie ähnelten Runen und Sternen.

»Die Sterne sind Pentagramme«, erklärte Jansen. »Der Hexen- und Zauberernachwuchs lässt sich nicht lumpen. Guck mal, wer da noch anrauscht.«

Salomon Wachlin rauschte wirklich, sein Mantel wehte und sein Schritt war zügig. Er zog das Bein nicht mehr nach.

Die Hexen und Zauberlehrlinge unterbrachen ihre Unterhaltungen und standen Spalier. Man kannte sich.

»Der muss ja eine große Nummer in den Kreisen sein«, flüsterte ich. »Sieht ziemlich dramatisch aus. Die misslungene Séance hat er scheinbar gut weggesteckt.«

Schon war der Magier bei uns und reichte uns die Hand. Die jungen Hexen himmelten ihn an und tuschelten untereinander.

»Sie haben ja viele Groupies«, meinte ich mit Blick auf die Mädels.

»Das sind Melencolias Schülerinnen«, erklärte Wachlin. »Sie haben jetzt keine Meisterin mehr. Ich werde mich um sie kümmern müssen.«

»Das machen Sie doch bestimmt gern«, lächelte ich.

»Entschuldigen Sie mich bitte.« Der Zauberer ging zu zwei der jungen Mädchen und sprach mit ihnen. Er verlor keine Zeit, sich den Hexenzirkel gefügig zu machen.

»Und wer ist das da drüben?«, fragte Jansen.

Emma Born stand etwas abseits und unterhielt sich angeregt mit einem kleinen, älteren Mann.

»Das könnte Teemu Tasavalta sein«, erinnerte ich mich.

»Der finnische Krimiautor?«

»Ja. Der mit dem toten Dalmatiner. Jussi.«

Jansen nickte. »Der unter den Laster gekommen ist.«

»Hoffentlich taucht Mieu nicht auch noch auf und fiedelt uns eins«, sagte ich.

»Fiedeln wird er auf keinen Fall«, beruhigte mich Jansen. »Lilo hat sich zeitgenössische Orgelmusik gewünscht. Und ich hab extra einen Organisten besorgt, der gegen die Abgabe eines horrenden Honorars so was spielt.«

»Du bist wirklich ein guter Freund«, sagte ich gerührt. »Wenn ich mal tot bin, darfst nur du mich unter die Erde bringen.«

»Bei dir geigt aber dann der Mieu.«

Aus der Trauerhalle waren wilde Orgeltöne zu hören.

»Ist das dein Mann?«, fragte ich.

»Könnte sein.«

»Stimmt er die Orgel noch?«

»Ich glaub, das ist schon die Musik.«

Zehn Minuten später hatte sich die kleine Trauerhalle gefüllt. Ich saß zwischen Emma Born und Jansen in der ersten Reihe, neben der Lektorin kauerte der Finne. Seine ganze Erscheinung drückte eine Depression aus, die nur Menschen bekommen können, die in einem Land leben, in dem ein halbes Jahr die Sonne nicht scheint.

Der Organist legte jetzt richtig los – es hörte sich an wie der Soundtrack zu einem Horrorfilm, in dem Kettensägen tobten und Menschen schrien.

Ich sah mich verstohlen um. Die Mitglieder der Hexen-

und Magier-Liga saßen dicht beieinander und hielten sich an den Händen. Wachlin war von den beiden hübschen jungen Hexen eingekeilt, die er vorhin angegraben hatte.

Die Tür zur Trauerhalle öffnete sich und ließ ein paar Nachzügler herein. Hauptkommissar Brinkhoff und gleich dahinter Sabine Wunsch.

Inzwischen glühte die Orgel und der Organist war schweißgebadet. Jansen trat zum Tisch, der neben dem Sarg aufgestellt worden war – in der Hand hielt er einen kleinen Zettel.

»Wir sind heute gekommen, um uns von Lilo von Berghofen zu verabschieden …«

Jansen beschwor die frühen Tage der gemeinsamen Jugend, ohne ins Detail zu gehen, beschrieb die Tote als eigensinnigen, aber auch herzlichen Menschen, erwähnte ihre Bücher, mit denen sie Millionen Menschen Trost und Heimat gegeben habe, und kam dann zum Kern der Sache: »Lilo ist nicht freiwillig von uns gegangen. Noch wissen wir nicht, wer auf verbrecherische Art ihr Leben verkürzt hat, aber eines verspreche ich dir, Lilo …« Jansen legte die Hand auf den Deckel des Sarges: »Der Mörder wird nicht ohne Strafe davonkommen. Das schwöre ich dir hier und jetzt.«

Stille im Publikum. Die Minuten verrannen zäh. Vorsichtig drehte ich mich um. Wachlin saß starr auf seinem Stuhl – die Augen geschlossen.

Jansen sah auf, um weiterzureden.

Plötzlich lief ein Kind nach vorn, hüpfte auf und ab und lachte. Niemand nahm von der Kleinen Notiz, auch Jansen nicht, obwohl sie direkt vor seinen Füßen spielte.

Lilo!, dachte ich und spürte mein Blut vom Kopf in die Füße fallen. Mir entrann ein Stöhnen.

Emma Born drückte mich gegen die Lehne und bewahrte mich davor, vom Stuhl zu kippen. »Was ist denn los?«, flüsterte sie.

»Nichts, es geht schon wieder.«

Ich schloss die Augen und atmete tief und langsam. Als ich wieder aufblickte, war das Mädchen verschwunden.

Nach der Trauerfeier und weiteren Beweisen organistischer Virtuosität waren alle froh, wieder ins Freie zu kommen.

Jansen schritt hinter dem Sarg, der von zwei Mitarbeitern der Bestatterfirma auf einem kleinen Wagen zur Grabstelle gerollt wurde.

In den Bäumen gaben Vögel einfache und melodische Töne von sich. Mir ging meine Halluzination nicht aus dem Kopf. Warum, zum Teufel, sah ich kleine Lilos und die anderen nicht?

Ich verlangsamte meinen Schritt, bis ich neben Sabine Wunsch angelangt war. Sie wirkte bleich und mitgenommen.

»Wie geht es Ihnen?«, fragte ich leise.

Sie antwortete nicht. Sie trug leichte Stoffschuhe, eine Jogginghose und ein verwaschenes T-Shirt. Lediglich der Mantel, ein schmal geschnittener Gehrock, schien zum Ausgehen geeignet.

»Hat Schott Sie herkommen lassen?«, fragte ich.

»Ich bin weggelaufen«, antwortete sie.

»Aus dem Krankenhaus? Oder von zu Hause?«

Sabine Wunsch schwieg. Wir waren an der Stelle angelangt, an der der Sarg versenkt werden sollte. Die Trauergemeinde gruppierte sich um die Grube im Boden. Die Holzkiste wurde nach unten gelassen und nach und nach traten die Menschen an den Rand des Loches und warfen mitgebrachte Blumen hinein. Auch die Nachwuchshexen und Zauberlehrlinge murmelten über dem Grab ihre Sprüche, als sie an der Reihe waren.

Nun trat Sabine Wunsch vor. Sie warf ein Stofftier – einen rosafarbenen Teddy – in das Loch. Die Stellen im Gesicht des Bären, an denen die Glasaugen hätten sitzen müssen, waren leer.

Jagd auf Fleisch

Wenig später gingen die Trauergäste wieder ihrer Wege. Jansen hatte keinen Leichenschmaus eingeplant.

»So, das wäre geschafft«, meinte mein Chef.

»War es schlimm für dich?«

»Was heißt schon schlimm? Mir wäre es lieber, der Mörder säße im Knast.«

»Ich habe für unerledigte Dinge auch nichts übrig«, stimmte ich zu.

Brinkhoff erwartete uns auf dem Parkplatz.

»Wir werden den Tresor heute Nachmittag öffnen«, teilte der Hauptkommissar mit. »Und ich möchte gern, dass Sie dabei sind, Herr Jansen.«

»Und ich?«

»Nicht ohne meine Grappa«, sagte Jansen prompt. »Falls Ihr Mann schwächelt, wirft Grappa aus ihren blauen Augen einen Blick auf die Stahldose und sie wird wegschmelzen.«

»Nach der Pleite mit der Geisterbeschwörung verlasse ich mich lieber auf die irdischen Künste unserer Handwerker«, entgegnete Brinkhoff trocken.

Wir verabredeten uns für drei Uhr im Präsidium.

Die Kriminaltechniker hatten den ausgebauten Stahlkasten auf einen schweren Tisch gestellt, der sich in der Werkstatt des Polizeipräsidiums befand. Hier stand viel beschlagnahmtes Material herum – von Autos mit Blutflecken auf den Sitzen über Statuen, in denen Drogen vermutet wurden, bis hin zu den Resten von verbrannten Möbeln.

Entlang der Wände war eine Art Labor aufgebaut, dort wurden die chemischen Analysen durchgeführt. Ein Kofferradio schickte eine scheppernde Melodie durch den großen Raum.

Die Experten legten sich einen Funkenschutz vors Gesicht und begannen mit dem Aufschweißen. Sie mussten immer wieder pausieren, damit sich die Wände des Safes nicht allzu sehr erhitzten.

»So, das war's.« Die Techniker hatten es geschafft.

Brinkhoff drehte sich zu Jansen um und fragte: »Sie sind der Eigentümer. Wollen Sie zuerst hineinsehen?«

Jansen wollte. Er nahm ein Bündel Papier aus dem Safe, einen Pappordner und mehrere CD-ROMs.

»Das war's schon«, meinte er.

Brinkhoff und ich traten näher. Ich war enttäuscht. Keine Geldbündel, kein Hexenzeugs, Waffen, Goldbarren oder Leichenteile.

Ich blätterte in dem Haufen Papier. Es handelte sich um ein Buchmanuskript mit dem Arbeitstitel *Jagd auf Fleisch.*

»*Jagd auf Fleisch?*«, fragte Jansen, der den Titel ebenfalls gelesen hatte. »Hört sich an wie ein Porno.«

»Nee«, sagte ich. »In diesem Text geht es nicht um Sex. Moment. Lilo hat ein Vorwort geschrieben: *Dies ist eine wahre Geschichte, auch wenn sie kaum zu glauben, noch weniger zu fassen ist. Menschen jagen Menschen und töten sie, um sie ihrer Organe zu berauben und diese an Kliniken zu verkaufen. Die Personen in diesem Roman sind fiktiv, die Geschichte aber ist wahr.*«

»Sie hat einen Schlüsselroman geschrieben«, stellte ich fest, als wir im Auto saßen. »Keinen Nackenbeißer, sondern einen echten Beißer.«

»Passt gar nicht zu ihr«, meinte Jansen und gab zu viel Gas, der Motor heulte auf. »Die Kupplung ist im Eimer«, erklärte mein Chef. »Aber ein neuer Wagen ist schon bestellt.«

»Du hast es gut«, seufzte ich. »Kannst jetzt aus dem Vollen schöpfen.«

»Ich weiß nicht«, entgegnete er. »Als ich die Autoprospekte durchblätterte und mir bewusst wurde, dass ich mir jeden teuren Schlitten kaufen kann, war die Freude gar nicht mehr so groß. Verstehst du das?«

»Klar. Wer alles haben kann und sich dafür nicht mehr anstrengen muss, dem bedeutet es nicht mehr so viel.«

»Ich muss aufpassen, dass ich mich nicht verändere«, sagte Jansen ernst.

»Lass es langsam angehen«, riet ich.

Das Manuskript lag auf meinen Oberschenkeln. Ich brannte darauf, es zu lesen.

»Schreib noch ein paar Zeilen über die Trauerfeier und fahr anschließend nach Hause«, schlug Jansen vor. »Und dann mach dich an die Arbeit.«

Herr Hasewinkel kommt ins Spiel

Ich hatte den Rest des Freitags und das ganze Wochenende Zeit zum Sichten des Materials und zum Nachdenken.

Ich würde mich zu Hause vergraben, das Telefon abstellen und für niemanden zu sprechen sein. Doch zunächst deckte ich mich in einem Supermarkt mit allerlei Leckereien ein – nicht nur der Geist braucht Nahrung. Wein war noch genügend vorhanden, Brot fehlte.

Ein klassischer Grund, bei der Bäckerei vorbeizufahren. Außerdem wollte ich wissen, ob Rudi Carrell Anneliese Schmitz in Ruhe gelassen hatte.

Die Bäckerin bediente gerade einen Kunden, der Mann

stand mit dem Rücken zu mir. Annelicse Schmitz bemerkte mich, lächelte erfreut, führte aber das Verkaufsgespräch weiter.

Der Mann erkundigte sich nach der genauen Zusammensetzung des Vierkornbrotes. Ich schloss die Augen – der Typ hatte eine erotische Stimme. Verlockung pur.

Er entschied sich für das Vollkorn-Ciabatta. Eigentlich eine Lästerung der Göttin des Korns, denn das italienische Brot hatte gefälligst aus feinem weißem Mehl zu bestehen. Als der Mann bezahlte, konnte ich seine Hand betrachten – schmale, schöne Finger mit gepflegten Nägeln.

Die Götterstimme bedankte sich für die gute Beratung und dann drehte sich der Kerl zu mir um – auf dem Gesicht die Andeutung eines spöttischen Lächelns: ein wenig provozierend, aber nicht aufdringlich. Die Augen: dunkelbraun und glänzend. Welch ein Traumtyp!

Ich lächelte zurück, mein Herz änderte den Rhythmus. Leicht verstört wandte ich mich der Bäckerin zu. »Tach auch, wie isses?«

Der Beau verließ den Laden.

»Muss«, meinte sie.

»Wow«, sagte ich und atmete durch. »Ich wusste gar nicht, dass es noch solche Sahneteilchen auf freier Wildbahn gibt.«

»Sahneteilchen?«

»Der Mann eben. Genau mein Fall.«

»In echt?«

»Diese Augen«, schwärmte ich. »Und er hat so schöne Hände. Kommt der öfter hierher?«

»Sicher, dreimal die Woche«, entgegnete die Bäckerin verblüfft. »Das ist doch der Hasewinkel aus dem Versicherungsladen drei Häuser weiter. Der macht jetzt auf Gesundheit, weil er zu fett ist und kurz vor dem Bypass steht.«

»Aber an den Hasewinkel erinnere ich mich flüchtig! Und der Mann eben war nicht der Hasewinkel.«

»Nun machen Se mal ganz langsam, Frau Grappa.« Frau Schmitz wirkte besorgt.

»Beschreiben Sie den Hasewinkel doch mal«, krächzte ich.

»Ist Ihnen nicht gut?«

»Bitte! Wie sieht der Mann aus?«

»Eins siebzig, hundert Kilo, wenig Haare und viele Schuppen. Ich hab immer Angst, dass der sich mal über meine Teilchen beugt. Dann rieselt der Schnee.«

»Aha. Und dieser Hasewinkel war eben hier und hat ein Vollkorn-Ciabatta gekauft?«

»Ja. Der Hasewinkel. Sach ich doch.«

»Ich drehe langsam durch«, stellte ich fest.

»Das liegt an der Zauberei. Ich sehe auch noch manchmal den Rudi«, meinte Frau Schmitz. »Er sitzt im Bistro und singt. *Wann wird es endlich wieder Sommer …*«

»Und wie gehen Sie damit um?«

»Gar nicht«, antwortete sie ungerührt. »Irgendwann hört der Spuk schon wieder auf. Soll der doch singen! Solange es keiner hört außer mir, bleiben mir die Kunden auch nicht weg. Gefällt Ihnen der Hasewinkel wirklich?«

»Igitt.« Mir war schlecht.

»Sie haben den eben so lieb angelächelt, Frau Grappa«, meinte die Bäckerin. »Den haben Sie jetzt für ewige Zeiten an der Hacke.«

Ein bisschen Nackenbeißer muss sein

Ich verdrängte die okkulte Begegnung mit Herrn Hasewinkel und vertiefte mich in das Manuskript. Die Königin der Nackenbeißerromane hatte einen echten Thriller geschrieben, in dem es um Organhandel in großem Stil ging. Im Ordner befand sich die Materialsammlung: Zeitungsartikel und Ausdrucke aus dem Netz, die sie als Grundlage für den Roman genommen hatte.

Der Held der Geschichte war ein junger Arzt, der sich in den Fängen der Organhandelmafia befand. Er arbeitete in einer Klinik, in die Menschen verschleppt, dann getötet und ausgeweidet wurden. Der Mediziner musste die Organe entfernen, bevor sie auf die Reise zu ihrem Käufer gingen. Natürlich war der Arzt zunächst ahnungslos und glaubte an Unfallopfer, kam aber den kriminellen Machenschaften auf die Spur und geriet dadurch selbst in Gefahr.

Die Details des Plots hatten es in sich: Helfershelfer der Verbrecher war ein junger Anwalt, der Ähnlichkeit mit Mike Schott hatte. Die Frau des Anwalts wiederum hatte ihr Kind verloren und drohte, an dem Verlust zu zerbrechen. Arzt und Frau treffen sich zufällig und nehmen den Kampf gegen die Organhandelbande auf.

Ein bisschen Nackenbeißer gab es dann doch, denn die beiden verliebten sich ineinander und retteten sich gegenseitig.

Jagd auf Fleisch war ein spannender Thriller. Warum aber hatte Lilo die dreihundert Seiten in den Safe gelegt? Und warum hatte jemand versucht, an das Manuskript heranzukommen?

Ich brachte mein Hirn mit einem starken Kaffee auf Touren. War ich der Lösung des Falles endlich nah?

Sabine Wunsch, ihre tote Tochter, die keine Augen und kein Herz mehr hatte, der aalglatte Mike Schott – sie alle tanzten in meinem Hirn Ringelreihen. Im Buch wurde der Anwalt schließlich von seinen Arbeitgebern umgelegt, weil er aussteigen wollte.

Ich rief Emma Born an.

Sie fiel aus allen Wolken. »Ich kenne ein solches Manuskript nicht«, behauptete sie. »Sind Sie sicher, dass Frau von Berghofen es geschrieben hat?«

Ich bejahte. »Ihr Name steht unter dem Arbeitstitel und es ist ihr Schreibstil.«

»Darf ich es lesen?«

»Das kann ich nicht bestimmen«, entgegnete ich.

»Sie lesen es doch auch«, stellte die Lektorin fest.

»Ja, aber ich habe die Erlaubnis des aktuellen Eigentümers.«

»Was war noch in dem Safe?«

»Wieso Safe?«, fragte ich und meine roten Lampen leuchteten auf. »Ich kann mich nicht erinnern, von einem Safe gesprochen zu haben.«

»Sie sagten, Sie hätten das Manuskript gefunden«, antwortete Emma Born. »Und ich weiß, dass Lilo ihre unveröffentlichten Sachen in einem Safe verwahrt hat. Sie speicherte den Text auf CD-ROM und löschte ihn von ihrer Festplatte. Für den Fall, dass jemand den PC stehlen würde.«

»Haben Sie eine Idee, wie viel Wahrheit in der Story steckt? Gibt es diese Klinik? Hatte sie Kontakt zu einem Arzt, der Menschen die Organe herausoperiert? Was wissen Sie darüber?«

»Was für Fragen stellen Sie mir?« Emma Borns Stimme war ärgerlich. »Ich kenne nur die Liebesromane.«

Ich stöberte in der Materialsammlung und erfuhr, dass es in China Krankenhäuser gab, in denen genau das passierte, was Lilo von Berghofen geschildert hatte: Menschen wurden getötet und ausgeschlachtet. Meist waren es politisch Andersdenkende, Anhänger der in China verbotenen Falun-Gong-Sekte oder Menschen, die zum Tode verurteilt worden waren. Ich las:

> Ein BBC-Reporter gab sich in Peking als Sohn eines Leberkranken aus und filmte mit versteckter Kamera seine Verhandlungen mit dem Chefchirurgen Deng. Der verlangte 75.000 Euro für eine Niere, die auf ein Hongkonger Konto zu bezahlen seien. Der Arzt versprach eine Wartezeit von nur drei Wochen und versicherte dem Reporter, dass er zur richtigen Zeit gekommen sei. Vor Chinas Nationalfeiertag am 1. Oktober würden immer besonders viele Verbrecher hingerichtet: »Wir werden eine Menge Organe vorrätig haben.«

In Afrika florierte der Handel mit den Innereien ebenfalls und es wurde dafür gemordet. Besonders schrecklich erschien mir ein Fall aus Mosambik, dort wurde ein südafrikanisches Paar verdächtigt, Waisenkinder gekidnappt und ihnen Organe wie Augen, Leber und Herz entnommen zu haben. Die Hinweise darauf stammten von einer Nonne, die den Behörden das Verschwinden von Kindern gemeldet hatte. Tatsächlich wurden dann nahe der Farm des Paares Kinderleichen gefunden, denen Organe fehlten.

Aber auch in Europa gab es spektakuläre Fälle. *Die toten Augen von Rom* – so lautete die Überschrift eines weiteren Artikels, den Lilo von Berghofen archiviert hatte:

> Nicht einmal tot sind die Patienten in den italienischen Krankenhäusern sicher. Im Universitätsklinikum in Rom gab es offensichtlich über längere Zeit einen schwunghaften illegalen Handel mit Organen, den Profis im Zusammenspiel mit dem Krankenhauspersonal betrieben. Sie hatten es bei den toten Patienten vor allem auf die Augen abgesehen.

Die Schlächtermafia kam immer näher. Wenn sie schon in Italien aktiv war, warum dann nicht auch in Deutschland?

Ich legte eine CD-ROM in den Rechner und spielte sie

ab. Sie enthielt weitere Dokumente, Zeitungsartikel und Berichte über Organhandel – Lilo hatte sogar Kontakt zum Nationalen Ethikrat aufgenommen.

Aus dem Briefwechsel mit einem Vorstandsmitglied entnahm ich, dass Lilo von Berghofen der Kommission Informationen über Organhandel in Deutschland angeboten hatte. Ihr Gesprächspartner war ein Dr. Martin Fromm gewesen. Er hatte mehrere Bücher zum Thema ›Leben mit den Organen anderer Menschen‹ veröffentlicht. Den ersten Brief an die Ethikstelle hatte die Autorin zwei Wochen vor ihrem Tod geschrieben.

Das Antwortschreiben enthielt neben einer Bestätigung über den Erhalt des Schreibens den Rat, die Informationen an die örtliche Polizei weiterzugeben. Der nationale Ethikrat habe die Aufgabe, *den interdisziplinären Diskurs von Naturwissenschaften, Medizin, Theologie und Philosophie, Sozial- und Rechtswissenschaften zu bündeln und Stellung zu nehmen zu ethischen Fragen neuer Entwicklungen auf dem Gebiet der Lebenswissenschaften sowie zu deren Folgen für Individuum und Gesellschaft.* Aber die Kommission sei keine polizeiliche Ermittlungsbehörde, so hieß es in dem Brief.

Sie ist also voll abgeblitzt, dachte ich. Dafür, dass Lilo von Berghofen tatsächlich zur Polizei gegangen war, fand ich keinen Hinweis. Stattdessen entdeckte ich in dem Aktenordner eine Plastikhülle, in der ein kleines flaches Päckchen steckte. Es enthielt einen Schlüssel. Er war aus Stahl und hatte einen mehrfach gezackten Bart.

Ich aktivierte mein Handy und erstattete Peter Jansen einen nicht ganz vollständigen Bericht.

»Wir werden alle Unterlagen der Polizei geben«, entschied er. »Wenn wirklich eine mafiaähnliche Bande hinter den Morden steckt, ist das ein paar Nummern zu groß für uns. Gute Arbeit, Grappa.«

Ich belohnte mich für meine Fleißarbeit mit leckerer Pasta und einer Flasche Chianti. Am Ende warf ich in die fertige Tomatensoße drei klein gehackte Knoblauchzehen und zwei Chilischoten. Dann setzte ich mich an den Tisch – doch ohne Kerzen und Musik war es nur halb so schön.

Klassisch musste sie heute nicht unbedingt sein – ich legte eine Ballade von Johnny Cash in den Player. Sie erzählte von Endzeitstimmung, Alter, Verfall und Reue: *I hurt myself today / To see if I still feel / I focus on the pain / The only thing that's real …*

Die Pastasoße brannte. Ich löschte mit Wein und kippte noch eine Flasche Wasser hinterher.

What have I become? / My sweetest friend / Everyone I know / Goes away in the end / You could have it all / My empire of dirt / I will let you down / I will make you hurt …

Date mit Pfefferspray

Mit organisierter Kriminalität hatte ich bisher wenig zu tun gehabt. In Bierstadt und Umgebung tummelten sich Affekttäter, Wirtschaftskriminelle und ab und zu mal ein Sittenstrolch. Ich hatte Jansen nichts von dem Schlüssel erzählt, er wäre auch damit sofort zur Polizei gerannt. Vielleicht bekam ich ja auch ohne ihn und vor den Bullen heraus, zu welchem Safe oder Schließfach das Teil gehörte.

Ich schlief aus, gönnte mir ein opulentes Frühstück und überlegte die weiteren Schritte.

Das Telefon klingelte.

Ich tippte auf Jansen und rannte mit vollem Kaffeebecher zum Telefon.

»Guten Tag«, sagte eine mir unbekannte Stimme. »Spreche ich mit Frau Grappa?«

»Wer will das wissen?«, fragte ich. Ich hasste es, wenn sich Anrufer nicht mit Namen meldeten.

»Sind Sie es nun oder nicht?«

Zögernd bejahte ich.

»Ich möchte Ihnen einen Vorschlag machen«, fuhr der Unbekannte fort. »Einen, den Sie annehmen sollten – zu Ihrem eigenen Vorteil.«

»Dann machen Sie mal«, ermunterte ich den Mann.

»Ich muss Ihnen alles genau erklären. Das geht nicht am Telefon. Ich schlage vor, dass wir uns treffen. Hätten Sie gleich Zeit?«

»Vielleicht.«

»Bedeutet das ja oder nein?«

»Ja. Aber, ich sage Ihnen gleich: Wenn mir Ihr Vorschlag nicht gefällt, bin ich sofort wieder weg.«

»Wo wollen wir uns treffen?«, fragte der Mann.

»Im Papageien-Café.« In jenem Café herrschte gewöhnlich viel Betrieb und falls der Unbekannte ein gedungener Mörder des Organhandelkartells war, gäbe es ziemlich viele Zeugen, wenn er mich zu beseitigen gedachte.

»Gut. Ich weiß, wo das liegt. In einer Stunde?«

»Einverstanden. Und wie erkenne ich Sie?«

»Ich kenne Sie.«

Ich informierte Jansen. Er bestand darauf, mich in das Café zu begleiten – allerdings im Verborgenen.

»Ich gehe etwas früher hin als du. Soll ich auch Brinkhoff Bescheid sagen?«, fragte er.

»Lass uns doch erst mal abwarten«, wehrte ich ab.

Ich duschte, warf mich in bequeme Klamotten und flache Schuhe. In der Tasche verstaute ich das Pfefferspray und die kleine Digitalkamera, mein Schweizer Messer führte ich ohnehin immer bei mir. Ich war gerüstet!

Durch die Scheibe des Papageien-Cafés erblickte ich Jansen und war erleichtert. Er hatte sich hinter einer Zeitung verkrochen – ausgerechnet hinter der Konkurrenz der *Bierstädter Tageblattes.*

Der Typ war nicht pünktlich. Hatte er es sich anders überlegt? Oder kannte er Peter Jansen und wusste daher, dass ich Unterstützung mitgebracht hatte?

Immer wieder betraten neue Kunden den Laden und besetzten die Stühle. Es war rappelvoll.

Plötzlich lief ein kleiner, dicker Mann auf mich zu und fragte, ob er sich an meinen Tisch setzen dürfte. Er kam mir bekannt vor, doch ich wusste in diesem Moment nicht, wo ich ihn hinstecken sollte.

»Nein«, sagte ich unwirsch. »Ich warte noch auf jemanden.«

»Mein Name ist Hasewinkel«, lächelte er.

Hilfe, dachte ich. Der Kerl war der Versicherungsvertreter, den ich neulich im Bäckerladen in einem plötzlichen Anfall von was auch immer für einen Traumprinzen gehalten hatte.

»Was wollen Sie von mir, Herr Hasewinkel?«, fragte ich, immer wieder zur Tür schauend.

Peter Jansen beobachtete uns. Er hielt den kleinen Dicken wohl für meinen Informanten.

»Mit Ihnen über Ihre Versicherungssituation sprechen«, blieb Hasewinkel hartnäckig.

»Ich bin ausreichend versichert«, erklärte ich. »Und jetzt wünsche ich Ihnen einen schönen Tag. Aber nicht an diesem Tisch. Wie gesagt, ich erwarte noch jemanden.«

»Ja, mich«, enthüllte er und setzte sich auf den freien Stuhl. »Wir haben uns mal in der Bäckerei getroffen – erinnern Sie sich?«

»Sie waren das heute früh am Telefon? Und haben mich mit wichtigen Informationen geködert?«

»Ja«, strahlte Hasewinkel. »Ich wollte Sie mit einer ganz neuen Form der Lebensversicherung bekannt machen. Sie wächst dynamisch und passt sich sozusagen Ihrer jeweiligen Lebenssituation an.«

»Oh, nein«, stöhnte ich. »Ich will keine Versicherung und jetzt verschwinden Sie, ja?«

Die Kellnerin stand vor uns und fragte nach unseren Wünschen.

»Der Herr geht sofort wieder«, meinte ich. »Und wenn er nicht geht, dann gehe ich.«

»Ich nehme ein Glas Tee«, sagte er. »Mit Zitrone. Was darf ich Ihnen bestellen? Sie sind natürlich eingeladen.«

»Mann, Sie nerven!«

»Also wollen Sie nichts?«, fragte die Kellnerin.

»Doch. Eine geladene Pistole.«

Die Bedienung flüchtete.

»Hören Sie mir doch einfach mal zu«, bat Hasewinkel mit eisenhartem Lächeln. »Ich bin gut in meinem Job. Wenn Sie keine Lebensversicherung wollen, dann vielleicht Rechtsschutz?«

»Ich habe immer Recht, also brauch ich auch keinen Schutz. Ich brauche auch nichts, was mein Leben versichert. Mein Leben ist endlich, weil alles Leben endlich ist.«

»Und Ihre Hinterbliebenen?«

»Ich habe keine«, rief ich verzweifelt und sehr laut.

»Sie sind nicht verheiratet?«, fragte Hasewinkel ungläubig. Er rückte seine Haarfragmente zurecht und ein paar Schuppen rieselten auf die Tischdecke.

»Was ist hier denn los?« Peter Jansen war an den Tisch getreten. »Was wollen Sie von der Dame?«

»Nur ein Angebot machen«, stotterte der Versicherungsmann.

»Lass gut sein, Peter«, sagte ich matt. »Das ist alles ein

Irrtum. Und wir gehen jetzt.« Ich stand auf und Jansen folgte mir.

»Hast du schon bezahlt?«, krähte der Papagei in unserem Rücken.

Jansen lachte sich fast ins Koma nach meinem Bericht.

»Du kannst Kerle haben!«, japste er.

»Man kann sich seine Verehrer nicht aussuchen«, muffelte ich. »Der wollte mir außerdem nur eine Lebensversicherung andrehen. Also alles ganz harmlos.«

»Quatsch! Der wollte schmutzigen Sex und nichts anderes.«

»Hör auf«, stöhnte ich. »Mir wird übel.«

»Er hat bestimmt innere Werte«, überlegte Jansen. »Vielleicht solltest du bei Männern langsam mal auf den Charakter achten und nicht nur aufs Aussehen.«

»Später. Wenn ich alt bin.«

»Okay. Warten wir noch ein Jährchen«, grinste mein Chef. »Und was machen wir nun mit dem angebrochenen Tag?«

»Ich geh wieder nach Hause«, antwortete ich. »Aber schön, dass wir mal wieder so richtig lachen konnten, wenn's auch auf meine Kosten war.«

»Sei nicht zickig, Grappa«, meinte Jansen aufmunternd. »Man muss die heiteren Stunden so nehmen, wie sie kommen.«

Als ich mich der Bäckerei näherte und eine freie Parklücke vor dem Laden entdeckte, stoppte ich. Frau Schmitz sollte an meinen erotischen Abenteuern Anteil haben.

»Tach auch«, sagte ich zur Bäckerin.

»Die Frau Grappa«, strahlte sie. »Wie isses?«

»Muss. Ich hab mich grad mit dem Hasewinkel getroffen«, erzählte ich.

»In echt?«

»Ja. So was von echt.«

»Und?«

»Nix und ... Haben Sie ihm meine Telefonnummer gegeben?«

»Nee«, antwortete Frau Schmitz verblüfft. »Er hat mich nur ausgefragt. Ob Sie 'n Mann haben und so. Ich hab abba geschwiegen wie ein Grab. Ich sachte Ihnen ja, dass der auf Sie steht. Und? Isser was für Sie?« Der Schalk hatte sie im Nacken gepackt.

»Klar. Besonders romantisch war es, als seine Schuppen auf den Tisch rieselten. Wir haben uns spontan verlobt. Und beim nächsten Vollmond ist Heirat.«

»Darf ich Trauzeugin sein?«, grinste sie.

»Aber ja. Bringen Sie auch ruhig den Rudi mit.«

Wieder zu Hause holte ich die Firmen auf den Computermonitor, die Safes herstellten. Ein Schlüssel für einen Safe in einem Safe – das war mehr als auffällig. Ich verglich die Angebote miteinander und nach einiger Zeit wusste ich, dass der Schlüssel zu einem Bankschließfach gehören musste. Jetzt brauchte ich nur noch die passende Filiale des Geldinstitutes und das Geheimwort zu ermitteln ... Aber allein die Suche nach dem Passwort würde mich die nächsten zweihundert Jahre in Atem halten.

Ich rief Jansen an und erzählte ihm endlich von dem geheimnisvollen Schlüssel.

»Lilo hatte ihre Konten nur bei einer Bank. Vielleicht befindet sich dort auch das Schließfach«, meinte er. »Wir sollten es am Montag versuchen.«

Damit konnte ich heute nichts mehr in der Sache unternehmen. Den Rest des Samstags widmete ich mich meinem Wohlergehen. Ich packte alle Bücher über Hexerei und Magie in einen Karton und klebte ihn zu, steckte mir die Stöpsel meines Players in die Ohren und legte mich auf den Balkon – bewaffnet mit ein paar feinen Häppchen, einer Flasche Rieslingsekt und einem Buch, das von fernen Ländern, aggressiv erotischen Männern und komplizierten Frauen erzählte. Es gab auch leichte Romankost außerhalb der verkitschten Welt der Lilo von Berghofen.

Während der Lektüre fiel mir auf, was mich an den Büchern der Nackenbeißerin störte: Eigentlich nicht einmal die gewollt schwülstigen Dialoge und die süßlichen Gefühlsbeschreibungen, sondern die völlige Abwesenheit von Humor und Ironie.

Brückenflug

Am Sonntag sollte es ruhig und entspannend weitergehen. Doch schon früh klingelte mein Handy. Ich hatte keine Ahnung, wie spät es war, der Morgen graute gerade und ich stolperte minutenlang durch meine Wohnung, bis ich das Mobiltelefon gefunden hatte.

Der Anrufer hatte eine Nachricht auf der Mailbox hinterlassen. Ein paar Sekunden lang spielte ich mit dem Gedanken, erst mal wieder ins Bett zu kriechen, doch meine Neugier siegte. Wer mich an einem Sonntag um diese Zeit störte, musste einen sehr guten Grund haben. Die Uhr auf dem Handy verriet mir, dass der Tag gerade mal fünf Stunden jung war.

»Wir haben eine Selbsttötung, die interessant für dich sein könnte«, erzählte Wayne Pöppelbaum der Mailbox. »Da hat sich jemand von der Autobahnbrücke gestürzt. Die Karre kommt aus Bierstadt. Ruf mich mal an, Grappa.«

Ich drückte auf Rückruf und hatte ihn sofort dran. Nach den Geräuschen im Hintergrund zu urteilen, befand er sich noch in der Nähe der Autobahn.

»Wer ist es?«, fragte ich.

»Die suchen noch«, berichtete Wayne. »Die Brücke an der A 1 kurz vor Remscheid. Oben steht der Wagen – mit offenen Türen und laufendem Motor. Bierstädter Kennzeichen. Soeben ist der Halter ermittelt worden. Ein Mann namens Michael Schott.«

»Das ist der Mann von Sabine Wunsch! So ein Typ bringt sich nicht um. Aber vielleicht seine Freundin!«, rief ich.

»Irgendwas ist aber komisch an der Sache«, schrie der Bluthund gegen den Autolärm. »Wenn du dich umbringen willst, Grappa, von einer Brücke springen, dann steigst du aus, kletterst über das Geländer und tschüss. Richtig?«

»Hört sich logisch an. Sag endlich, was komisch ist!«

»Beide Türen stehen offen. Die Fahrer- und die Beifahrertür. Warum sollte der Selbstmörder die Beifahrertür öffnen, wenn er den Wagen gefahren hat?«

»Stimmt. Vielleicht hat sie ihre Handtasche noch rausgenommen.«

»Ich hab noch nie gehört, dass eine Frau sich ihr Täschchen unter dem Arm klemmt und dann von einer Brücke in den Tod springt. Obwohl ... ihr Weiber seid ja manchmal schräg drauf.«

»Ist Brinkhoff da?«

»Nein, die örtlichen Bullen. Die Bierstädter sind aber schon informiert.«

Ich hörte eine Martinshorn-Flotte.

»Grappa, das dauert hier noch was. Die krabbeln da unten im Gebüsch rum mit Suchhunden und Lampen. Ich ruf dich später wieder an, ja?«

An Schlaf war nicht mehr zu denken. Ich goss literweise Kaffee in mich hinein und wartete auf Nachricht vom Bluthund. Die erfolgte nach einer guten Stunde.

»Es ist doch dieser Schott«, berichtete Pöppelbaum. »Er ist tot – nicht die Frau.«

Wieder hatte ich mit einer Vermutung falsch gelegen. Doch Schott war kein Selbstmördertyp, der schickte bestimmt lieber andere ins Jenseits. Er musste an jemanden geraten sein, der noch weniger Skrupel hatte als er selbst.

Ich dachte an Lilos Manuskript *Jagd auf Fleisch.* Dort hatte ein Anwalt den illegalen Organhandel gemanagt. Die Parallelen waren nicht zu übersehen.

Zwei Stunden später sprach ich mit Peter Jansen.

»Drei Tote in zwei Wochen«, meinte er. »Das ist ziemlich viel.«

»Ich muss noch mal an Sabine Wunsch ran«, sagte ich. »Sie weiß mehr, als sie zugibt. Irgendwo muss doch das Pack-Ende sein.«

»Ich kann mir nicht vorstellen, dass sie eine gute Informationsquelle ist«, wandte mein Chef ein.

»Der Teddy hatte keine Augen«, sinnierte ich.

»Teddy?«

»Die Wunsch hat ein Stofftier ins Grab geworden, dem die Augen fehlten. Das könnte doch ein Hinweis darauf sein, dass sie über den Organhandel Bescheid weiß.«

»Lilo hatte das arme Mädchen ganz verrückt gemacht mit dieser Totenbeschwörung. Ich glaube eher, dass das der Grund für die Teddynummer ist.«

»Ich hab ein anderes Gefühl.«

»Okay, dann steckt das Teddykartell dahinter.«

»Du nimmst mich nicht ernst«, stellte ich fest.

Die Königin der Blumen

Eine Stunde später war ich ausgehfertig. Jansen hatte Sonntagsdienst und wir würden uns später in der Redaktion treffen. Einen Artikel hatte ich nicht abzuliefern, bei Selbsttötungen hielt sich unsere Redaktion dezent zurück. Suizid galt als Privatsache, was ich richtig fand – denn was könnte privater sein, als sich freiwillig vom Leben in den Tod zu befördern?

Ich könnte das nicht, dachte ich, war mir aber im nächsten Moment nicht mehr sicher: Wenn der Grad der Verzweiflung sehr hoch ist, könnte die Hemmschwelle für Selbstmord entsprechend absinken.

Die Sonne strahlte wie die Tage zuvor. Seitdem sich die Erde von Jahr zu Jahr mehr erwärmte, gab es in unserer Region immer schönere Sommer. Doch der Glanz kam mir heute falsch vor und nicht gerade angemessen. Drei tote Menschen in zwei Wochen – Jansen hatte recht: Das waren entschieden zu viele.

Ich startete meinen Wagen und nahm die Straße, die mich aus der Stadt in den Süden und zum Haus von Mike Schott und Sabine Wunsch führte.

Ich sah sie schon von Weitem. Sie stand vor einem Gewächshaus und hatte Rosen in der Hand. Ihr Kleid war im Biedermeierstil geschnitten, von der Taille aufwärts geschnürt und aus einem weißen, leichten Stoff. Das sanft gelockte Haar trug sie offen. Sabine Wunsch war wie eine Braut gekleidet und nicht wie eine Frau, die gerade ihren Lebensgefährten verloren hatte und um ihn trauert.

Sie bemerkte mich nicht, als ich mich dem Haus näherte,

sondern war völlig in die Zusammenstellung ihres Blumenstraußes vertieft.

»Hallo, Frau Wunsch«, sagte ich. »Mein herzlichstes Beileid. Es tut mir leid, was geschehen ist. Kann ich irgendetwas für Sie tun?«

»Sind die Rosen nicht wunderschön?«, lächelte sie. »Die ersten Blüten des Jahres.«

Ich trat durchs Gartentor. »Ja, Rosen sind die Königinnen der Blumen«, laberte ich. »Nur auf Gräber passen sie nicht so gut.«

»Wie finden Sie diese hier?« Meine Worte schienen nicht bis zu ihr zu dringen.

Ich nahm die gelbe, gefüllte Rose, die sie mir reichte, und fasste in einen Dorn. Es tat weh und ich versuchte, den Widerhaken herauszuziehen.

»Diese Sorte heißt Alchimist«, erklärte Wunsch. »Eine historische Strauchrose. Sie haben leider sehr üble Dornen. Sehen Sie.«

Sie präsentierte mir ihre Hände: Sie waren voller Kratzer, aus denen Blut tropfte. In Sabine Wunschs Augen war eine Mischung aus Stolz und Triumph zu erkennen.

Sie ist verrückt, dachte ich, oder kurz davor, es zu werden.

»Wollen Sie auch welche?«

»Sie sollten sich Ihre Hände verbinden.«

»Es tut nicht weh«, lächelte sie.

»Warum hat Ihr Mann sich umgebracht?«

»Es gibt ein Gedicht über gelbe Rosen. Von Heinrich Heine: *Was bedeuten gelbe Rosen? / Liebe, die mit Ärger kämpft / Ärger, der die Liebe dämpft / Lieben und sich dabei erbosen.*«

Sabine Wunsch brauchte Hilfe. Ich rief Brinkhoff an und bat ihn, einen Arzt herzuschicken. Er versprach, sich um die Frau zu kümmern.

In der Redaktion wartete Peter Jansen bereits auf mich, Pöppelbaum erschien wenig später. Er stöpselte das Kamerakabel in den PC und wir schauten uns die Bilder an.

»Ganz schön tief«, sagte ich schaudernd.

Der Bluthund hatte vom Brückengeländer aus hinunter ins Tal fotografiert.

»Stimmt«, meinte Wayne. »Stell dir vor, du fällst schon und überlegst es dir auf halbem Weg anders.«

»Vielleicht ist Schott nicht gesprungen, sondern jemand hat ihn gestoßen«, murmelte ich. »Denkt mal an die offene Beifahrertür.«

»Das wird die Polizei schon noch rauskriegen«, meinte Jansen. »Und jetzt schreib vierzig sanfte Zeilen, Grappa.«

»Ich soll was schreiben?«, staunte ich. »Selbstmorde heben wir doch nie ins Blatt.«

»Normalerweise nicht. Aber ich bin der Meinung, dass es in diesem speziellen Fall angebracht ist. Außerdem ist eine Verbindung zu dem Mord an Arno Wunsch ja nicht ausgeschlossen – Schott lebte immerhin mit der Schwester zusammen.«

»Welche Fotos nehmt ihr denn?«, fragte Pöppelbaum.

»Wir kaufen sie dir alle ab«, entschied Jansen. »Und du bleibst am Ball, ja?«

»Okidok, Chef«, grinste der Bluthund. »Mein Azubi wird mich unterstützen.«

»Azubi?«

»Ich vergrößere meinen Laden«, erklärte Pöppelbaum. »Hab jetzt zwei Jungs in Ausbildung.«

»Wie hübsch! Eine Bluthundwelpen-Spielgruppe«, entgegnete ich.

»Der Ausbildungsweg heißt Videojournalist«, korrigierte er mich. »Und wenn ihr uns nicht hättet, sähen eure Blätter ganz schön leer aus.«

»Ich wollte dir nicht zu nahe treten, du Künstler.« Ich klopfte ihm herzhaft auf die Schulter. »Große Bilder sind schnell geschrieben. Und jetzt entschuldigen mich die Herren bitte!«

TRAGÖDIE AUF DER AUTOBAHNBRÜCKE –
MANN SPRINGT IN DIE TIEFE – SELBSTMORD?

Eine Polizeistreife bemerkte am Sonntagmorgen ein abgestelltes Auto mit Bierstädter Kennzeichen auf der Autobahnbrücke bei Remscheid. Die Türen des Fahrzeuges standen offen, der Motor lief und alles deutete darauf hin, dass sich der Fahrer von der Brücke gestürzt hatte oder in die Tiefe geworfen worden war. In dem Waldgelände unterhalb der Brücke kam eine Polizeihundestaffel zum Einsatz. Nach etwa einer Stunde wurde der leblose Körper des Bierstädters Mike Sch. (39) gefunden. Mike Sch. war Jurist und der Lebensgefährte der Schwester des Mordopfers Arno W., der kürzlich erstochen in seiner Wohnung aufgefunden wurde. Ob zwischen den beiden Todesfällen eine Verbindung besteht, ist noch unklar.

Der Schlüssel zum Fall?

Mit den Ergebnissen der Obduktion von Schotts Leiche war so schnell nicht zu rechnen und ich hatte Zeit, das passende Schließfach zu dem Schlüssel zu suchen, der in von Berghofens Aktenordner gelegen hatte. Jansen und ich trafen uns vor der Bank, die die Konten der Autorin führte.

Die Sachbearbeiterin erkannte Jansen gleich und schubste ihre Kollegin beiseite. Als Millionär wurde man tatsächlich wie ein König behandelt. So etwas kannte ich von meinem Geldinstitut nicht – aber die Leute dort hatten ja auch meistens nur meine roten Zahlen zu verwalten.

»Ich benötige eine Auskunft zu diesem Schlüssel«, kam mein Chef gleich zu Sache. »Er gehört zu einem Schließfach. Aber zu welchem?«

Die Bankfrau betrachtete den Schlüssel und schaute in den Computer. »Frau von Berghofen hatte kein Schließfach bei uns«, stellte sie dann fest. »Ich kann Ihnen leider nicht weiterhelfen.«

»Haben Sie einen solchen Schlüssel schon einmal gesehen?«, fragte Jansen.

Die Angestellte zögerte. »Ich habe einen Teil meiner Ausbildung in der Schweiz absolviert«, antwortete sie. »Dort gibt es Bankschließfächer, in die diese Art Schlüssel passen könnten.«

»Schweiz?«, fragte Jansen.

»Die Schweizer Geldinstitute verwenden diese Marke. Aber ob dieser Schlüssel wirklich aus der Schweiz stammt, kann ich natürlich nicht sagen.«

»Könnten Sie mal nachschauen, ob Frau von Berghofen in den letzten Monaten Geld in die Schweiz transferiert hat?«, bat Jansen.

Sie checkte es und meinte dann: »Ich kann nichts finden.«

»Komm, lass uns gehen«, sagte ich und zog Jansen am Ärmel. Mir war etwas eingefallen.

»Wenn Sie wollen, kann ich mal nachfragen …«, bot die Frau an.

»Nein, nein«, beeilte ich mich zu versichern. »Sie haben uns sehr geholfen.«

Jansen folgte mir nur widerstrebend. »Was ist denn los, Grappa?«

»Ich hab da gestern was gefunden«, antwortete ich. »Abrechnungen und Unterlagen über Reisen in die Schweiz. Nach Zürich. Und irgendwelche Bankpapiere waren auch dabei. Blöd, dass ich nicht gleich drauf gekommen bin.«

»Du meinst, Lilo hatte ein Nummernkonto in der Schweiz?«

»Das weiß ich nicht«, entgegnete ich. »Aber vielleicht ein Schließfach.«

»Warum konnte Lilo das nicht alles etwas weniger kompliziert machen?«, seufzte Jansen. »Im Haus ist ein Safe, in dem ein Schlüssel ist, der zu einem Schließfach in der Schweiz gehört. Warum hat sie ihre Geheimnisse überall in der Welt verteilt?«

Jansen fuhr zur Redaktion, um seiner Arbeit nachzugehen, ich begab mich in meine Wohnung und stürzte mich sofort auf den Aktenordner.

Lilo von Berghofen hatte sich Angebote über die Eröffnung eines Schweizer Nummernkontos eingeholt. Sie hatte Kontakt zur Credit Suisse, zu den Privatbanken Julius Bär und Swissfirst und zur Schweizer Tochter der Deutschen Bank aufgenommen. Natürlich konnte man in diesen Banken auch Schließfächer mieten. Zur Identifikation musste lediglich der Personalausweis vorgelegt werden.

Lilo hatte auch Flugscheine in dem Ordner abgeheftet. Sie war in den vergangenen Monaten je zweimal morgens von Düsseldorf nach Zürich geflogen und abends wieder zurück. Bei allen Besuchen hatte sie am Flughafen ein Taxi bestiegen und sich in die Bellariastrasse bringen lassen, entnahm ich den entsprechenden Quittungen. Ich checkte die Adressen der Banken und landete einen Treffer bei der Swissfirst Bank. Sie hatte in dieser Straße ihre Filiale.

Ich wollte den Ordner gerade zuklappen, als ich eine weitere Kopie des dürerschen Kupferstiches fand. Lilo von Berghofen hatte die *Melencolia I* zwischen den Quittungen abgeheftet. Immer wieder drängte sich das über vierhundert Jahre alte Bild in die Gegenwart.

Ich fuhr sofort zum Verlag und stürzte in Jansens Büro. »Ich muss nach Zürich fliegen«, kündigte ich an. »Lilo hatte wahrscheinlich ein Nummernkonto und ein Schließfach in der Schweiz.« Ich gab ihm eine Kurzfassung meiner Rechercheergebnisse.

»Nummernkonten werden doch nur von Steuerbetrügern eingerichtet«, überlegte mein Chef. »Wenn das rauskommt, habe ich die Finanzbehörden am Hals.«

»Warte doch erst mal ab«, sagte ich. »Außerdem müssen wir weder den Bullen noch dem Finanzamt von diesem Konto erzählen.«

»Sie hatte doch genug Geld.« Jansen konnte es nicht fassen. »Warum konnte sie den Hals nicht vollkriegen?«

»Das Konto ist die eine Sache«, stellte ich klar. »Das Schließfach ist interessanter. Da packt keiner Geld rein, wenn er ein Nummernkonto hat. Schließfächer sind für Geheimnisse gut und um die geht es uns in erster Linie.«

»Gut, dann flieg nach Zürich«, ergab er sich. »Der Flug geht auf mich. Aber – hast du irgendeine Idee, warum eine Schweizer Bank dir gegenüber das Bankgeheimnis verletzen sollte?«

»Noch nicht«, antwortete ich. »Aber bis morgen werde ich eine Idee haben müssen.«

Rizin und Reisepass

Am Nachmittag wurde das Obduktionsergebnis bekannt gegeben. Es überraschte mich nicht. Mike Schott war kein Selbstmörder, er war mit Rizin vergiftet und dann von der Brücke geworfen worden.

Die Staatsanwaltschaft beantragte einen Haftbefehl für Sabine Wunsch und das Gericht folgte dem Begehren. Natürlich fiel ich aus allen Wolken. Diese Frau war nicht in der Lage, eine solche Tat zu planen und auszuführen.

Aber die Ermittlungen der Polizei besagten, dass Sabine Wunsch Mike Schott vergiftet und dass sie dem noch lebenden Mann vorgegaukelt hatte, ihn ins Krankenhaus bringen zu wollen. Stattdessen war sie zur Brücke gefahren und hatte den sterbenden Schott übers Geländer geworfen. Den Wagen ließ sie stehen, um einen Selbstmord vorzutäuschen. Mit der geöffneten Beifahrertür war ihr ein Fehler unterlaufen.

Doch wie war sie von der Autobahnbrücke zurück nach Hause gekommen? Auch dafür hatten die Ermittler eine Erklärung: Am Tag zuvor war Sabine Wunsch mit ihrem eigenen Pkw auf einen Rastplatz gefahren, der sich etwa fünfhundert Meter von der Brücke entfernt befand. Sie musste also nur zu dem Rastplatz laufen, in den am Vortag geparkten Wagen steigen und zurück nach Bierstadt fahren.

Die Polizei meinte sogar zu wissen, wie Sabine Wunsch am Vortag der Tat nach Hause zurückgelangt war: per Anhalter. Entsprechende Zeugen wurden gesucht.

»Das glaub ich nicht«, sagte ich zu Jansen. »So was macht die nicht.«

»Sie hat dir halt was vorgespielt«, entgegnete er. »Sie ist nicht so durch den Wind, wie du vermutet hast.«

»Aber warum sollte sie Schott getötet haben?«

»Sie wird schon einen Grund gehabt haben«, antwortete Jansen lahm.

»Stimmt. Es gibt für Frauen immer gute Gründe, sich ihrer Männer zu entledigen«, stellte ich fest. »Wenn jemand dafür Verständnis hat, dann ich.«

»Rizin scheint ein beliebtes Gift zu sein. Glaubst du, sie hängen Sabine Wunsch auch den Mord an Lilo an?«

»Das ist nur noch eine Frage von Stunden«, orakelte ich.

Ich hackte lustlos meine Zeilen in den PC, blieb zurückhaltend und äußerte leise Zweifel an der Interpretation der Kriminalpolizei, was den Ablauf der als Selbstmord getarnten Tat betraf.

Jansen segnete den Artikel ab und konnte sich ein »Du warst auch schon mal besser« nicht verkneifen.

Ich zuckte mit den Schultern, mir ging die ganze Zeit die Schweiz durch den Kopf. »Hast du eigentlich Lilos Papiere schon ausgehändigt bekommen? Personalausweis oder Reisepass?«

»Ja. Ich brauchte die Dokumente, um den Erbschein zu bekommen. Sie liegen in einer Kiste bei mir zu Hause.«

»Glaubst du, dass ich als Lilo durchgehen könnte?«

»Du bist jünger als Lilo«, gab er zu bedenken. »Aber das Foto in ihrem Ausweis ist nicht mehr aktuell, soweit ich mich erinnere. Jetzt sag aber nicht, dass du bei der Bank mit einem fremden Pass auftauchen willst!«

»Warum nicht?«, tat ich ganz cool. »Die Bankfuzzis wollen nur irgendein Papier sehen.«

»Das klappt nie«, prophezeite er. »Und dann haben wir den Schlamassel.«

»Abwarten! Mehr als schiefgehen kann es nicht. Wenn die mich erwischen und du mich da rausholst, kann noch nicht mal mir was passieren. Immerhin bist du Alleinerbe und ich handle in deinem Auftrag.«

Wir fuhren nach Feierabend zu Jansens Haus. In Lilos Personalausweis prangte tatsächlich ein Foto, das mindestens zehn Jahre alt sein musste.

»Ihr seht euch wirklich ein bisschen ähnlich«, meinte Jansen verblüfft.

»Ich bin viel schöner als sie«, protestierte ich. »Siehst du das denn nicht?«

»Natürlich, Grappa«, beeilte er sich zu versichern. »Wer schöner ist als du, der ist geschminkt.«

»Ich bin doch auch geschminkt.«

Er verdrehte die Augen nach oben. »Eben. Deshalb bist du ja auch schöner.«

Ich hatte bereits am Morgen online einen frühen Flug nach Zürich gebucht und vertiefte mich noch einmal in die Unterlagen. Irgendwo musste Lilo sich die Nummer des Kontos notiert haben – zur eigenen Sicherheit.

Ich überlegte, wie ich vorgehen würde – für den unwahrscheinlichen Fall, dass ich mir ein Nummernkonto in der Schweiz einrichten müsste.

Mein Geburtsdatum oder ähnlich leicht erratbare Ziffern würde ich bestimmt nicht nehmen. Lilo hatte sich so viel Mühe gegeben, ihre Geheimnisse zu bewahren, dass das Zahlenwerk kompliziert und trotzdem einfach sein musste.

Die einzigen Zahlen, die jemals eine Rolle gespielt hatten, waren die im magischen Quadrat in Dürers *Melencolia.*

Ich kramte die Kopie des Kupferstiches hervor, die Lilo von Berghofen abgeheftet hatte, und betrachtete das Quadrat an der Wand des Hauses, vor dem der Engel melancholisch vor sich hin brütete.

16	3	2	13
5	10	11	8
9	6	7	12
4	15	14	1

Wie war das noch? Die Summe aller vertikalen, horizontalen und diagonalen Zahlen ergab immer die Zahl 34. Aber zwei Ziffern konnten weder Schlüssel zum Schweizer Konto noch zu einem Schließfach sein. In entsprechenden Krimis waren Nummernkonten immer mit einer ellenlangen Ziffernfolge ausgestattet.

In der unteren horizontalen Reihe gab es die Zahlen vier, fünfzehn, vierzehn und eins. Setzte ich sie dicht nebeneinander, ergaben sie die Telefonnummer der Autorin. Diese Reihe konnte es also schon mal nicht sein, weil es zu einfach gewesen wäre. Nun denn, ich hatte noch die ganze Nacht Gelegenheit, mögliche Zahlenreihenfolgen zusammenzustellen.

Müdigkeit zog in meine Knochen. Das Weinglas stand neben dem Papier, ich wollte es greifen, verpasste es und stieß es um. Die rote Flüssigkeit ergoss sich über das Bild. Ich lief in die Küche und riss zwei Blätter von der Küchenrolle. Noch war der Druck nicht völlig aufgeweicht, ich tupfte das Nasse mit dem weichen Papier auf. Dabei bemerkte ich, dass der Wein in einer Linie tiefer eingedrungen war als an anderen Stellen – und diese Linie zog sich diagonal von rechts oben nach links unten. Daraus entstand die Zahlenreihe: 13, 11, 6 und 4.

War das wieder Zauberei oder hatte Lilo von Berghofen mit dem Fingernagel diese Linie nachgezeichnet, weil sie den Code enthielt?

Ich wusste, dass die These kühn war. Aber vielleicht ist das Glas Wein wirklich nicht zufällig umgefallen und hat das Papier getränkt, dachte ich.

Ich trank noch ein Glas und war danach überzeugt, dass mir Lilos lichtes Wesen aus der Geisterwelt einen Hinweis auf die Zahlenkombination hatte zukommen lassen.

Der verdeckte Ermittler und das harmlose Bergvolk

Der Flug verlief ohne Probleme, keine Wolke verdeckte den Blick über die Alpen und ich genoss das beeindruckende Panorama. In großen Höhen packen mich immer sentimentalische Gedanken – weil die böse Welt von oben so wunderbar friedlich wirkt.

Am Zoll wurde mein Gepäck kontrolliert. Ich musste meine große Tasche auskippen und wurde gefragt, ob ich mehr als fünfzehntausend Euro dabeihätte.

»Ich wünschte, es wäre so«, lächelte ich. »Warum fragen Sie?«

Der Beamte erklärte, dass die Schweiz ein beliebtes Land für Schwarzgeldtransfers sei. »Die Leute bringen unversteuertes Bargeld aus ihren Ländern mit und deponieren es bei uns auf einem Konto«, sagte er im Schweizer Singsang.

»Ich bring nichts mit, ich will nur gucken, ob die Millionen noch auf meinem Nummernkonto sind«, entgegnete ich.

Der Zöllner hatte solche Sprüche wohl schon häufiger gehört und winkte mich durch.

Auf dem Weg zum Taxistand aktivierte ich mein Handy. Jansen hatte auf die Mailbox gesprochen und bat dringend um einen Anruf.

Ich verzog mich in eine ruhige Ecke und drückte die Rückruftaste.

»Ich bin grad erst angekommen«, sagte ich. »Was gibt es?«

»Das Bundeskriminalamt hat einen verdeckten Ermittler auf die Organhandelsache angesetzt«, berichtete mein Chef.

»Dann war Lilo doch bei der Polizei?«

»Keine Ahnung.«

»Und was macht der Kerl? Wer ist es?«

»Grappa! Ich sprach von einem verdeckten Ermittler! Er hat sich ja wohl kaum ein Schild mit der Aufschrift *Ich bin vom BKA* um den Hals gehängt und ist damit durch Bierstadt spaziert.«

»Woher weißt du das alles?«

»Ich hatte gerade ein ausführliches und vertrauliches Gespräch mit Brinkhoff.«

»So vertraulich, dass du es mir brühwarm erzählst?«

»Er hat mich eingeweiht, weil ich ihm gesagt habe, dass du heute nach Zürich geflogen bist – wild entschlossen, das Schließfach auszuräumen.«

»Wolltest du nicht dichthalten?«

»Grappa! Es kann gefährlich werden. Wir machen uns Sorgen um dich.«

»Ich hab euch auch lieb«, meinte ich gerührt. »Aber mir passiert schon nichts. Hat er eine Andeutung gemacht, wie weit der Agent mit seinen Ermittlungen ist?«

»Nein. Aber die Organhandelbande dürfte nicht mehr ganz ahnungslos sein. Bitte, Grappa, sieh zu, dass immer viele Menschen um dich herum sind. Ich möchte nicht, dass die Schweizer dich im Alusarg zurückschicken. Vertraue niemandem, auch den Einheimischen nicht.«

»Ich komme schon zurecht. Die Schweizer sind ein nettes, harmloses Bergvölkchen. Und heute Abend sitz ich wieder im Flieger. So – jetzt muss ich mich sputen. Deine Millionen und Lilos Geheimnisse warten auf mich.«

Das Taxi brachte mich direkt vor den Haupteingang der Bank. Das Gebäude war nicht aus Glas und Stahl wie die vielen anderen Firmensitze, die ich auf der Fahrt hierher zu sehen bekommen hatte, sondern ich stand vor einer Villa mit Türmchen, Erkern und Verzierungen – das Ganze war eher großbürgerlich als großkotzig.

Ich sah mich um. Niemand war mir gefolgt, niemand lungerte in einer Ecke und schien auf mich zu warten. Jansens und Brinkhoffs Sorgen waren bestimmt unnötig.

Eine Frau im Leopardenmantel verließ die Bank und stöckelte zu einem nagelneuen Porsche – in der Hand einen Aktenkoffer, in dem sich vermutlich viele Geldscheine befanden.

Plötzlich verließ mich der Mut. Ich sah an mir herunter: Die schwarze Samthose mit dem Schlag war durch den Aufenthalt auf dem engen Flugzeugsitz ziemlich zerknittert, an den Schuhen klebte Erde, weil ich auf dem Flugplatz eine Abkürzung zum Taxistand über ein Beet genommen hatte, und meine Tasche war ausgebeult, weil ich zu viel hineingepackt hatte.

Egal, ich musste da durch und die anderen auch. Ich war hier, um mein Schweizer Nummernkonto und mein Schließfach zu überprüfen – redete ich mir ein, und diesen Eindruck musste ich auch vermitteln.

Souveränität, Ungeduld und leichte Arroganz, verbunden mit dem unbedingten Willen, mein Ziel zu erreichen – das schien mir das beste Rezept für einen erfolgreichen Besuch in dieser Geldburg zu sein.

Ich blickte zu den Fenstern hoch, sie waren mit Sichtblenden geschützt. Zwei hohe Nadelbäume rahmten die Villa ein, sie waren kerzengerade gewachsen und auf den Zweigen thronten aufrecht stehende Zapfen.

»Krah, krah.«

Ich zuckte zusammen und duckte mich. Ein Rabe war über mich hinweggeflogen und hatte sich auf der Spitze der Tanne niedergelassen.

»Hugin, mein Freund«, rief ich belustigt zu ihm hinauf. »Wie war dein Flug?«

»Krah«, machte Hugin.

»Verstehe«, erwiderte ich. »Meiner war auch okay. Nur der Kaffee war mies.«

Hugin schlug mit den Flügeln, ließ sich in die Tiefe fallen und stürzte auf mich zu.

Ich wollte zur Seite springen, doch der Rabe schraubte sich zwei Meter vor mir zurück in die Höhe und fädelte sich in den Luftstrom ein. Ich vernahm ein sich entfernendes Krah-Krah-Krah und weg war er. Das war ein gutes Omen, beschloss ich und stieg die wenigen Stufen zur Tür empor.

Eine verzierte Messingklingel prangte in der antiken Holztür, von mehreren Seiten blickten mich Kameraobjektive an – das Gebäude war gut gesichert. Ich drückte und hörte nichts. War die Schelle kaputt oder wurde der Ton elektronisch weitergeleitet?

»Ja, bitte?«

Ich atmete durch und sagte: »Guten Tag, ich bin Kundin Ihrer Bank.«

»Wie ist Ihr Name, gnädige Frau?«

»Lilo von Berghofen aus Deutschland.«

»Moment.«

Es dauerte ewig. Dann sagte die Stimme: »Treten Sie bitte ein, ein Mitarbeiter unseres Hauses wird Sie in Empfang nehmen.«

Die Tür sprang auf. Parkett, alte Gemälde, Orientteppiche und wieder die Augen von Kameras. Man beobachtete mich, checkte mich ab, erkannte vielleicht, dass ich nicht Lilo von Berghofen war. Ihr Ausweis lag griffbereit obenauf in meiner Tasche.

Ich stolzierte auf dem Perserläufer auf und ab und machte ein gelangweiltes Gesicht, schaute auf die Uhr – so, als hätte ich es eilig.

Endlich näherten sich Schritte. Ein junger Mann in einem grauen Anzug kam auf mich zu, seine Lederschuhe quietschten merkwürdig. Wenn er Lilo von Berghofen schon mal gesehen hatte, war ich geliefert.

»Willkommen in Zürich! Rütli mein Name«, sagte er und reichte mir seine Hand. »Wir sind überrascht, Sie hier zu sehen.«

»Überrascht?«

»Sonst machen Sie doch immer rechtzeitig einen Termin mit unserem Herrn Hofer aus. Nun ist er heute auf einem Kundenbesuch.«

»Sie sind mir genauso lieb, Herr Rütli«, versicherte ich ihm. »Dem Nachwuchs eine Chance, nicht wahr?«

»Danke, gnädige Frau«, lächelte der graue Mann. »Darf ich Sie bitten, sich auszuweisen. Eine Formalie, Sie verstehen?«

»Aber natürlich.« Ohne mit der Wimper zu zucken, präsentierte ich den Ausweis. Er lautete auf den Namen Gerlinde Bomballa, aber das Pseudonym der Autorin war auch offiziell eingetragen worden.

Rütli blickte kurz darauf und gab mir das Dokument zurück. »Danke sehr. Was kann ich für Sie tun, Frau von Berghofen?«

»Ich möchte einen Blick auf den Stand meines Nummernkontos werfen«, antwortete ich. »Und in mein Schließfach schauen.«

»Haben Sie den Schlüssel zur Hand?«

»Aber natürlich.«

»Wollen wir zuerst ins Schließfach schauen und dann aufs Konto?«

»Ja, so machen wir das, Herr Rütli«, sagte ich gönnerhaft.

»Dann folgen Sie mir bitte.«

Wir durchwanderten einen langen Flur und standen schließlich vor einer Stahltür.

»Können Sie mir die Nummer des Kontos sagen, damit ich den zweiten Schlüssel für das Fach holen kann?«

Aha, dachte ich, so einfach geht das mit dem Schließfach doch nicht.

Rütli wartete geduldig.

»Moment noch«, lächelte ich. »Mein Zahlengedächtnis ist nicht das beste. Ich habe mir die Ziffern notiert.«

Er wartete geduldig, bis ich mit leicht zitternden Fingern den Zettel aus einem Fach in der Tasche gezogen hatte.

»Dreizehn, elf, sechs und die vier«, las ich laut.

Rütli reagierte nicht.

»Und? Stimmt's nicht?«, fragte ich selbstbewusst.

»Nein, es stimmt noch nicht. Die beiden letzten Ziffern fehlen.«

Panisch dachte ich an das Dürerquadrat. Zahlen von eins bis sechzehn, ein magisches Quadrat der vierten Ordnung mit der saturnischen Zahl 34.

»Wir haben immer achtstellige Ziffern«, erklärte Rütli. »Überlegen Sie doch noch mal. Sie hatten doch selbst um diese Zahlen gebeten.«

»Entschuldigung. Sie haben ja recht. Aber in meinem Alter nimmt die Schusseligkeit zu. Böse Zungen nennen diesen Zustand Alzheimer.«

»Aber, gnädige Frau, davon sind Sie doch noch weit entfernt!«, widersprach Rütli höflich.

Alle Zahlen addieren und herauskommt immer die Zahl 34, rekapitulierte ich.

»Also – ich versuch's noch mal«, kündigte ich an. »Dreizehn, elf, sechs, vier und … die drei und die vier.«

»Na also«, strahlte Rütli. »Gnädige Frau müssen sich noch keine Sorgen um den Kopf machen.«

Er verschwand in einem Raum und kehrte mit dem Schlüssel zurück. »Wollen wir?«

Dynamit im Schrank

Rütli ließ mich allein, nachdem wir mit beiden Schlüsseln das Fach geöffnet hatten. Der Raum, in dem ich mich befand, wirkte wie ein Grab – überall die Kästen mit den Doppelschlössern. Darin lagerten Millionenwerte. Schwarzgeld, Schmuck, belastende Unterlagen und brisante Geheimnisse, alles verstaut in einem atomwaffensicheren Bunker.

Hier gab es keine Kameras, zumindest keine sichtbaren. Im Raum stand ein einfacher Tisch mit zwei Stühlen.

Die Tür des Schließfaches war geöffnet, aber noch angelehnt. Die Anspannung der letzten Minuten ließ nach und ich fand endlich den Mut, hineinzuschauen. Nein, da waren keine Geldbündel, kein Schmuckkasten, nichts Wertvolles – nur Papiere in einem Hefter lagen in dem Fach.

Sollte ich die Akte herausnehmen und wieder verschwinden? Nein, dachte ich, nirgendwo bist du sicherer als in dieser Bank. Rütli hatte mir gesagt, dass ich mir Zeit lassen konnte und klingeln sollte, wenn ich fertig sei.

Ich setzte mich an den Tisch, öffnete die Akte und begann zu lesen.

Der Inhalt war Dynamit! Lilo von Berghofen hatte die kompletten Beweise für einen schwunghaften illegalen Organhandel zusammengetragen. Eine entscheidende Rolle spielte dabei Mike Schotts Bierstädter Firma – dort liefen die Fäden zusammen, dort wurde das Geld gewaschen und auf Konten in aller Herren Länder weiterverteilt. Auf den ersten Blick hatte die Organhandelmafia weltweit Helfer und Helfershelfer – wobei die Menschen in den armen Ländern die Organe zu liefern hatten, die dann von den Kliniken im Westen in die Körper reicher Empfänger hineinoperiert wurden.

Wie mochte sich die Autorin die brisanten Schriftstücke beschafft haben? Diese Frage war jetzt nicht zu klären. Schweißperlen standen mir auf der Stirn, die Luft in der ›Grabkammer‹ schien immer knapper zu werden, obwohl es eine Klimaanlage gab.

Was sollte ich tun? Schließlich fotografierte ich die einzelnen Seiten mit meiner kleinen Digi und legte die Papiere zurück ins Fach. Schon wollte ich nach Rütli klingeln, da fiel mir noch etwas ein. Schnell öffnete ich die Kamera, zog die Speicherkarte heraus, riss ein Stück von einem Tempotaschentuch ab und wickelte den Chip darin ein. Das winzige Päckchen steckte ich mir in den BH.

Fünf Minuten später befreite mich Rütli aus dem Raum.

»Alles zu Ihrer Zufriedenheit?«, fragte er höflich.

»Natürlich. Ihre Bank ist sehr diskret und kundenfreundlich«, sülzte ich.

»Möchten Sie noch eine Abbuchung vornehmen?«

»Nein«, antwortete ich. »Ich möchte nur den aktuellen Kontostand einsehen.«

»Sehr wohl.«

Wir gingen in einen anderen Raum und Rütli setzte sich vor einen Computer.

»Das ist erstaunlich«, murmelte er. »Auf dem Konto sind nur noch zwei Euro.«

»Zwei Euro oder zwei Millionen?«, fragte ich verdutzt.

»Vor einer Woche ist eine Abhebung vorgenommen worden«, erklärte Rütli.

»Von wem?«

»Das weiß ich nicht.«

»Hat sich derjenige nicht ausgewiesen?«

»Doch, bestimmt. Aber wir notieren die Namen nicht. Die Konten sind anonym. Es reicht, wenn derjenige die Nummer weiß. Stimmt etwas nicht?«

»Welcher Ihrer Kollegen hat den Kunden oder die Kundin betreut?«

»Das kann ich nicht erkennen.«

»Lieber Herr Rütli! Irgendjemand hat mein Konto geplündert und Sie wollen mir nicht sagen, wer es war?«

»Ich weiß es nicht.«

»Dann fragen Sie Ihre Kollegen, verdammt noch mal!« Ich gebärdete mich so, als ginge es wirklich um mein eigenes Geld. »Vielleicht weiß es der Herr Hofer? Der betreut mich doch sonst immer. Rufen Sie ihn an!«

»Wie gesagt, er ist bei einem Kunden.«

»Hat Ihr Kollege kein Handy?«

»Moment.« Rütlis Gesicht hatte eine gesunde Farbe angenommen.

»Nun machen Sie schon«, befahl ich. »Oder soll ich die Polizei anrufen?«

Rütli tippte eine Nummer in sein Telefon.

Hofer meldete sich und Rütli schilderte ihm den Fall. Leider auf Schwyzerdütsch – ich verstand so gut wie nichts.

»Es war eine Frau«, berichtet Rütli, nachdem er aufgelegt hatte. »Vor einer Woche. Sie kannte die Nummer für das Konto und war eine Beauftragte.«

»Wessen Beauftragte?«

»Na, Ihre Beauftragte!«

»Hat sie sich ausgewiesen?«, fragte ich.

»Ja, aber der Herr Hofer kann sich nicht mehr an den Namen erinnern.«

»Das glaube ich nicht«, meinte ich. »Wie sah die Frau aus?«

»Eine junge Frau. Blond. Aber Sie können Herrn Hofer gleich selbst fragen – er ist auf dem Weg hierher.«

»Ich kann nicht länger warten«, meinte ich. »Ich werde meine Anwälte bitten, das zu klären. Wie hoch war der Kontostand, bevor diese Blondine mich bestohlen hat?«

»Fünf Millionen Euro.«

Ich schluckte. »Ich möchte die Nummernkombination für das Konto und das Schließfach ändern«, kündigte ich an. »Ich habe die Ziffern notiert. Würden Sie das bitte veranlassen, Herr Rütli?«

»Wollen Sie nicht doch lieber mit Herrn Hofer sprechen? Er müsste in zehn Minuten hier sein.«

»Auf keinen Fall.« Wenn ich Hofer in die Hände falle, dachte ich, fliegt der Schwindel auf. »Kann ich mich darauf verlassen, dass der Code geändert wird?«

»Aber natürlich.«

Ich gab Fersengeld.

Im Taxi entspannte ich mich wieder.

»Können Sie mir ein gutes Restaurant empfehlen?«, fragte ich den Fahrer.

Er konnte und nannte das *Lake Side* direkt am Zürichsee. Das Wetter war mild und der Taximann lobte die Schönheit des Blicks von der Terrasse auf den See und die gehobene Küche.

War es richtig, dass ich die Papiere in der Bank gelassen hatte? Ich war davon überzeugt, nicht beobachtet worden zu sein, aber ich war ja nicht darauf trainiert, so etwas zu bemerken. Und noch eine Frage beschäftigte mich: Warum hatte die blonde Frau, die von Berghofens Nummernkonto geplündert hatte, nicht auch das Schließfach geleert? Die einzig mögliche Antwort darauf lautete: Sie hatte nicht gewusst, dass Lilo in der Schweizer Bank ein Schließfach gemietet hatte.

Und selbst wenn sie es gewusst hätte, ohne den Schlüssel hätte sie nichts ausrichten können.

Mein Handy klingelte. Jansen machte sich immer noch Sorgen.

Ich saß im Taxi, konnte und wollte nicht reden und bat ihn zu warten. »Aber ich kann dir sagen, dass alles in bester Ordnung ist. Die Reise ist ein voller Erfolg.«

Die Terrasse des *Lake Side* bot freien Blick auf den Zürichsee. Urlaubsstimmung überkam mich – wie immer, wenn ich blaues Wasser in Verbindung mit Sonne sah und die dazugehörige Wärme spürte.

Ein Kellner führte mich zu einem Tisch und fragte nach meinen Wünschen. Ich entschied, meinen Erfolg und meine Kaltblütigkeit zu feiern, und bestellte ein Glas Champagner. Ich lehnte mich zurück und schloss die Augen. Wasserplätschern, entfernte Motorbootgeräusche, menschliche Stimmen und Vogelzwitschern. Eigentlich war das Leben wunderbar.

Der Kellner stellte den Champagner auf den Tisch und wünschte mir Wohlsein. Das Glas war von außen beschlagen und das Sonnenlicht brachte die Flüssigkeit zum Glühen. Ich nippte und genoss.

Jansen hatte angekündigt, noch mal anzurufen. Er schien geahnt zu haben, dass ich nun allein war.

»Kannst du jetzt sprechen?«, fragte er.

»Ja. Alles lief problemlos. Das Nummernkonto ist leer, vor einer Woche geplündert von einer Blondine. Aber das Schließfach war noch gefüllt.«

»Was war drin? Nun sag schon!«

»Interessante Papiere. So interessant, dass ich nicht drüber reden will. Auch Handys können abgehört werden.«

»Gut, verstehe, Grappa«, meinte Jansen. »Ich werde Brinkhoff informieren und wir treffen uns heute Abend.«

»Bring meinen Laptop aus der Redaktion mit«, bat ich. »Wir werden eine Menge anzuschauen haben.«

Ich bestellte einen kleinen mediterranen Vorspeisenteller, Pasta mit Steinpilzen und Entenbrust mit Orangenmousse. Auf die Preise achtete ich nicht, Jansen hatte versprochen, meine Spesen zu übernehmen, und mich aufgefordert, es mir gut gehen zu lassen.

Gerade grübelte ich darüber nach, wieso Ente und Orangen so gut miteinander harmonierten, als ein Motorboot langsam und nah an meinem Tisch vorbeifuhr. Im letzten Moment fiel mein Blick auf den Bootsmann – er kam mir bekannt vor: Wachlin.

Panik ergriff mich. Dass er hier aufkreuzte, konnte kein Zufall sein. Die Anlegestelle für die Boote lag ein Stück entfernt und er würde eine Weile brauchen, bis er diese Terrasse erreichte. Unwillkürlich fasste ich unter meinem Pullover: Die Chipkarte aus der Kamera lag fest eingeklemmt, und bevor der Kerl sich an meinem Ausschnitt zu schaffen machen könnte, war er tot.

Ich bat den Kellner, mir einen gefütterten Briefumschlag zu bringen. Zum Glück beeilte sich der gute Mann. Ich beschriftete den Umschlag mit Jansens Adresse und legte den Safeschlüssel hinein. Meine Hände zitterten.

Nur die Ruhe behalten, ermahnte ich mich, vielleicht passiert ja gar nichts, vielleicht war das eben gar nicht Wachlin, sondern nur eine der Halluzinationen, die mich seit Beginn dieses Falles heimsuchten.

Immer wieder ging mein Blick zur Tür, die ins Innere des Restaurants führte. Nur von dort aus war die Terrasse zugänglich und jeder neue Gast würde frühzeitig zu sehen sein – falls er nicht schwimmend über den See kam und die Balustrade hochkletterte.

»Könnten Sie bitte diesen Umschlag abschicken?«, fragte ich den Kellner und gab ihm einen Geldschein.

Schlafende Hände

Salomon Wachlin sah ohne seine Magierklamotten wesentlich attraktiver aus. Er trug einen schwarzen, leichten Sommeranzug und ein blaues Hemd. Nur die wirren Haare und die Mond-Anstecknadel erinnerten an den Zauberer Johann Faust.

»Der Herr hat nach Ihnen gefragt«, sagte der Kellner.

Wachlin setzte sich.

»Was darf ich Ihnen bringen?«, fragte die Bedienung.

»Ein Wasser, bitte. Hallo, Frau Grappa. Schön, Sie zu sehen.«

»Ganz meinerseits. Was treibt Sie hierher?«

»Ihre Aktivitäten«, antwortete Wachlin höflich.

»Sind Sie mir gefolgt?«, fragte ich.

»Sie wissen doch, dass ich über übersinnliche Kräfte verfüge«, lächelte er.

»Ach ja, ich vergaß.«

Der Kellner brachte das Wasser, ich fragte nach der Dessertkarte.

»Was kann ich für Sie tun, Herr Wachlin?«, wandte ich mich anschließend wieder dem Magier zu.

»Mir ein paar Fragen beantworten. Waren Sie bei der Swissfirst Bank?«

»Das wissen Sie doch bestimmt schon.«

»Ja, Sie waren dort. Waren Sie erfolgreich?«

»Nein, leider nicht. Ich wusste die Nummer für das Konto nicht. Sie haben mir keinerlei Auskünfte gegeben.«

»Und deshalb haben Sie sich über eine Stunde in dem Gebäude aufgehalten?«

»Sie sind ja wirklich gut informiert. Doch der Sachbearbeiter war im Kundengespräch«, behauptete ich. »Die Banker haben mich kalt abblitzen lassen.«

»Sie haben sich erfolgreich als Frau von Berghofen ausgegeben«, stellt er fest. »Und Ihrem Kollegen haben Sie eben erst mitgeteilt, dass das Konto leer ist – geplündert von einer Blondine – und dass das Schließfach mit Papieren gefüllt war.«

»Sie können mein Handy abhören?«

»Ich würde gern mal einen Blick in Ihre Tasche werfen«, ignorierte Wachlin meine Frage.

»Nein«, sagte ich, zog die Tasche auf meinen Schoß und verkrallte mich in das Leder.

»Bitte!« Die Höflichkeit war nur noch in der Stimme, nicht mehr in seinem Blick.

Der Kellner brachte endlich die Dessertkarte und ich verwickelte ihn in ein Gespräch, fragte nach jedem Nachtisch und ließ mir ausführlich die Inhaltsstoffe und die Rezepte erklären. Am Ende bestellte ich einen doppelten Espresso.

»Ihre Tasche!«, befahl Wachlin, als der Kellner etwas angesäuert verschwunden war.

»Sie können mich mal, Sie fleischgewordene Lachnummer!« Wut stieg in mir hoch. »Zaubern Sie sich die Papiere doch her, Sie Künstler.«

»Es reicht mir jetzt!«

Ich spürte, dass meine Unterarme krampften und wehtaten. Nicht hinschauen, dachte ich, er versucht es mit schwarzer Magie. Der Schmerz wurde stärker, ich konzentrierte mich auf den Kellner, der sich nun mit dem Espresso näherte.

»Ist Ihnen nicht gut?«, fragte er.

»Eine kleine Kreislaufschwäche«, murmelte ich. »Würden Sie mir bitte ein großes Glas Wasser bringen?«

»Aber natürlich.« Er verließ uns wieder.

Der Schmerz war weg. Ich schaute auf meine Arme, sie lagen entspannt auf der Tasche, doch ich spürte sie nicht mehr – sie waren ›eingeschlafen‹.

»Darf ich?« Wachlin zog die Tasche von meinem Schoß, öffnete und durchsuchte sie.

Noch immer konnte ich meine Unterarme nicht bewegen.

»Eine Kamera.« Er hielt sie triumphierend hoch. »Sehr schlau. Und das magische Quadrat. Ich habe mir immer schon gedacht, dass der Zahlencode hier versteckt ist. Leider gibt es aber fast unendliche Möglichkeiten der Kombination.«

Er schaute genauer hin. Mit einem Bleistift hatte ich die Diagonale von rechts oben nach links unten markiert.

»Dreizehn, elf, sechs und vier«, erkannte Wachlin. »Sechs Ziffern. Da fehlen noch zwei. Welche, Frau Grappa?«

Ich schwieg.

»Wollen Sie, dass ich Ihre Beine in den gleichen Zustand versetze wie Ihre Arme?«

Ich schüttelte den Kopf und krächzte: »Vierunddreißig.«

»Die Zahl des Saturn«, stellte er fest. »Wo ist der Schlüssel für das Schließfach?«

»Ich habe ihn in dem Geldsinstitut gelassen«, log ich. »Es war mir zu gefährlich, ihn mit mir herumzutragen. Sie bekommen ihn, wenn Sie den Code nennen.«

Er untersuchte noch einmal den Inhalt meines Beutels und griff in die Taschen meiner Jacke.

»Ich sage die Wahrheit«, beteuerte ich.

»Na gut. Dann entschuldigen Sie mich jetzt bitte, Frau Grappa. Ich habe einen wichtigen Termin bei der Bank.«

»Haben Sie Lilo umgebracht? Und was ist mit Wunsch und Schott?«

Wachlin antwortete nicht, steckte Kamera und Papier in sein Jackett, platzierte die Tasche auf den Stuhl neben mir und legte einen Zehn-Franken-Schein auf den Tisch.

»Bezahlen Sie davon bitte mein Wasser? Das Wechselgeld dürfen Sie behalten.«

»Was ist mit meinen Armen, Sie verdammter Kerl!«, rief ich ihm hinterher.

»Das wird schon wieder«, lachte er höhnisch.

Frauenblicke folgten Wachlin, als er sich federnden Schrittes entfernte.

Ein leichter Schmerz und ein starkes Kribbeln machten sich in meinen Armen bemerkbar, das Blut begann wieder zu zirkulieren und zehn Minuten später konnte ich alle Gliedmaßen normal benutzen.

Ich bezahlte die Rechnung und ließ mich schnurstracks zum Flughafen bringen. Dort kaufte ich in einem Elektronikladen eine Zwillingsschwester meiner Digitalkamera, begab mich in die Sicherheitszone und verkroch mich bis zum Abflug in einem Bistro.

Der Dilettant vom BKA

Jansen holte mich am Flughafen ab. »Ich bin froh, dass du wieder da bist, Grappa«, atmete er auf.

»Fast wäre es doch noch schiefgegangen«, erzählte ich.

»Was ist denn passiert?«, schreckte er auf.

»Ich erzähl dir gleich alles. Fahren wir zur Kripo?«

»Ja. Brinkhoff wartet im Präsidium auf uns.«

»Dann los!«

Jansen hatte seinen Wagen direkt vor dem Terminal im absoluten Halteverbot geparkt. Ein Polizist betrachtete die Karre eingehend.

»Wir sind schon wieder weg«, sagte ich.

»Der Abschleppwagen ist gleich da«, meinte der Ordnungshüter.

»Dann bestellen Sie ihn bitte wieder ab«, sagte Jansen. »Und entschuldigen Sie. Kommt nie wieder vor.«

»Da wird aber eine Anfahrtsgebühr fällig«, kündigte der Polizist an.

»Ja, ja, ich weiß. Schicken Sie mir die Rechnung.«

»Dann gute Fahrt.«

»Ach, Grappa«, seufzte mein Chef. »Es tut verdammt gut, einfach so sagen zu können: Schicken Sie mir die Rechnung. Ich gewöhne mich nur langsam dran, aber es geht immer besser. Manchmal wache ich morgens auf und glaube, dass ich alles nur träume.«

»Denk dran, dass ein Mörder frei herumläuft«, mahnte ich. »Erst wenn wir den haben, kannst du dich wirklich entspannen.«

Wir erreichten das Präsidium und Jansen lenkte seinen Wagen auf den Besucherparkplatz.

Als wir Brinkhoffs Büro betraten, telefonierte er noch. Er deutete auf die Besucherstühle.

»Dann hätten Sie von Anfang an mit offenen Karten spielen müssen«, sagte der Hauptkommissar ärgerlich zu seinem Gesprächspartner am anderen Ende der Leitung. »So viel Dilettantismus hätte ich von Ihrer Dienststelle nicht erwartet.«

Ich spitzte die Ohren. Das klang nach Streit.

»Ich werde das tun, was ich für richtig halte«, polterte Brinkhoff und knallte den Hörer auf die Gabel.

»Ist was?«, fragte ich.

»Allerdings.« Er sah mich an und schüttelte den Kopf. Dann prustete er los.

Jansen und ich wechselten fragende Blicke.

»Das war eine reife Leistung, Frau Grappa«, lachte Brinkhoff. »Sie haben den Klugscheißer vom BKA ausgetrickst. Der sitzt jetzt in Zürich im Knast.«

»Was hast du getan, Grappa?« Jansen war bleich geworden.

»Er redet von Wachlin! Der Typ ist einer von den Guten?«,

fragte ich. »Ich dachte, der sei ein Killer der Organhandelmafia.«

»Kann mir mal jemand sagen, um was es hier eigentlich geht?«, fragte Jansen.

»Salmon Wachlin hat mir in Zürich aufgelauert«, erklärte ich. »Und hat den Code für Konto und Schließfach erpressen wollen. Den hatte ich aber bei meinem Besuch in der Bank spontan geändert. Und dann hat er mir meine Kamera weggenommen, mit der ich die Papiere im Fach der Swissfirst Bank abfotografiert hatte. Und meine Arme einschlafen lassen.«

»Du lieber Himmel!«, stöhnte Jansen. »Wenn man dir schon mal Ausgang gewährt.«

»Frau Grappa hat ihn mit einem falschen Code in die Bank geschickt«, berichtete Brinkhoff. »Und die Banker haben die Polizei geholt.«

»Und warum ermittelt das BKA denn nicht offiziell?«, fragte Jansen. »Dann bräuchten sie keine Agenten und könnten in die Bank hineinmarschieren.«

»Die Schweizer Behörden sind sehr zickig, was das Bankgeheimnis anbetrifft«, sagte der Hauptkommissar. »Schade, dass Wachlin die Kamera hat. Was steht in den Papieren?«

»Ich hab mir auf dem Flughafen eine neue Digi gekauft. Moment!«

Ich befreite den Apparat aus der Verpackung und steckte die Batterien hinein.

»Und jetzt«, sagte ich, »wundert euch nicht. Ich muss mir mal eben in den Ausschnitt greifen.« Ich tat es und zog die Chipkarte hervor.

»Wachlin hat nur die leere Hülle meiner Kamera erbeutet«, erklärte ich den erstaunten Männern. »Den Chip habe ich die ganze Zeit am Leib getragen. Und der Schlüssel zum Schließfach wird morgen oder übermorgen bei dir vorbeigebracht, Peter – vom Postboten.«

»Hast du etwa geahnt, dass jemand auftauchen würde, der es auf dich abgesehen hat?«

»Du hattest mich doch gewarnt«, antwortete ich. »Den Chip hatte ich schon in der Bank rausgenommen. Und kurze Zeit später fuhr Wachlin mit einem Bötchen über den Zürichsee – direkt an mir vorbei. Also habe ich Vorsorge getroffen.«

Ich steckte die Karte in die Kamera, bat Jansen um den Laptop und stellte die Verbindung her.

Das Bildbearbeitungsprogramm öffnete Bild um Bild und mithilfe der Vergrößerungsfunktion waren die Akten gut zu lesen. Lilo von Berghofen war an den Schriftwechsel herangekommen, den die Schott-Firma mit osteuropäischen Krankenhäusern und einer Klinik in Deutschland geführt hatte. Die Briefe waren in englischer Sprache abgefasst, bestimmte Fachausdrücke kannten wir nicht, aber unsere Fremdsprachenkenntnisse reichten aus, uns das Entsetzen in die Seelen zu treiben.

Das Transplantationszentrum, das Abnehmer der Organe war, befand sich etwa zwanzig Kilometer von Bierstadt entfernt auf dem Land. Dort gab es eine lange Liste von Menschen, die dringend auf Organe warteten.

Schott hatte Kontakte nach Moldawien, das kleine Land war sein Hauptlieferant für menschliche Ersatzteile.

»Die Spezialität dieses Landes ist eigentlich Mädchenhandel«, erklärte Brinkhoff. »Die Leute sind so arm, dass sie ihre Töchter als Prostituierte in den Westen verkaufen.«

»Wer seine Frauen und Töchter verkauft, der hat bei Organen auch keine Skrupel«, nickte ich. »Hier haben wir es ja schwarz auf weiß: Fünfzehnhundert Euro zahlt die Klinik für eine Niere. Und der Empfänger muss fünfzigtausend für eine Transplantation hinlegen. Tolle Gewinnspanne.«

»Der moldawische Spender kriegt durchschnittlich dreißig Euro«, sagte Jansen.

»Eigentlich müssen die Kliniken Nachweise darüber führen, woher die Spenderorgane stammen«, sagte der Hauptkommissar nachdenklich. »Ich bin gespannt, was in den Papieren des Transplantationszentrums steht.«

»Schaut euch das mal an.« Ich holte einen Zeitungsartikel auf den Schirm, der in der Akte gelegen hatte. Laut las ich vor:

Nach dem Zusammenbruch der öffentlichen Gesundheitsdienste in Moldawien müssen die Menschen auf eine gesundheitliche Basisversorgung verzichten. In vielen Regionen des Landes nehmen deshalb Hepatitis- und Tuberkulosefälle zu. Immer mehr moldawische Frauen werden von Menschenhändlern für rund 150 US-Dollar »gekauft« und dann an westliche Bordelle für 5.000 US-Dollar »verkauft«. Junge moldawische Frauen werden als Leihmütter angeboten, ihre Kinder entweder an kinderlose Paare aus dem Westen vermittelt oder als Organspender genutzt.

»Woher hatte Lilo bloß diese Dokumente?«, wunderte sich Jansen.

»Von Sabine Wunsch«, überlegte ich. »Sie hatte Zugang zu Schotts Firma. Denkt doch mal an die Séance. Sabine Wunsch will mit ihrem toten Kind sprechen und wendet sich an Lilo. Sie dreht durch und schreit, dass ihr Kind kein Herz mehr habe, keine Augen. Sie bringt den Tod ihrer Tochter in Verbindung zu Schotts Geschäften mit den Organen aus Moldawien.«

»Und irgendwann vergiftet sie Schott«, fuhr der Hauptkommissar fort. »Und wirft ihn von der Brücke.«

»Nein.« Ich schüttelte den Kopf. »Dann hätte sie ja auch Lilo auf dem Gewissen – dasselbe Gift. Und wer hat ihren Bruder erstochen? Doch nicht Sabine!«

»Welche These haben Sie denn, Frau Grappa? Was Sie

noch nicht wissen können: Die Wunsch ist in der Nähe der Brücke gesehen worden. Ein Zeuge hat sich gemeldet, der sie an der Autobahn aufgelesen und mit zurück nach Bierstadt genommen hat. Am Tag, bevor der tote Schott in den Abgrund geworfen wurde.«

»Sabine Wunsch ist eindeutig identifiziert worden?«

»Ja. Der Zeuge war sich sicher. Lange blonde Haare merken sich Männer eben immer.«

»Genau. Deshalb hat Sabine Wunsch auch kein Kopftuch getragen – damit sie einfacher identifiziert werden kann.«

»Sie ist psychisch gestört«, meinte Brinkhoff. »Und in einem solchen Zustand agiert niemand nach logischen Gesichtspunkten.«

»Zurück zu einem anderen Thema, Herr Brinkhoff«, sagte Peter Jansen. »Wie ist das Bundeskriminalamt dazu gekommen, jemanden wie Wachlin als verdeckten Ermittler loszuschicken?«

»Wachlin ist ein ehemaliger Kollege. Das BKA hat ihn angeheuert, weil er Kontakt zu von Berghofen hatte und in Hexenkreisen verkehrte. Erst haben sie ihm einen Schnellkurs in Kriminalistik verpasst, dann wurde er als Honorarkraft angestellt.«

»Da hat er aber nicht gut aufgepasst. Sonst hätte Grappa ihn nicht so einfach austricksen können«, grinste Jansen.

»Ich bin davon überzeigt, dass er sich das Geld auf dem Schweizer Nummernkonto selbst unter den Nagel reißen wollte«, stellte ich fest.

»Das wird das BKA jetzt alles prüfen«, erklärte Brinkhoff. »Sagten Sie nicht, dass das Konto in der Schweiz leer ist?«

»Zwei Euro waren noch drauf, der Rest ist weg«, bestätigte ich. »Geklaut von einer Blondine. Am Tag nach Lilos Tod.«

In der Nacht wälzte ich mich im Bett und entwickelte ständig neue Thesen, aber jede hatte ihre Schwäche und alles passte in letzter Konsequenz doch nicht zusammen. Der Organhandel einerseits, das viele Geld auf Lilos Schweizer Konto andererseits, der vergiftete Schott und der erstochene Wunsch – was konnte das alles gleichzeitig bedeuten?

Wayne Pöppelbaum unterbrach meine nächtlichen Grübeleien, indem er mir mitteilte, dass Bundeskriminalamt und Kripo gerade dabei waren, eine umfangreiche Hausdurchsuchung im Transplantationszentrum durchzuführen.

Ich wollte sofort los, doch der Bluthund bremste: »Bleib ruhig im Bett! Die haben inzwischen alles abgesperrt. Hier kommt kein Journalist mehr durch. Ich mach das schon.«

Hexenlust und Bombenlaune

Jansen hatte mir hundert Zeilen auf der ersten Lokalseite zugeteilt und fünfzig Zeilen im Mantelteil. Nach der morgendlichen Redaktionskonferenz besprachen wir die Einzelheiten, dann ging ich in mein Zimmer zurück.

Bevor ich einen vernünftigen Gedanken fassen konnte, klopfte es.

»Du machst dich aber rar«, sagte Simon Harras.

»Ich hatte zu tun«, gab ich zur Antwort. »Hast du mich vermisst?«

»Ein bisschen«, behauptete er. »Deine Sprüche haben mir gefehlt und es war hier wie im Paradies, alle hatten gute Laune, sogar die drei Mädels.«

Mit den Mädels meinte er natürlich die Sekretärinnen. Ich grinste schief. »Du hast eine so schöne Art, mir immer wieder vor Augen zu führen, wie beliebt ich überall bin. Kann ich jetzt in Ruhe arbeiten?«

»Ich geh ja schon«, meinte Harras beleidigt. »Du bist eine echte Spaßbremse geworden, seitdem du dich um diesen Hexenkram kümmerst. Zauber dir doch mal eine Bombenlaune.«

»Du mich auch.«

Er knallte die Tür hinter sich zu. Prompt tat es mir leid, ihn so roh behandelt zu haben, aber wieso störte er mich auch?

Pöppelbaums Fotos von den Geschehnissen der Nacht lagen auf meinem Schreibtisch: Sie zeigten Polizeibeamte, die Akten aus einem Haus brachten und sie in einen Transporter verluden, beobachtet von einigen Angestellten der Klinik.

Pöppelbaum hatte auch die Klinik in einer Totalen abgelichtet – ich sah einen modernen, lichtdurchfluteten Terrassenbau. Auf einem anderen Foto konnte ich das Logo der Transplantationsklinik erkennen und Schilder der Sponsoren lesen: Es handelte sich um weltberühmte Pharmakonzerne.

Die Homepage der Klinik sang ein Loblied auf die ärztlichen Leistungen und die perfekte Patientenbetreuung. Der Leiter des Transplantationszentrums schien ein absoluter Kracher in seinem Fach zu sein. Doch meine weitere Recherche ergab, dass dieses Bild erhebliche Schönheitsfehler hatte. Die Methoden des Operateurs waren von verschiedenen Medien kritisiert worden. Das meiste Aufsehen hatte der Tod eines jungen Mannes erregt. Der Professor hatte bei einer Notoperation mit einer Schere eine lebenswichtige Ader durchtrennt, sodass der leberkranke Patient verblutet war. Die Staatsanwaltschaft hatte ermittelt, doch zweimal war das Verfahren mangels Beweisen eingestellt worden.

In zwei weiteren Verfahren waren die schlechten hygienischen Bedingungen in der Klinik angeprangert worden. So war eine 35-jährige Mutter von drei kleinen Kindern auf der Intensivstation gestorben, zwei Tage später ein Architekt. In beiden Fällen, so die Strafanzeige, soll der Tod infolge einer Pilzinfektion auf der Intensivstation eingetreten sein.

Ich rief Brinkhoff an.

»Gibt es schon irgendwelche Ergebnisse der Durchsuchung?«, fragte ich.

»Liebe Frau Grappa«, begann er. »Was glauben Sie, wie hoch die Aktenberge sind, die wir mitgenommen haben?«

»Schon gut«, meinte ich. »Ich fasse mich in Geduld. Aber fragen musste ich ja wohl – um Sie zitieren zu können.«

Ich begann zu tippen:

ILLEGALER ORGANHANDEL? –
SPUREN FÜHREN IN DIE SCHWEIZ –
POLIZEIAKTION IM TRANSPLANTATIONSZENTRUM

Von Maria Grappa.

Das Wetter ist gut in Zürich an diesem Tag im Mai. Rabe Hugin ist mir aus Bierstadt in die Schweiz gefolgt und hockt auf einem Nadelbaum. Leichter Wind fährt durch die Kronen der Bäume in der Bellariastrasse. Mein Ziel ist die Swissfirst Bank, gelegen in einem noblen Stadtteil. Niemand sieht der alten Villa an, dass hier Millionen verwaltet, gehortet und vermehrt werden. Auch die ermordete Schriftstellerin Lilo von Berghofen besaß in diesem Geldinstitut ein Konto und ein Schließfach.

Ausgestattet mit einem Nummerncode und einem Safeschlüssel versuche ich, das Geheimnis der Autorin zu lüften. Vielleicht finde ich hier auch das Motiv ihres Mörders –

Ich hielt inne. Nein, ich würde nicht verraten, dass ich mit Lilos Ausweispapier ausgestattet gewesen war. Das ging niemanden etwas an. Auch über den dilettantischen BKA-Agenten würde ich mich in Schweigen hüllen.

Der Nummerncode ist korrekt und der Bankangestellte gewährt mir Einblick in Konto und Schließfach. Das Konto ist leer und in der Safe enthält Dynamit: Ich finde Beweise für ein Verbrechen großen Ausmaßes. Lesen Sie weiter auf der dritten Lokalseite.

Auf der Drei kam ich dann richtig zur Sache: Ich schrieb über den Organhandel mit Moldawien, zitierte aus dem Briefwechsel zwischen Schott und den Kliniken und erwähnte die nächtliche Aktion von Polizei und Staatsanwaltschaft im renommierten Transplantationskrankenhaus.

»Großes Kino«, sagte Jansen, nachdem er meinen Artikel gelesen hatte. »Du vermittelst den Menschen das Gefühl, dass ohne deine Aktivitäten die Welt nur halb so spannend sei. Nur die Nummer mit diesem Raben begreife ich nicht.«

»Die begreif ich auch nicht«, räumte ich ein. »Aber der Flattermann scheint mein guter Geist und Mentor zu sein.«

»Vielleicht könnten dich unsere Leser für durchgeknallt halten, wenn du den Vogel erwähnst«, gab er zu bedenken. »Auch, weil du seinen Namen kennst.«

»Stimmt«, murmelte ich. »Dann lass ich den Namen weg.«

»Lass den Raben ganz weg. Sonst glauben alle, du hast einen Vogel. Wie hat es Hugin denn über die Alpen geschafft?«

»Zauberei.«

»Aha. Typischer Fall von Unterzuckerung. Soll ich dir ein Mandelhörnchen holen lassen?«

Am Nachmittag erhielt ich die Nachricht, dass Sabine Wunsch aus der Untersuchungshaft entlassen worden war. Ich triumphierte, auch wenn ich den Grund für ihre plötzliche Freiheit nicht kannte.

Ich fragte Brinkhoff.

»Es besteht kein dringender Tatverdacht mehr«, gab der Hauptkommissar lapidar zur Auskunft.

»Und warum nicht?«

»Ich habe Ihnen doch von dem Zeugen erzählt, der sich gemeldet hatte. Der die Beschuldigte angeblich im Auto mit zurück nach Bierstadt genommen hat …«

»Ja, und was ist mit dem?«

»Wir haben eine Gegenüberstellung durchgeführt«, antwortete Brinkhoff. »Und der Zeuge hat Sabine Wunsch nicht wiedererkannt. Danach war es für ihren Anwalt ein Leichtes, die Aufhebung des Haftbefehls zu erwirken.«

»Wie heißt der Zeuge? Ich will mit ihm reden.«

»Sie wissen, dass ich das nicht verraten darf.«

»Ich weiß aber auch, dass Sie eine Ausnahme machen«, sagte ich. »Weil ich die Unterlagen im Züricher Schließfach entdeckt habe.«

»Was wollen Sie denn von dem Mann?«

»Nur mit ihm sprechen. Er soll mir die Frau, die er mitgenommen haben will, noch mal beschreiben.«

»Sie müssen uns Polizisten für ziemlich blöde halten.«

»Für blöde nicht, nur für fantasielos.«

»Herzlichen Dank. Der Mann hat einen kleinen Weinladen an der Düsseldorfer Straße.«

»Den Laden kenne ich. Überhöhte Preise und probieren darf man da auch nichts. Der Kerl muss was zu verbergen haben!«

Trockener Wein und lebhaftes Gespräch

Bierstadt hatte an einem keinen Mangel: an Baustellen. Der Weg zum Weinladen war ein endloser Slalom und die Fahrt dauerte. Im Radio liefen gerade die Lokalnachrichten. Ein

Bericht beschäftigte sich mit der Durchsuchung des Transplantationszentrums. Auch dass es um illegalen Import von Organen gehen könnte, hatten die Radiokollegen mitbekommen. Ein Hinweis auf eine mögliche Verbindung zum Mord an Lilo von Berghofen fehlte dagegen.

Das *Bierstädter Tageblatt* hatte also die Nase vorn und ich war stolz auf mich.

Der Weinladen verfügte über eine Glasfront und ich konnte schon von Weitem hineinsehen. Kaum Kundschaft – trotz der angepriesenen Sonderangebote im Fenster. Ich näherte mich dem Eingang und beschloss, erst mal die Kundin zu mimen.

Eine Glocke bimmelte und ich trat ein. Zwei Köpfe wandten sich mir zu und ich wusste, dass ich meinen Plan vergessen konnte: Sabine Wunsch und ein Mann standen vor einem Weinständer.

»Hallo«, sagte ich. »So ein Zufall, dass ich Sie hier treffe.«

»Guten Tag«, stammelte die Blondine, die mindestens genauso perplex war wie ich.

Sabine Wunsch hatte eine gesunde Gesichtsfarbe und nicht mehr den gewohnten verschleierten Blick. Ihr Aussehen erinnerte mich eher an Sommerfrische als an U-Haft.

»Haben Sie alles gut überstanden?«, fragte ich überflüssigerweise.

»Es geht. Ich fange langsam an, mich zu erholen.«

»Ich verstehe.« Ich deutete auf die vielen Flaschen. »Und bei was könnte man sich besser erholen, als bei einem guten Tropfen.«

»Ja. Der Herr war gerade dabei, mir etwas zu empfehlen.«

»Dann will ich nicht stören, Herr Knapp«, meinte ich.

»Vorher kennen Sie meinen Namen?«, fragte der Weinhändler irritiert.

»Steht draußen an der Tür«, lächelte ich. »Kurt Knapp.«

»Wissen Sie schon, was Sie wollen?« Und zu Sabine Wunsch meinte der Ladenbesitzer: »Einen Augenblick bitte.«

Ich packte zwei Flaschen Grünen Veltliner ein – daran konnte man wenig verderben. Sabine Wunsch hielt sich derweil an einem Glas Sekt fest, das der Weinmann ihr kredenzt hatte. Sie war wohl eine besondere Kundin, sonst gab's hier nie was umsonst.

Irgendetwas ist hier oberfaul, dachte ich und bezahlte.

»Man sieht sich«, rief ich Sabine Wunsch zu.

Sie lächelte und blickte wieder wie ein Schlafzimmer: abgedunkelt und zwielichtig. Na warte, dachte ich grimmig, die Leidensnummer nehme ich dir nicht mehr länger ab .

Ich verließ den Laden und spürte vier Augen in meinem Rücken. Ob Knapp an einen Zufall glaubte? Doch er wusste ja gar nicht, wer ich war. Na ja, das würde sich schnell ändern.

Tatsächlich. Als ich langsam an dem Lädchen vorbeifuhr, waren die beiden in ein lebhaftes Gespräch vertieft.

Plötzlich erkannte ich in einer Parkbucht Sabine Wunschs Wagen. Sollte ich warten und ihr dann folgen, um herauszubekommen, was sie heute Abend noch so trieb? Nein, das hatte keinen Sinn. Sie war zwar blond, aber nicht dämlich und sie wusste, wie ich aussah.

Die hat den Zeugen voll eingewickelt, dachte ich. Ein paar Tausender und Knapp erkennt sie bei einer Gegenüberstellung nicht wieder.

Ich drückte die Nummer vom Bluthund. »Wo bist du?«

»Im Büro«, antwortete Wayne Pöppelbaum. »Und – um vorzubeugen: Heute Abend gehe ich mit meiner Süßen aus.«

»Das musst du verschieben«, forderte ich. »Ich brauche dich dringend. Observation.«

»Das kann ich nicht machen. Ich hab wochenlang gebaggert.«

»Wer ist denn die Glückliche?«

»Eine von euren Mädels vom *Tageblatt*«, enthüllte er.

»Sara, Susi oder Stella?«

»Der Kavalier genießt und schweigt.«

»Pass mal auf, du Weiberheld! Die Mädels warten auch noch morgen Abend auf dich. Ich aber nur heute. Du hast die Wahl!«

»Was isses denn?« Sein Interesse hielt sich noch immer in Grenzen.

»Sabine Wunsch. Ich muss wissen, was sie macht, mit wem sie sich trifft, und meinetwegen auch, mit wem sie ins Bett geht ...«

»Na, hoffentlich mit mir«, seufzte er.

»Heißt das, dass du es machst?«

»Okidok. Aber dann hab ich einen gut bei dir, Grappa.«

»Aber ja doch, Süßer. Und jetzt komm und hefte dich an ihre Fersen. 007, übernehmen Sie!«

»Ich fliege zu dir, Chefin.«

Männer waren ja so wunderbar einfach gestrickt. Stimulierte ich ihr Geheimagenten-Gen und spielte die Hilflose, taten sie, was ich wollte. Hatte ich eine große Fresse, wurden sie zickig.

Der Bluthund brauchte nur fünf Minuten. Ich zeigte ihm Wunschs Auto und er versprach, sie nicht aus den Augen zu lassen und ihr durch dick und dünn zu folgen. Wir verabredeten uns für acht Uhr morgen früh im Bistro der Bäckerei Schmitz.

Der Hasewinkel ist nix

Als ich am anderen Morgen in den Spiegel sah, blickte mich eine müde Frau an. Ich war urlaubsreif und nahm mir vor, einen ruhigen Urlaub zu machen – fernab jeder Zivilisation.

Kühlschrank, Supermarkt mit großer Wein- und Käseabteilung und Internetanschluss – mehr brauchte ich nicht. Vielleicht in den Schweizer Bergen oder in der Garrigue Südfrankreichs.

Ich verscheuchte die schönen Visionen und duschte lange. Danach fühlte ich mich wohler, die Wärme des Wassers hatte meine Muskeln entspannt. Ein bisschen mehr Make-up als gewöhnlich und fertig war ich.

Pünktlich trudelte ich im Bistro. Der Bluthund war noch nicht da und ich musste den üblichen gepflegten Talk mit der Bäckerin beginnen.

»Tach, wie isses?«

»Muss. Und selbst?«

»Muss.«

Na, bitte. Sie lächelte mich an – die Wangen rot von der Hitze der gerade gebackenen Brötchen.

»Was macht der Rudi?«, fragte ich.

»Der kommt nicht mehr«, gluckste Anneliese Schmitz. »Dafür fragt der Hasewinkel immer noch nach Ihnen. Aber ich sach nix.«

»Es gibt ja auch nichts über mich zu berichten, oder?«, testete ich.

»Selbst wenn. Der Hasewinkel ist nix für Sie.«

»Dann sind wir uns ja mal wieder einig«, freute ich mich. »Das nächste Mal erzählen Sie ihm, ich sei lesbisch und meine Freundin sei Versicherungsfachfrau.«

»Mach ich. Frühstück?«

»Ja, das volle Programm. Und für zwei. Gleich kommt noch jemand.«

»Die Freundin?«

»Nee, der Bluthund.«

»Wer?«

»Sie kennen ihn doch. Der lange Schlaks von der Séance.«

»Ach der«, nickte sie. »Suche einen Mann mit Pferdeschwanz, die Frisur ist mir egal.«

»Huch, Frau Schmitz!«, empörte ich mich. »So was bin ich von Ihnen gar nicht gewohnt.«

»Seitdem Rudi bei mir war, ist mir immer so scherzhaft zumute«, kicherte die Bäckersfrau.

Ich ließ mich im Bistro nieder, Frau Schmitz ging in den Laden zurück und bediente einige Kunden. Sie kauften vor dem Gang ins Büro Brötchen fürs Frühstück im trauten Heim. Es handelte sich meist um Ehemänner, die bei der Gelegenheit auch den Hund Gassi führen mussten. Die Köter legten den ersten Haufen in die Landschaft, während die Gattinnen zu Hause die Sechs-Minuten-Eier bewachten.

Pöppelbaum war jetzt schon zehn Minuten überfällig. Wahrscheinlich schlief er noch. Ich drückte seine Nummer, ließ es lange klingeln – nichts, noch nicht einmal die Mailbox reagierte.

Die Bäckerin brachte die belegten Brötchen und die erste Portion Milchkaffee.

»Wo bleibt er denn, Ihr Bekannter?«

»Wenn ich das mal wüsste.«

Obwohl mich eine ungute Ahnung erfasst hatte, frühstückte ich mit großem Appetit, rief zwischendurch immer wieder beim Bluthund an – er blieb stumm.

»Ich komm langsam in das Alter, in dem die Männer einen versetzen«, erklärte ich der Bäckerin und zahlte.

Sie sah an mir vorbei durchs Fenster. »Gucken Sie mal da!« Anneliese Schmitz deutete mit dem Finger auf ein abgestelltes Fahrrad.

Auf dem Lenker hatte sich Hugin, der Rabe, niedergelassen und guckte uns unverwandt an.

»Das ist nur Hugin«, erklärte ich. »Mein Hausrabe.«

»Verstehe.« Sie musterte mich und ich erkannte an ihrem Blick, was sie dachte.

Ich hetzte in die Redaktion und schaute nach, ob Pöppelbaum vielleicht dort eine Nachricht hinterlassen hatte. Hatte er nicht und meine Sorge wuchs.

Jansen war noch nicht im Haus und ich rief Brinkhoff an, erzählte ihm von dem Treff der ehemals verdächtigen Sabine Wunsch mit dem umgefallenen Zeugen.

»Und dann hab ich den Bluthund hinterhergeschickt«, gestand ich. »Und nun ist er verschwunden.«

»Das kann doch harmlose Gründe haben«, beschwichtigte mich der Hauptkommissar. »Vielleicht ist ihm was Wichtiges dazwischengekommen. Aber ich werde mir diesen Weinhändler noch mal vornehmen.«

Ich ging in das Großraumbüro. Die drei Sekretärinnen saßen fröhlich schwatzend beieinander – die klingelnden Telefone souverän ignorierend.

»Könnten die Damen mal so nett sein und ans Telefon gehen?«, blaffte ich.

Stella warf das Zauberwort »Kaffeepause« in den Raum, Sara den Begriff »Zeitung lesen«, triumphierend die Blöd-Zeitung hochhaltend, und Susi schaute betont desinteressiert auf das tätowierte Fußkettchen rund um ihre rechte Fessel.

Es hatte keinen Sinn, sich ausgerechnet jetzt mit dem Damentrio anzulegen – ich musste Pöppelbaum finden.

Fußkettchen in Aktion

Bis mittags gab es nichts Neues über den Aufenthaltsort des Bluthundes. Jansen schlug vor, zum Haus Sabine Wunschs zu fahren, informierte aber zuvor Brinkhoff. Der hatte inzwischen einige Krankenhäuser angerufen und erfahren, dass in der Nacht ein Mann mit schweren Kopfverletzungen in die Städtischen Kliniken gebracht worden war.

Wir verabredeten uns an der Pforte des Krankenhauses. In Begleitung von Brinkhoff würde es kein Problem sein, zu dem Verletzten vorgelassen zu werden.

Pöppelbaum lag auf der Intensivstation und sah erbärmlich aus. Sie hatten ihm den Kopf kahl geschoren. Blass und spitznäsig war der Bond für Arme in die Kissen gebettet worden. Er erinnerte mich mehr an einen Jungen als an einen Mann.

»Kommt er durch?«

»Das können wir noch nicht sagen«, antwortete der Arzt. »Er ist ins künstliche Koma versetzt worden. Schädelfraktur.«

»Ein Autounfall?«

»Nein, danach sieht es nicht aus«, meinte der Mediziner. »Er muss einen heftigen Schlag auf den Kopf bekommen haben.«

»Der arme Kerl«, sagte ich leise – von Gewissensbissen geplagt.

»Hat er einen Organspenderausweis?«, fragte der Mediziner. »Nur für den Fall der Fälle ...«

»Hat er nicht«, antwortete ich schärfer, als ich wollte. »Seine Innereien bleiben drin, verstanden? Auch wenn er stirbt.«

»Ist ja gut«, wehrte der Arzt ab. »Ich dachte nur, dass ...«

»Besorgen Sie sich Ihre Nierchen doch in Moldawien«, unterbrach ich den verstörten Mann. »Dort werden Sie schon irgendeinen armen Hund finden, der Geld braucht.«

»Grappa, er kann doch nichts dafür«, redete Jansen auf mich ein. »Mach doch nicht so einen Tanz.«

»Wo sind seine Sachen?«, fragte Brinkhoff.

»Im Spind«, beeilte sich der verschüchterte Arzt zu versichern.

»Hiermit beschlagnahme ich alles«, stellte Brinkhoff fest, ging zum Schrank und entnahm ihm Jacke, Tasche und eine Kamera.

»Wer hat ihn gefunden?«, fragte der Hauptkommissar.

»Ich weiß es nicht genau. Der Patient kam mit dem Notarztwagen. Wir haben gleich die Polizei verständigt.«

»Wir müssen die Kamera untersuchen«, sagte ich, als wir wieder draußen waren. »Vielleicht hat Wayne Fotos gemacht, die uns Aufschluss darüber geben, was passiert ist.«

»Die Computer beim *Tageblatt* sind doch bestimmt mit seinem Bildbearbeitungsprogramm kompatibel«, vermutete Brinkhoff. »Lassen Sie uns zum Verlag fahren.«

Zehn Minuten später saßen wir zu dritt vor einem Redaktionsrechner. Bild für Bild baute sich langsam auf, auf dem Chip befand sich noch eine Menge altes Zeugs, das mit dem gestrigen Abend nichts zu tun hatte.

»Guckt mal«, grinste ich.

Der Bluthund hatte sich auch als Erotikkünstler versucht und Aktfotos gemacht. Der Kopf der Dame war weggedreht, doch das tätowierte Fußkettchen war sehr gut zu erkennen, genauso wie der Bluthund, der seine Lippen darauf schmiegte.

»Mit Selbstauslöser aufgenommen. Und was fällt dir dazu ein, Peter?«, fragte ich.

»Das ist doch unsere ...«, stotterte Jansen verdattert.

»Der Kandidat hat hundert Punkte. Süß, wie Wayne versucht, das Kettchen mit den Zähnen aufzuknabbern. So stelle ich mir prickelnde Erotik vor – genau so. Du solltest Susi mal fragen, ob sie eine Nebentätigkeitsgenehmigung hat – als Aktmodel.«

»Grappa, halt die Klappe, ja?« Der gute Jansen war mal

wieder ganz Kavalier. »Wenn du ein Wort darüber in der Redaktion verlierst, kriegst du Ärger mit mir.«

»Aye, aye, Boss«, salutierte ich. »Ich schweige wie ein Grab.«

Er warf mir einen mehr als skeptischen Blick zu, ließ es dann aber gut sein. Bei der Ansicht weiterer Schnappschüsse des Paares hielt ich mich mit Kommentaren zurück. Doch ich dachte: Schade, eines der Fotos hätte ich gern gehabt – um es Susi auf den Tisch zu legen und sie dann zu bitten, mir Kaffee zu kochen, Mandelhörnchen zu besorgen und immer ans Telefon zu gehen, wenn es klingelte.

Endlich erschienen die zuletzt geschossenen Fotos auf dem Monitor.

»Da ist Sabine Wunsch«, sagte ich überflüssigerweise, denn sie war bestens zu erkennen. »Sie geht in ein Haus. Und da noch mal.«

»Kennst du das Haus, Grappa?«

»Nie gesehen. Hat Wayne keine Totale gemacht?«

»Nein«, sagte Jansen und vergrößerte das nächste Foto. »Aber eine Aufnahme von den Namensschildern am Haus. Sehr clever, dein Fußkettchenfetischist!«

Gebannt starrten wir auf die Namen, manche waren kaum zu lesen, doch der Hinweis, den wir uns erhofft hatten, versteckte sich nicht: *Born.* Emma Born.

Sabine Wunsch wurde zur Fahndung ausgeschrieben. Der Weinhändler hatte zugegeben, von ihr Geld erhalten zu haben, damit er sie bei der Gegenüberstellung nicht wiedererkannte.

Ich fragte mich, wie mich diese Frau so sehr zum Narren hatte halten können. Die Rolle der trauernden Mutter der kleinen Luna nahm ich ihr jedoch nach wie vor ab. Was war danach passiert?

»Und wer hat Arno Wunsch getötet, wenn Sabine tatsächlich die Giftmischerin ist?«, fragte ich die beiden Männer.

»Ich tippe auf Schott«, sagte Brinkhoff. »Er könnte von Wunsch erpresst worden sein. Immerhin hatte der gute Arno zu viel Geld im Haus.«

»Und was hat die Lektorin mit allem zu tun?«, fragte ich. »Warum war Sabine Wunsch bei ihr? Warum haben die beiden den armen Bluthund so zugerichtet?«

»Sie ziehen wieder mal voreilige Schlüsse, Frau Grappa«, tadelte mich Brinkhoff. »Es ist doch möglich, dass es eine einfache Erklärung dafür gibt. Pöppelbaum kann auch einem Raub zum Opfer gefallen sein.«

»Klar. Und die Räuber lassen die teure Kamera da. Das macht wirklich Sinn.«

»Es macht aber auch keinen Sinn, dass die beiden Frauen die Kamera zurückgelassen haben. Immerhin hat Pöppelbaum sie observiert und sie haben es bemerkt, falls sie ihn wirklich niedergeschlagen haben.«

»Aber sie wussten nicht, dass er fotografiert hat.«

»Alles nur Vermutungen.«

»Ich fahr jetzt nach Hause und lasse mir ein Schönheitsbad ein«, kündigte ich resigniert an.

Brinkhoff musterte mich. »Viel Erfolg«, meinte er dann.

Natürlich fuhr ich nicht nach Hause und ließ mir kein Bad ein. Mein Ziel war die Wohnung von Emma Born. Die Telefonauskunft, die ich vom Handy aus anrief, verriet mir ihre Adresse.

Nie wieder Nackenbeißer

Heute war ein normaler Donnerstag. Vermutlich sitzt sie im Verlag und arbeitet, dachte ich, vielleicht aber auch nicht. Es kam auf einen Versuch an.

Ich durchquerte die Stadt, blieb endlos lange vor einem beschrankten Bahnübergang stehen und erreichte eine schmale, ruhige Straße im Bierstädter Westen. Das Haus befand sich unmittelbar neben einem Park. Das Wetter war schön, Männlein und Weiblein gingen ihren Balzgeschäften nach und junge Mütter schoben ihre kleinen Lieblinge vor sich her.

Gebalzt hätte ich auch gern mal wieder, doch der einzige Mann, dessen Interesse ich in der letzten Zeit unglücklicherweise geweckt hatte, war Hasewinkel. Dann lieber Selbstmord oder Kloster.

Im Hochsommer werde ich auf die Jagd gehen, schwor ich mir, und mir ein Böckchen schießen.

Ich klingelte bei Emma Born. Nichts.

Wahrscheinlich hockt sie doch im Verlag und grübelt gerade über einer komplizierten Verwicklung in *Stürmische Herzen,* dachte ich. Rosalind oder eine ihrer geklonten Schwestern auf der Flucht vor dem geilen Wildhüter oder in den Armen des erhofften Grafen mit dem scharf geschnittenen Gesicht.

»Die Born sitzt drüben im Park«, holte mich eine kratzige Frauenstimme zurück aus Nackenbeißer-Land. Die Nachbarin hatte sich ein Kissen ins Fenster im ersten Stock gelegt und sonnte sich.

»Wenn sie schlau ist«, lächelte ich. »Und wo geht sie da immer hin?«

»In den Biergarten.«
»Danke. Schönen Tach noch«, sagte ich.
»Auch so.«

Ich schlenderte Richtung Biergarten. Lange Holztische, unbequeme Bänke und auf einer davon fand ich sie.

»Hallo, Frau Born.« Ich setzte mich ihr gegenüber.

»Hallo, Frau Grappa.«

»Arbeiten Sie heute nicht?«, fragte ich und wischte mit einem Bierdeckel die Flüssigkeitsringe vom Tisch.

»Nicht mehr. Ich habe gekündigt, bevor mir gekündigt wurde«, erklärte die Lektorin.

»Warum das?«

»Weil es keine Arbeit mehr für mich gibt.« Sie hob das Glas und nahm einen kräftigen Schluck. »Das letzte Manuskript ist im Druck und weitere folgen nicht, weil die Autorin tot ist.«

»Daran gibt es keinen Zweifel.«

»Der Verlag hat keine Verwendung mehr für mich«, berichtete sie weiter. »Und – eigentlich bin ich froh, dass mir künftig diese Texte erspart bleiben. Alles Lügen, Opium für die frustrierten Tussen, die ihre eigene Unfähigkeit, etwas zu fühlen, mit dieser Kitschwelt kompensieren. Das Leben ist nicht so, wie Lilo von Berghofen es beschrieben hat.«

»Sie meinen, es gibt kein Gut und Böse, kein Reich und Arm und kein Schwarz und Weiß?«

»Das gibt es natürlich«, räumte die Lektorin sein. »Aber es gibt auch sehr viele Zwischentöne.«

»Es existiert noch ein unveröffentlichtes Manuskript von der Berghofen. Es wurde in ihrem Nachlass gefunden.«

»Ja, Sie hatten schon davon erzählt. Aber ich habe kein Interesse mehr daran«, wehrte Emma Born ab. »Die Nackenbeißerära ist für mich vorbei. Nie wieder!«

»Das ist kein Nackenbeißer, sondern ein Thriller«, klärte ich sie auf. »Es geht um Organhandel in großem Stil.«

Emma Borns Interesse war geweckt. »So was soll Lilo geschrieben haben?«

»Hat sie. Na ja, ein bisschen Liebe kommt auch drin vor. Ein junger Arzt verliebt sich in …«

»… eine gesunde Niere«, kicherte Emma Born. »Und er tut alles, um sie für sich zu gewinnen. Flache Romantik! Sie konnte einfach nicht anders, die gute Lilo.«

»Vielleicht. Aber sie konnte auch recherchieren. Die Polizei freut sich jedenfalls sehr darüber.«

»Ich hab von der Durchsuchung in der Klinik gelesen. Hängt diese Aktion mit Lilos letztem Manuskript zusammen?«

»Ja. Denn Frau von Berghofens Nachlass enthielt nicht nur den Romantext, sondern auch Beweise für illegalen Organhandel in großem Stil.«

»Tatsächlich?«

»Was wollte Sabine Wunsch gestern Abend von Ihnen?«

»Sabine Wunsch?«

»Ja.«

»Keine Ahnung. Ich habe gestern keinen Besuch empfangen«, behauptete Emma Born. »Ich war nämlich nicht zu Hause. Also weiß ich auch nicht, was Frau Wunsch von mir hätte wollen können.«

»Sind Sie mit ihr befreundet?«

»Ich hab sie mal bei Lilo im Haus getroffen und auf der Beerdigung. Ich kenne sie, aber befreundet oder auch nur näher bekannt bin ich mit Frau Wunsch keineswegs.«

Ich begleitete Emma Born bis vor das Haus, in dem sie wohnte. Sie musste einige Biere intus haben, denn ihr Gang war nicht mehr sicher.

»Soll ich mit nach oben kommen?«, bot ich an.

»Nein, nicht nötig«, erwiderte sie schnell und etwas erschrocken und schaute unwillkürlich die Hauswand hoch.

Ich stutzte, sah ebenfalls zu den Fenstern hinauf. Die Sonne fiel durch die Scheibe auf eine sich abwendende Frau. Hellblondes Haar schimmerte.

»Auf Wiedersehen, Frau Grappa«, sagte Emma Born, öffnete die Haustür und verschwand.

Ich zückte mein Handy, um Brinkhoff anzurufen.

»Das sollten Sie lieber nicht tun«, sagte eine Stimme hinter mir. Salomon Wachlin war aus der Schweiz zurückgekehrt.

Nicht mehr bei den Guten

Er schlug mir das Telefon aus der Hand, es flog auf die Straße und rutschte ein paar Meter weiter in einen Grünstreifen.

»Was soll das?«, schrie ich. »Ich wollte nur die Polizei anrufen, was doch in Ihrem Sinn sein dürfte. Arbeiten Sie nicht als Undercoveragent für das BKA?«

»Da irren Sie sich gewaltig«, zischte der Zauberer und drückte mich gegen die Hauswand. In meiner Magengegend spürte ich etwas Hartes – den Lauf einer Waffe.

»Ich habe kein Problem damit, Sie abzuknallen«, kündigte Wachlin an. »Also keine Spielchen.«

»Sie sind aber nachtragend«, meinte ich. »Das alles nur wegen des kleinen Juxes in der Schweiz?«

»Halt die Klappe.« Sein Atem roch nicht besonders gut, ich drehte den Kopf weg.

Ich sah nach oben zum Haus. Die Frau, die im Fenster gelegen hatte, war jetzt verschwunden, das Fenster geschlossen.

»Sie arbeiten also nicht mehr für die Guten«, stellte ich fest.

»Das habe ich noch nie«, erklärte Wachlin. »Mit Ihrer penetranten Art haben Sie alles durcheinandergebracht. Dabei wäre gestern Nacht fast alles erledigt gewesen.«

»Dann haben Sie den Fotografen fast erschlagen?«

»Dieser dumme Hund!«, schimpfte Wachlin. »Der lauerte hier vor dem Haus herum. Sonst hätte ich den Damen schon gestern einen Besuch abgestattet.«

»Erst hatten Sie kein Glück und dann kam auch noch Pech dazu.«

»Das Lachen wird Ihnen schon noch vergehen, Sie dämliche Ziege«, stieß er hervor. »Und jetzt los.«

Eine alte Frau hatte das Haus verlassen und Wachlin schubste mich zur Tür. Bevor sie zufallen konnte, standen wir im Flur.

Hier kann er dich abknallen, ohne Zeugen befürchten zu müssen, dachte ich, also halt den Ball flach, Grappa.

Er drückte mir weiter die Knarre ins Kreuz und zwang mich die Treppe hinauf. Vor der Tür im zweiten Stock stoppte er mich. *Born* war in Schnörkelschrift auf der Tür zu lesen.

»Ich klingele jetzt und Sie lassen sich was einfallen«, flüsterte Wachlin.

»Und was?«

»Etwas Schlaues, damit die Tür geöffnet wird. Kapiert?«

»Und wenn's nicht klappt?«

»Dann erschieß ich Sie«, versprach er. »Und die beiden Weiber da drin auch. Ich habe nichts mehr zu verlieren. Also?«

Ich nickte.

Wachlin schellte.

Nach ein paar Momenten fragte Emma Born durch die Tür: »Ja, bitte?«

»Hier ist noch mal Grappa«, rief ich. »Ich hatte das letzte Manuskript von Berghofen in meinem Auto liegen und ich dachte, dass Sie es vielleicht doch mal lesen wollen.«

Stille. Dann Flüstern hinter der Tür.

»Ich sagte Ihnen doch, dass ich gekündigt habe.«

»Da stehen aber ein paar Dinge drin, die Sie vielleicht interessieren könnten.«

»Was sollte das sein?«

»Müssen wir uns wirklich durch die Tür anschreien?«, fragte ich.

»Ich wollte gerade in die Badewanne«, sagte die Lektorin. »Werfen Sie den Text doch bitte unten in den Briefkasten.«

»Hab ich schon versucht«, log ich. »Aber er passt nicht durch den Schlitz.«

»Dann legen Sie das Manuskript auf die Fußmatte«, sagte Emma Born. »Ich hol's mir dann später rein.«

»Nein, dann klaut es vielleicht jemand.« Wachlin drückte mir die Waffe immer kräftiger ins Kreuz. »Okay, ich nehme es wieder mit«, meinte ich. »Sie haben ja meine Telefonnummer und können mich anrufen, falls Sie es sich anders überlegen. Einen schönen Tag noch!«

Das half. Die Tür wurde einen Spalt geöffnet und eine Hand streckte sich mir entgegen.

Wachlin trat mit voller Wucht gegen die Tür, sie schlug gegen die Wand, ich fiel über einen dicken Teppich in den Flur und landete im Dunkel.

Zahn los

Mein Kopf schmerzte höllisch, ich war bewegungsunfähig und das Atmen fiel mir schwer. Nach ein paar Sekunden wusste ich zwei Dinge: Ich war nicht tot und ich lebte noch.

Nach weiteren Sekunden erinnerte ich mich wieder an die Zusammenhänge: Wachlin und ich in der Wohnung von Emma Born, in der sich auch Sabine Wunsch befand.

Ein paar Stunden mussten seit meinem Blackout vergangen sein, denn es dämmerte draußen. Ich saß auf dem Boden, meine Hände waren auf dem Rücken gefesselt und an ein Heizungsrohr gebunden worden.

»Hallo«, rief ich. »Ist hier jemand?«

Aus einer Ecke des Raumes kam ein Stöhnen. Das ist Frauenstöhnen, schoss es mir durch den Kopf.

»Wenn Sie Emma Born sind, dann stöhnen Sie zweimal«, schlug ich vor. »Wenn Sie Sabine Wunsch sind, nur einmal.«

Ein zweimaliges Stöhnen antwortete mir.

»Machen wir so weiter: Bei Nein stöhnen Sie einmal, bei Ja zweimal. Hat Wachlin Sie geknebelt?«

Zwei Stöhner.

»Ist er weg?«

Wieder zwei.

»Hat er Sabine Wunsch mitgenommen?«

Ein Stöhnen.

»Ist sie noch hier?«

Treffer: zwei.

»Gut. Ich bin gefesselt und mein Kopf tut weh. Aber ich versuche, mich zu befreien, Sie loszubinden und Hilfe zu holen. Haben Sie das verstanden?«

Zweimaliges Stöhnen.

Wie eine Geisteskranke scheuerte ich an meinen Fesseln. Mir wurde zwischendurch schummrig, beim Sturz hatte ich mich verletzt. Entsetzt befühlte ich mit meiner Zunge meinen Mund. Erst jetzt wurde mir bewusst, dass ein Schneidezahn fehlte.

Ich versuchte weiter, die Fesseln durch Reibung an dem Heizungsrohr mürbe zu bekommen. Nach vielen und langen Minuten konnte ich nicht mehr und hörte erschöpft auf.

Irgendwann werden sie uns finden, dachte ich, drei gefesselte Frauen, mumifiziert oder von Maden angefressen. Und ich würde mit Abstand die hässlichste der drei sein: mit einer riesigen Zahnlücke.

Ich dämmerte wieder weg. Mein Körper war völlig verdreht und ich hatte Muskelschmerzen. Das also ist dein Ende, dachte ich im nächsten lichten Moment und wartete darauf, dass mein Leben an mir vorbeizog, doch ich wartete vergebens.

Stattdessen sah ich Hugin, meinen Lieblingsraben, und das kleine Mädchen mit den weißen Mäuschen, die einstmals meine Mandelhörnchen gewesen waren. Auch Hasewinkel trat als Schatten aus der Unterwelt in mein wirres Hirn – und ich unterschrieb endlich die Police der sich dynamisch an mein Lebensmodell anpassenden Lebensversicherung. Der Versicherungsvertreter wirkte glücklich und warf mir galant einen Handkuss zu.

Ausklang

»Wenn du so weitermachst, Grappa, dann fehlt nur noch ein Kater auf deinem Buckel und du kannst als Hexe gehen.« Jansens Gesicht erschien über mir. »Du siehst so was von daneben aus mit der Lücke.«

»Zeig mal.«

Er reichte mir den Handspiegel, der auf dem Krankenhausnachttisch lag, und grinste mich an.

Eigentlich sah ich aus wie immer, fand ich, nur etwas bleicher und ziemlich geschafft.

»Lach mal«, forderte er mich auf.

»Oweia.«

Ich legte den Spiegel beiseite.

»Willkommen zurück, Grappa«, sagte er mild. »An was kannst du dich noch erinnern?«

»Dass ich eine Lebensversicherung unterschrieben habe«, grinste ich.

»Nee, mal ehrlich!«

»Wachlin hat mir vor Borns Haus aufgelauert und wir sind in die Wohnung gegangen. Sabine Wunsch war auch da. Ich bin gestolpert und mit dem Kopf gegen irgendwas gefallen, und als ich aufwachte, war Wachlin weg und wir drei waren gefesselt.«

»Dann erzähl ich dir jetzt mal das Ende.« Jansen setzte sich aufs Bettende. »Du warst auf dem Handy nicht erreichbar und ich dachte mir schon, dass du noch mit Emma Born sprechen wolltest. Ich kenne ja meine Grappa. Brinkhoff und ich fuhren zu ihrer Wohnung, doch niemand reagierte auf unser Klingeln. Wir konnten ja nicht ahnen, dass Wachlin euch drei gefesselt hatte. Damit gab es auch erst mal keinen Grund, die Wohnungstür aufzubrechen. Wir fragten in der Gegend herum und der Wirt vom Biergarten erzählte, dass er dich und die Born gesehen habe und dass ihr beiden zusammen weggegangen seid.«

»Noch immer kein Grund, sich Sorgen zu machen.«

»Stimmt. Aber dann kam uns ein kleines Mädchen entgegen«, erzählte Jansen weiter, »und hielt ein Handy in der Hand. Das Ding fing an zu klingeln und ich erkannte deinen Ton. Den Soundtrack von *Psycho.*«

»Du fandest ihn doch immer schrecklich«, stellte ich fest.

»Ja, so schrecklich, dass ich ihn jederzeit erkennen würde. Ich fragte das Kind nach dem Handy. Es sagte aber nichts, reichte mir nur das Telefon und deutete zu Borns Haus. Und da wurde mir angst und bange.«

»Wie sah die Kleine denn aus?«

»Dunkles Haar, bleiche Haut, eigentümlich gekleidet – wie die kleine Lilo.« Jansen lächelte.

Die Polizei hatte daraufhin das Haus gestürmt und uns

gefunden. Emma Born und mir ging es den Umständen entsprechend gut, Sabine Wunsch war ins Gefängniskrankenhaus gebracht worden, wo sie psychologisch betreut wurde.

»Und wer hat wen nun umgebracht?«

»Brinkhoff versucht noch, Ordnung in das Chaos zu bringen«, sagte Jansen. »Fest steht, dass Wachlin nur den armen Pöppelbaum auf dem Gewissen hat und mit dem Geldkoffer der beiden Frauen auf der Flucht ist.«

»Wie geht's dem Bluthund denn?«

»Besser. Er kommt durch. Falls er den Schock überlebt, wenn er seine neue Frisur sieht.«

Wir lachten.

»Und auf welche Täter verteilen sich die anderen Opfer?«

»Schott hat Arno Wunsch getötet, weil der ihn erpresst hat«, dröselte Jansen auf. »Emma Born wiederum hat Lilo von Berghofen und Schott mit Rizin vergiftet – das Pulver konnte im Verlag sichergestellt werden.«

»Warum hat sie Lilo denn vergiftet?«

»Sie wollte an die Unterlagen über den Organhandel heran und damit den Chef des Transplantationszentrums erpressen.«

»Und welche Rolle spielt Sabine Wunsch?«

»Sie hat nichts getan. Nur die fünf Millionen vom Nummernkonto in der Schweiz geklaut, weil Emma Born es ihr aufgetragen hatte.«

»Und wer war die Blondine, die Schotts Leiche auf der Brücke entsorgt hat?«

»Emma Born – mit blonder Perücke. Sie wollte die Wunsch auf diese Weise an sich binden und sich unentbehrlich machen.«

»Wunderbar. Dann muss ja nun nur noch Wachlin mit dem Geld gefasst werden. Wer kriegt die Kohle eigentlich, wenn sie gefunden wird?«

»Na, ich«, sagte Jansen. »Als Alleinerbe. Und ich werde alles in ein zweites Projekt stecken.«

»Noch ein Projekt?«

»Ich baue eine Schule und ein Krankenhaus in Moldawien. Lilo hätte es so gewollt. Und jetzt pack deine Sachen, Grappa-Baby. Es geht nach Hause.«

Jansen fuhr mich zunächst zum *Rabenhügel.* Hugin hockte auf dem Walnussbaum.

»Hallo, Bruder«, grüßte ich.

Jansen lächelte in sich hinein. »Jetzt hast du einen Vogel und das passende Haus zu deiner Zahnlücke«, meinte er. »Ich habe Lilos Möbel schon herausschaffen lassen und einem generationenübergreifenden Wohnprojekt der Diakonie gespendet. Die Kleider bekommt die Mitternachtsmission zur Ausstattung von ausstiegswilligen osteuropäischen Zwangsprostituierten. Und du kriegst den *Rabenhügel.*«

»Bist du dir wirklich sicher? Ich kann dir nicht viel für das Haus zahlen.«

»Über das Geschäftliche reden wir später.«

Jansen brachte mich nach der Hausbegehung in mein altes Zuhause zurück und ich machte es mir gemütlich. Ich war für zwei Wochen krankgeschrieben, die Platzwunde am Kopf hatte eine leichte Gehirnerschütterung zur Folge gehabt und ich sollte mich schonen.

Während der nächsten Tage schmiedete ich Pläne, richtete in Gedanken den *Rabenhügel* ein und legte ein Kräuterbeet im Garten an. Ich war voller Ideen, ein Zeichen, dass meine Kräfte langsam zurückkehrten.

Eine Woche nach meiner Entlassung aus der Klinik wurde Salomon Wachlin festgenommen. Die Schweizer Millionen führte er immer noch mit sich.

Jansen übernahm meinen Job beim *Bierstädter Tageblatt* und berichtete über den Ausgang der Mordfälle und deren Hintergründe. Und als das Transplantationszentrum vorübergehend geschlossen wurde, sprang sogar Simon Harras als Reporter ein. Früher hätte ich eifersüchtig über meine Geschichten gewacht, aber mir war klar geworden, dass es besser war, etwas kürzerzutreten. Einsicht oder Altersweisheit oder beides – ich wusste es nicht so genau.

Letzter Ausklang: Das Grauen über mir

Sie hatten meinen Kopf fixiert, starkes Licht blendete mich und mein Mund stand weit offen. Sprechen konnte ich nicht, denn Zellstoffpolster drückten meine Zunge an den Gaumen.

Er kam näher, beugte sich über mich. »So, dann wollen wir mal.«

Obwohl ich die Stimme kannte, verkrampfte sich mein Körper. Ich blinzelte in das grelle Licht und da sah ich es: Das Verhängnis schwebte direkt über mir.

Ich versuchte, den Kopf wegzudrehen, um dem Unheil zu entgehen.

»Aber, aber, Frau Grappa.« Sein Ton sollte beruhigend klingen, der Versuch schlug aber mehr als fehl.

Ich sah wieder hoch, da war es noch immer: klein und von gelbgrüner Farbe. Seine Konsistenz war trocken und es hing locker zwischen schwarzen Härchen.

»Entspannen Sie sich doch«, mahnte er. »Je mehr Sie sich fürchten, umso mehr tut es weh.«

Ich versuchte zu sprechen, deutete mit den Augen zu dem Ding, doch er verstand mich nicht. Auf meiner Stirn hatte sich Schweiß gebildet und im Magen grummelte es.

Das hat keinen Sinn, dachte ich und schloss die Augen. Die folgenden zehn Minuten ließ ich alles stillschweigend über mich ergehen, versuchte, an etwas Schönes zu denken, doch meine Gedanken verweilten weder bei arkadischen Landschaften noch bei italienischer Feinkost, sie drehten sich immer wieder um das Ding da oben.

»So, das war's schon«, gab er Entwarnung. Das Licht erlosch, die Polster wurden aus dem Mund entfernt.

»War doch gar nicht so schlimm«, tröstete er mich. »Ausgeschlagene Zähne sehen bei einer Dame wie Ihnen nicht gut aus.«

Ich sah ihm in die Augen, blickte ein Stück tiefer zur Nase und atmete auf. Der gelbgrüne Popel hing noch immer locker im Nasenloch des Zahnarztes und war während der Behandlung nicht in meinen geöffneten Mund gefallen.

Wieder mal davongekommen, Grappa, dachte ich, du bist doch ein verdammter Glückspilz.

Krimis von Gabriella Wollenhaupt

Grappas Versuchung
Der erste Krimi mit Maria Grappa
ISBN 978-3-89425-034-8
Reporterin umkreist charmanten Bösewicht.

Grappas Treibjagd
Der zweite Krimi mit Maria Grappa
ISBN 978-3-89425-038-6
Wer ist der angesehene »Onkel Herbert«?

Grappa macht Theater
Der dritte Krimi mit Maria Grappa
ISBN 978-3-89425-042-3
Geheimbund kontrolliert Kulturleben in Bierstadt.

Grappa dreht durch
Der vierte Krimi mit Maria Grappa
ISBN 978-3-89425-046-1
Nackte Tatsachen in einem Bierstädter Filmstudio

Grappa fängt Feuer
Der fünfte Krimi mit Maria Grappa
ISBN 978-3-89425-050-8
Griechische Mythen werden Wirklichkeit.

Grappa und der Wolf
Der sechste Krimi mit Maria Grappa
ISBN 978-3-89425-061-4
Spannendes Duell im Umfeld
eines Plutoniumschmuggels

Killt Grappa!
Der siebte Krimi mit Maria Grappa
ISBN 978-3-89425-066-9
Schönheitschirurgie und Satanismus

Grappa und die fantastischen Fünf
Der achte Krimi mit Maria Grappa
ISBN 978-3-89425-076-8
Toter Teppichhändler und Erpresserbande

Very British: Krimis von Susan Kelly

Tod im Steinkreis

Deutsche Erstausgabe ISBN 978-3-89425-502-2
Aus dem Englischen von Inge Wehrmann

»Wie der Held, so die Schreibe: konzentriert, solide, aber trotzdem humorvoll und voller Überraschungen. Wie schön, dass weitere Romane mit dieser Hauptfigur angekündigt sind.« Badische Neueste Nachrichten
»›Tod im Steinkreis‹ ist spannend, menschlich sehr fesselnd, in der Nähe von Colin Dexters Inspector-Morse-Romanen anzusiedeln – und damit unbedingt lesenswert.« Bergsträßer Anzeiger

Und schlachtet das gemästete Kalb

Deutsche Erstausgabe ISBN 978-3-89425-512-1
Aus dem Englischen von Ingrid Krane-Müschen und Michael J. Müschen

»... ein außergewöhnlich gut konstruierter, spannungsgeladener, mit untergründigem Humor gewürzter und zum Teil anrührender Krimi.«
tip Magazin
»Diese Serie ist das reinste Vergnügen. ›Und schlachtet das gemästete Kalb‹ ist ein weiteres Beispiel für Susan Kellys Kunst, psychologische Spannung aufzubauen.« Yorkshire Post

Schwesterkind

Deutsche Erstausgabe ISBN 978-3-89425-532-9
Aus dem Englischen von Ingrid Krane-Müschen und Michael J. Müschen

»Susan Kelly legt ein Talent an den Tag, durch das die Charaktere ihrer Figuren so lebendig erscheinen, dass der Leser in den Sog psychischer Abgründe gerät und sich von ihm nicht mehr loszureißen vermag.«
Rheinische Post
»Susan Kelly hat eine einzigartige Fähigkeit, ihre Charaktere in problematischen Bindungen lebendig erscheinen zu lassen. Das macht süchtig nach mehr von ihren Büchern.« Chicago Tribune

Mördernest

Deutsche Erstausgabe ISBN 978-3-89425-544-2
Aus dem Englischen von Ingrid Krane-Müschen und Michael J. Müschen

»Schuld und Sühne, Verzeihung und Rache – keine Idylle in Südengland. Susan Kelly schreibt moderne britische Krimis im allerbesten Sinne.«
Andrea Fischer, Der Tagesspiegel

Magnhild Bruheim

Letztes Blind Date

Aus dem Norwegischen von Hanne Hammer
ISBN 978-3-49425-542-8

»Die norwegische Journalistin und Schriftstellerin greift ein aktuelles Thema auf und spinnt daraus einen spannenden Krimi. Er enthält alle wichtigen Zutaten wie die sympathische Ermittlerin, die gruselige Szenerie eines abgeschiedenen Hauses, etliche irreführende Spuren und ein dramatisches Finale.« ekz-Informationsdienst

»... ist sehr gut lesbar und hält die Spannung bis zum Ende auf einem hohen Niveau. Gerade die so ›gewöhnliche‹ Heldin Tone Tarud macht es dem Leser einfach, sich mit ihr zu identifizieren, keine undurchschaubaren Ermittlungsmethoden, kein Hightech, sondern solide ehrliche Recherche. Der sehr aktuelle Bezug zum Internet, Chatrooms, virtuellen Freundschaften und Blind Dates ist ein zusätzlicher Anreiz zum Lesen und verbindet wunderbar das eher gemütliche Norwegen mit der modernen hektischen Gegenwart.« www.krimizeit.de

»... ein unglaublich spannender Roman. Der Plot ist intelligent, virtuos spielt Bruheim mit Verdachtsmomenten, niemals verrät sie zu viel. Und ihre Hauptdarstellerin, die Journalistin Tone, ist eine echte Heldin, die mutig bis an ihre Grenzen geht.« bücher

»›Letztes Blind Date‹ ist ein Thriller, der unter die Haut geht.«
Mindener Tageblatt

Lust auf Hellweg-Leichen?

H. P. Karr, Jürgen Kehrer, Herbert Knorr (Hrsg.)
Mord am Hellweg
Kriminalstorys
ISBN 978-3-89425-271-7

»... absolut lesenswert. Mehr oder minder kurze Krimis ... lassen die Region zwischen Soest und Dortmund in einem völlig anderen Licht erscheinen. Da wird munter das Messer gewetzt bzw. der Revolver gezogen.« Emsdettener Volkszeitung
»Autoren von Jürgen Alberts über Jacques Berndorf und Gabriella Wollenhaupt bis Jan Zweyer beschreiben schaurig-schön das Leben und Sterben auf dem mehr oder weniger flachen Land.« Rhein-Zeitung

H. P. Karr, Herbert Knorr (Hrsg.)
Mehr Morde am Hellweg
Kriminalstorys
ISBN 978-3-89425-294-6

»... das Potpourri der Geschichten ist originell, spritzig und spannend und offeriert eine Bestenliste von 20 namhaften Krimi-Autoren.« Ostthüringer Zeitung, OTZ Journal
»Die kurzweilige Lektüre macht in doppelter Hinsicht Appetit: Auf die geschichtsträchtige Landschaft und auf weitere Werke der Verfasser.« Badische Neueste Nachrichten

H. P. Karr, Herbert Knorr (Hrsg.)
Mord am Hellweg III
Kriminalstorys
ISBN 978-3-89425-325-7
Neue Mordgeschichten u. a. von Friedrich Ani, Jacques Berndorf, Oliver Bottini, Anne Chaplet, Sabine Deitmer, Horst Eckert, Doris Gercke, Jürgen Kehrer und Beate Sauer